《山西抗日根据地红色文化经典文献大系》
编纂委员会 编

山西抗日根据地红色新闻经典文献

晋察冀根据地卷（一）

张汉静 主编

山西出版传媒集团 山西人民出版社

山西抗日根据地红色文化经典文献大系编纂委员会

主　任　张碧涌

副主任　宋　伟

委　员　万　勇　杨建军　王招宇
　　　　张效堂　李立平　张三忠

主　编　张汉静

山西抗日根据地红色新闻经典文献

主　　编	张汉静			
副 主 编	王鹏飞	李　霞	梁红艳	周　恒
编撰人员	李　杰	黄小白	张　玉	苏　颖
	卫昕怡	李浩然	韩雅琳	李家宜
	牛　杰	侯赛华	刘运洲	李　俊
	吴泊瑶	王　博	罗丹萍	王鹏媛

序言

新时代以来,中华民族伟大复兴进入了不可逆转的历史进程。民族的伟大复兴同时也是文化的伟大复兴。在民族复兴的百年历史征程中,中国共产党引领着中华民族谋取了自身的独立、自由、解放和发展,其间所迸发出的伟大抗争精神、自强精神、奋斗精神、创新精神,无时无刻不在激荡着每一位共和国公民的一腔热血。

回望20世纪以来中华民族所经历的由孱弱到觉醒、从抗争到振兴的伟大历程,我们发现,中国共产党的诞生不但"深刻改变了近代以后中华民族发展的方向和进程,深刻改变了中国人民和中华民族的前途和命运"[1],同时也开启了中国人民和中华民族新的文化发展方向和进程。这个新文化的方向和进程,浸染着无数革命先辈和仁人志士的鲜血与汗水,自诞生之日就将红色基因深深植入每一位中华儿女的心灵深处。

1939年,毛泽东同志在《论持久战》英译本序言中指出:"伟大的中国抗战,不但是中国的事、东方的事,

---

[1] 习近平:《在庆祝中国共产党成立100周年大会上的讲话》,《人民日报》,2021年7月2日,第2版。

也是世界的事……我们的敌人是世界性的敌人，中国的抗战是世界性的抗战。"[1]在第二次世界大战东方战场的反法西斯斗争中，山西作为中国共产党领导的抗日敌后游击战争的主战场之一，不但为抗日战争的完全胜利发挥了不可替代的决定性作用，更为中国共产党领导的军事建设、政权建设和文化建设提供了丰富的实践场所和内容。[2]这其中，山西抗日根据地文化建设所孕育的鲜明的红色底蕴和丰富的社会实践成果，不但是中国共产党文化软实力与文化主导权建设史中的光辉典范，而且对于我们"继续弘扬光荣传统、赓续红色血脉"[3]也具有重大的现实意义。

在纪念中国人民抗日战争暨世界反法西斯战争胜利70周年大会上，习近平总书记指出："中国人民抗日战争和世界反法西斯战争，是正义和邪恶、光明和黑暗、进步和反动的大决战。在那场惨烈的战争中，中国人民抗日战争开始时间最早、持续时间最长。面对侵略者，中华儿女不屈不挠、浴血奋战，彻底打败了日本军国主义侵略者，捍卫了中华民族5000多年发展的文明成果，捍卫了人类和平事业，铸就了战争史上的奇观、中华民

---

[1] 毛泽东：《抗战与外援的关系——〈论持久战〉英译本序言》，载《八路军军政杂志》1939年第2期。
[2] 张汉静：《山西抗日根据地文化传播史》，山西人民出版社，2020，第2页。
[3] 习近平：《在庆祝中国共产党成立100周年大会上的讲话》，《人民日报》，2021年7月2日，第2版。

族的壮举。"[1]

山西省委、省政府高度重视红色文化资源的保护利用工作,将《山西抗日根据地红色文化经典文献大系》大型历史文献与研究丛书项目列入《山西省"十四五"文化和旅游产业融合发展规划》。山西省委宣传部积极组织力量,开展《山西抗日根据地红色文化经典文献大系》丛书的编纂工作,成立了编纂委员会,提出了丛书编纂的总思路、总要求、总目标,为丛书的研究、编纂和出版打下了坚实的基础。

2018年,我们开始组建"山西抗日根据地红色文化"研究团队,致力于山西抗日根据地红色文化、山西抗日根据地文化传播史系列研究,先后出版了《山西抗日根据地文化传播史》《山西抗日根据地文化传播研究》系列丛书以及相关论文等研究成果,获得了良好的社会反响和关注。山西波澜壮阔的革命历史与红色文化资源,为"山西抗日根据地红色文化"研究团队提供了取之不尽的研究素材。前期的研究成果不但使我们更加明晰了红色文化研究的意义,还进一步坚定了我们继续前进的信念。在山西省委宣传部的组织指导下,我们在前期研究工作的基础上开启了《山西抗日根据地红色文化经典文献大系》的搜集整理和研究工作,拟对山西抗日根据

---

[1] 习近平:《在纪念中国人民抗日战争暨世界反法西斯战争胜利70周年大会上的讲话》,《人民日报》,2015年9月4日,第2版。

地红色文献进行一次全方位、系统化的整理和研究。我们邀请了北京大学、南京大学、南开大学、上海交通大学、中国社会科学院、山西大学等院校的著名专家学者，积极参与我们的学术实践活动。专家们一致认为，这套红色经典文献大系无疑将是对抗战时期中国共产党领导的山西抗日根据地军事斗争、政权建设、文化建设的一种全面而全新的呈现，意义重大。

习近平新时代中国特色社会主义思想是我们做好《山西抗日根据地红色文化经典文献大系》的政治引领和学术秉持，山西深沉厚重的人文历史与红色文化是我们得天独厚的资源宝库，我们将在山西省委宣传部的组织指导下，积极听取专家意见，发挥团队优势，充分利用本省学者的比较优势，努力把《山西抗日根据地红色文化经典文献大系》做成扎实可靠、经得起历史检验的学术精品。

一、《山西抗日根据地红色文化经典文献大系》研究的主要内容

《山西抗日根据地红色文化经典文献大系》大型历史文献与研究丛书分为版画、歌曲、新闻、戏剧、影像和文学等6个方面。这些研究内容既相互独立，又互有关联，共同构建起山西抗日根据地红色文化研究的学科体系、学术体系和话语体系。

版画是山西抗日根据地最具代表性，同时也是最容

易为根据地军民所接触和接受的美术形式之一。《山西抗日根据地红色版画经典文献》是山西三大抗日根据地众多版画工作者代表性作品的大集成。我们分别将山西三大抗日根据地的木刻作品、宣传画、年画、连环画等红色版画进行系统的分类、整理和专题研究，并用"以图引文，以文载图，图文互应，文史互证"的新形式，为读者呈现出山西抗日根据地红色版画所处时代真实的社会历史语境、根据地红色版画家战斗生活的实际状况、版画创作者的心路历程，以及这其中所承载的中国共产党人的政治主张、精神世界和革命理想。

歌曲是山西抗日根据地音乐传播的主体，是山西全域抗战波澜壮阔历史图景的生动呈现。《山西抗日根据地红色歌曲经典文献》的内容涉及山西全部县域，所收录的红色经典歌曲的百分之六十是第一次正式出版发行。在编纂过程中，我们采用了歌曲、视频、相关文字文献相结合的综合立体呈现形式，通过挖掘民间老艺人的传唱，组织广大群众文艺工作者的演唱，并将之整理成影像文献资料，全方位记录和还原抗战时期山西根据地军民团结起来共同奏响抗日救亡红色主旋律的生动历史文化景象，并期以之唤醒读者灵魂深处的红色记忆。

《山西抗日根据地红色新闻经典文献》旨在对山西抗日根据地主要报纸的社论进行深入挖掘和研究，力求整体、全面地反映当时中国共产党进行政治宣传、革命动员，以统一思想、赢得民心、取得胜利的路径、方法和手段。总结中国共产党抗战时期领导新闻宣传、坚持党性原则与进行社会动员的成功经验，为当代新闻宣传工作讲好中国故事、传递党的声音、占领宣传高地、把握舆论主动提供历史镜鉴。

《山西抗日根据地红色戏剧经典文献》是在收集大量山西抗日根据地戏剧剧本的基础上，以戏剧剧本＋相关文字评论文献＋专题研究的形式呈现。山西是文化大省，更是传统戏剧大省，抗战时期山西抗日根据地不但为话剧、街头剧、歌剧等新兴剧目提供了广阔的社会实践舞台，更使山西传统的晋剧、蒲剧、上党梆子、北路梆子、秧歌剧、道情、眉户等传统戏剧完成了形式和内容上的脱胎换骨。将各种代表性戏剧作品的剧本和当时的相关文字评论文献进行收集与整理，无疑会使读者切实感受到山西抗日根据地红色戏剧那种直击心灵、超越时代的魅力。

《山西抗日根据地红色影像经典文献》是中国共产党领导的山西抗日根据地军事斗争、文化建设、社会发展等实际状况的视觉传达，对山西抗日根据地相关的历史照片、新闻纪录片等各类历史影像进行收集与整理，并附以简介、评论及专题研究著作。这不但能为读者展示一个更为生动的山西抗日根据地的社会历史风貌，还能使读者进一步在珍贵的历史语境及画面中追寻革命先辈身影，重温这些影像背后所承载的民族独立与解放的辉煌历史。

《山西抗日根据地红色文学经典文献》系统搜集和整理了山西抗日根据地有代表性的经典小说、诗歌等各类文学作品。读者可以从这些红色经典文学作品中把握根据地文学创作的思想与主线，从宏大的历史叙事切入根据地军民鲜活的革命斗争实践，在感受红色文学魅力的同时，还可以感受到红色文学工作者在民族解放斗争中积极投身革命，对民众的现实斗争进行艺术提炼，并以之为创作源泉的现实主义创作精神与追求，以及这种现实主义美学模式对日后中国文学的独特影响。

二、《山西抗日根据地红色文化经典文献大系》研究的基本遵循

坚持历史唯物主义的理论指导。"历史唯物主义作为马克思主义哲学的重要组成部分，是关于人类社会发展一般规律的科学。在革命、建设、改革各个历史时期，我们党运用历史唯物主义，系统、具体、历史地分析中国社会运动及其发展规律，在认识世界和改造世界过程中不断把握规律、积极运用规律，推动党和人民事业取得了一个又一个胜利。"[1]在对文献的搜集整理和研究中，我们始终坚持唯物史观，尊重客观历史，还原历史情境与细节，努力通过真实的历史资料，讲述中国共产党在山西抗日根据地文化传播的历史活动，展示中国共产党

---

[1] 习近平：《坚持历史唯物主义不断开辟当代中国马克思主义发展新境界》，载《社会主义论坛》2020年第2期。

在决定中华民族命运关键时刻的历史担当。

坚持以人民为中心的研究理念。"一切来自人民,一切为了人民"是中国共产党人的核心立场。在《山西抗日根据地红色文化经典文献大系》的文献收集过程中,我们更加深刻地理解了中国共产党人心中那份深深的根植于人民、服务于人民的群众情怀和立场,更深入地探寻到了中国共产党人之所以能够起到民族解放中流砥柱作用和充分发扬伟大复兴历史担当精神的思想根源。为此,我们在整理和写作过程中,严格以各类历史文献为基础,通过系统的梳理、筛选和分类,呈现并还原中国共产党人在残酷斗争的岁月中时刻为人民而斗争、以人民为依靠的真实历史景象,使读者能够在各类生动的历史文献中切实感受到太行精神(吕梁精神)背后的群众渊源,进一步明确中国共产党人经过历史淬炼而析出的那种不变的初心与使命。

坚持系统性的研究方法。系统性是我们做好以历史文献为基础的文化研究工作的重要方法。系统观念是马克思主义认识论和方法论的重要范畴,是马克思主义政党基础性的思想和工作方法。在《山西抗日根据地红色文化经典文献大系》的写作中,面对纷繁复杂的历史文献,只有系统性方法才能帮助我们在碎片化的材料中发现关键点和关节点,切中要害,进而实现对于材料的逻辑性梳理和再认识。这对我们塑造以历史文献为基础的系统性的历史思维,追寻基于历史事实的文化观念的形成,以及以其为基础的面向当下和未来的创造性转换和创新性发展具有重要的方法论意义。

　　坚持深入研究文化软实力与文化主导权的学术定位。我们在前期的《山西抗日根据地文化传播史》一书中,首次将文化软实力与文化主导权引入我们的研究,使我们能够以一种全新的视角来认识中国共产党人在山西抗日根据地的文化建设工作,《山西抗日根据地红色文化经典文献大系》作为我们前期工作的深化,更使我们深刻地认识到中国共产党在山西抗日根据地进行的各项文化建设工作,就是中国共产党人在抗日战争这一大的时代和社会背景下,通过各种文化载体将自己的革命理想、政治主张与奋斗目标对受众进行文化传播,从而进行文化软实力的建设和文化主导权的构建。在这个过程中,中国共产党人根据各项文化建设工作自身的特点,充分调动起与其相关的各种主客观因素,比较全面地达到了自身的军事和政治工作目标,使山西抗日根据地的社会文化风貌发生了翻天覆地的变化,并以其丰富的社会实践内容构建了自身独特的红色文化理论体系。读者通过《山西抗日根据地红色文化经典文献大系》收集、整理的各类历史文献及研究成果,可以切实地感受到中国共产党人如何从细微之处着手,一步步成体系地进行文化软实力建设和文化主导权方面的构建,这方面的历史经验以及在这个过程中所涉及的路线、方针与政策等问题,恰恰是在抗日根据地传统研究中容易忽视的。

坚持理论探索与注重实践相结合的实证研究。理论的研究不能只是单纯的学术探索，更需要从实践出发，并回归到实践中。在《山西抗日根据地红色文化经典文献大系》的研究中，我们从书斋里走出去，用脚步丈量大地，在黄土中扎根，在田野上书写，以实际应用为目的，把科研成果的学术性语言转化为人民群众喜闻乐见的形式，并将其有效地反馈给人民群众，使之重新成为广大群众关注的热点。为此，我们在实践中特别注重将各类历史文献依照自身的特点加以遴选，在音乐、戏剧、美术、影像、文学等若干方面，以广大群众乐见的生动方式打造一个传播矩阵，以文本、音频、视频等多种方式呈现，使读者通过视觉、听觉形成立体的感受，从而使山西抗日根据地的红色文化真正回归广大群众的文化生活，在满足广大人民群众文化需要的同时，充分展现山西抗日根据地红色文化独特的内涵与永恒的魅力。

三、《山西抗日根据地红色文化经典文献大系》研究的现实意义

从历史中走来，并引领着我们走向未来。在《山西抗日根据地红色文化经典文献大系》的搜集整理研究过程中，我们力求从中国共产党与新中国文化传承的历史渊源方面思考问题，站在党和国家文化事业发展全局与战略的高度思考问题，进而将工作引领到一个全新的高度，为新时代、新起点上的文化繁荣和文化强国建设提

供助力。

　　中国共产党为什么能？中国共产党人的文化自信与使命担当来自何处？来自马克思主义基本原理同中国具体实际相结合，同中华优秀传统文化相结合，以及在这个基础上进行的伟大斗争和社会实践。通过《山西抗日根据地红色文化经典文献大系》对中国共产党文化建设和社会实践的追根溯源，我们看到了中国共产党人的思想与山西抗日根据地传统社会文化的碰撞与融合，看到了山西抗日根据地因之而产生的巨大社会文化变迁；更加深刻地理解了中国共产党人在民族危难时刻如何从各项文化建设工作的点点滴滴着手，通过艰苦卓绝的斗争，构建起恢宏无比的文化巨厦，并引领深受苦难的中华民族不断抗争，最终完成了自身的解放。这其中所蕴含的伟大精神和实践经验，对于我们持续深化对文化建设的规律性认识和把握，以及今天在新的历史起点上继续推动文化繁荣、建设文化强国、建设中华民族现代文明，创造属于我们这个时代的新文化，无疑具有极为重要和深刻的示范意义。

　　《山西抗日根据地红色文化经典文献大系》是对抗战时期中国共产党人文化建设工作的一次系统性梳理，在其中，我们既可以看到中国共产党人文化建设的理论、路线、方针、政策，又可以看到在它们指导下各项文化工作开展的具体成果，以及由此而凝结成的中国共产党人独有的精神、文化和工作经验。山西抗日根据地红色文化根植于民族解放的伟大历史实践，体现着中国共产党及其领导下的根据地人民独立自主、英勇抗争、不屈不挠的太行精神（吕梁精神），这种文化给我们带来的生命力、感召力和影响力超越时空，在今天依然是我们在新的历史起点上文化自信、道路自信、理论自信及制度自信的坚实基础和精神动力。

讲好红色故事，助力红色文化传播，加强红色文化教育，赓续中国共产党人的精神谱系，是《山西抗日根据地红色文化经典文献大系》研究的另一个目标。《山西抗日根据地红色文化经典文献大系》中所承载的众多历史文献和文化艺术成果，以及我们对它们的多样化使用和推介，必定会使广大党员、干部和人民群众更加深入地认识到中国共产党人的初心与使命源自何处、理想与信念指向何方。这对加强革命传统教育、爱国主义教育、青少年思想道德教育，传承好红色基因，确保红色江山永不变色，无疑会起到积极的作用。

最后需要指出的是，《山西抗日根据地红色文化经典文献大系》是国内第一次聚焦于区域抗战文化的系统性、综合性、创新性的学术探索，更是一项具有挑战性和前沿性的学术创新研究。把它做成学术精品，不仅是对抗战史研究的新贡献，也是赓续红色血脉、传承红色基因、坚定文化自信的历史使命。我们在搜集整理文献资料和开展专项学术研究的过程中，力图最大限度挖掘历史资料，用更高、更新的视角回望历史，客观地再现那段艰苦而辉煌的历程，这不仅是我们这代人对那段难忘岁月应有的敬仰和历史使命，更是留给子孙后代永恒的精神财富。我们组建研究团队时间较短，且以年轻教授和博士生为主体，再加上我们的学术水平、认知能力和文字功底有限，在历史文献的搜集整理和历史研究整体性把握上，难免挂一漏万而还显得稚嫩和不足，对于疏漏与谬误之处，我们真诚地欢迎专家学者批评指正。

张汉静

二〇二四年十二月于并州

前言

全面抗战时期,新闻工作不仅是信息传播的重要工具,而且是政治宣传、社会动员、对外宣传和舆论引导的重要手段,在推动抗战胜利、增强民族凝聚力和争取国际支持等方面发挥了不可替代的作用。山西抗日根据地的红色新闻宣传工作宛如一盏盏明灯,在那段残酷的斗争岁月里照亮了人们前行的道路,传递着希望、力量与信念。为了还原山西抗日根据地新闻工作的常态与实情,深刻理解中国人民伟大的抗战精神,以及中国共产党领导抗战取得胜利的历史经验,我们编撰了《山西抗日根据地红色新闻经典文献》系列丛书,以"文献+研究"的形式,对山西抗日根据地红色新闻文献进行了系统化梳理。

《山西抗日根据地红色新闻经典文献》丛书共分两部分:第一部分为文献,以时间为轴,系统编排和整理了晋察冀、晋冀鲁豫、晋绥三大抗日根据地重要报刊的社论,这些报刊具体包括:晋冀鲁豫抗日根据地的《新华日报(华北版)》(后更名为《新华日报(太行版)》)、《太岳日报》(后更名为《新华日报(太岳版)》),晋察冀抗日根据地的《晋察冀日报》(原名为《抗敌报》),

晋绥抗日根据地的《抗战日报》（解放战争时期更名为《晋绥日报》）等。在经典社论的基础上，配有社论出处的原报刊图片，全方位、立体化地展示社论的创作背景与表现形式。第二部分为研究，包括三部著作：《山西抗日根据地新闻史：中国共产党推动民族认同的媒介动员策略研究》《山西抗日根据地红色经典报人》和《山西抗日根据地外国记者传略》。《山西抗日根据地新闻史：中国共产党推动民族认同的媒介动员策略研究》采用历史学、传播学交叉的研究路径，以史论结合的方式对全面抗战时期山西敌后的新闻传播历史进行了系统梳理，突出了党性、历史性、逻辑性、当代性和融合性。《山西抗日根据地红色经典报人》和《山西抗日根据地外国记者传略》详细记录了山西抗日根据地从事新闻工作的红色报人和外国记者的生平事迹、贡献及具有影响力的作品，通过深入挖掘和整理历史资料，为读者还原了一个个鲜活的新闻工作者形象，表现了他们在艰苦环境下坚持真理、传播正义、鼓舞士气的崇高精神。

　　《山西抗日根据地红色新闻经典文献》有三个显著特点：一是社论原图与文字文献相结合。文字文献的社论原图为读者呈现了真实的历史记录，让读者在阅读中感受到历史的厚重；文字文献以简体字和横版的形式呈现内容，方便读者研究使用，最大化的发挥社论文献在当代的教育功能。二者结合为研究山西抗日根据地的新闻传播史、文化史等提供了丰富且可靠的第一手资料，增强了文献的真实性和可信度。二是系统性与专类性相结合。本丛书系统编排和整理了晋察冀、晋冀鲁豫、晋绥三大抗日根据地重要报刊的社论,直观地呈现了抗日根据地的新闻传播情况和舆论动态,对当下做好新闻宣传工作具有重要的现实意义。三是文献与研究相结合。本丛书在呈现文献的基础上,对山西抗日根据地的新闻宣传工作进行了多维度的深入研究,挖掘了其中蕴含的历史规律和经验。研究从历史学的角度探讨了不同阶段新闻宣传工作在推动抗日斗争、凝聚人心、鼓舞士气等方面所发挥的重要作用;从新闻学的视角分析了该时期新闻宣传工作的特点,以及中外新闻工作者的专业素养和敬业精神;从传播学的角度探寻了新闻报道在根据地内外的传播路径、受众反馈和社会影响等。文献与研究相结合,不仅为学界提供了丰富的素材,而且推动学者们从不同的角度和层面深入探讨、分析山西抗日根据地的历史文化及新闻传播等问题,促进多学科之间的融合,并为学术研究提供了新的视野和路径。

  本丛书的出版将为中国新闻传播史、抗日战争史、根据地史和中共党史等学科的研究提供宝贵的第一手资料。同时,也为新时代赓续红色血脉、弘扬红色精神、讲好红色故事、做好思想政治工作提供有益的素材。我们真诚期待本丛书能够为广大读者带来深刻的启示,铭记那段历史,缅怀先烈,珍惜来之不易的和平生活,开创美好的未来。

凡例

《山西抗日根据地红色新闻经典文献》是一部思想教育与学术研究并重的专题文献丛书。全书坚持以历史唯物主义为指导，深入贯彻落实党中央关于加强革命文化传承，推动红色资源创造性转化、创新性发展的重大部署，对山西抗日根据地红色新闻相关文献进行了系统整理，重现了红色文化在抗战历史中的实践力量，旨在服务于新时代思想政治工作和革命传统教育。

一、本丛书三卷按山西抗战时期三大根据地——晋察冀、晋冀鲁豫、晋绥进行划分，所收录文献为三大抗日根据地主要报刊在全面抗战时期的社论。

二、文献采自山西省图书馆所藏1986年山西日报新闻研究所影印报刊。其中，晋察冀抗日根据地卷收录了《抗敌报》（1940年11月7日更名为《晋察冀日报》）的主要社论，晋冀鲁豫抗日根据地卷收录了《新华日报（华北版）》（1943年10月1日更名为《新华日报（太行版）》）、《太岳日报》（1944年4月1日更名为《新华日报（太岳版）》）的主要社论，晋绥抗日根据地卷收录了《抗战日报》的主要社论。

三、每篇收录社论原图、名称、正文及文献来源，文献内容编排方式依据原始顺序，不做改动。

四、所有文献均统一采用简体字横排。原版文献为繁体字或竖排者，均按现代通行书写规范进行了处理；原始文献因影印残缺、字迹模糊者，以"□"代替，删节部分以"……"号标注，尽可能保留文献原始风貌。

五、为呈现文献原貌，所有文献不做技术加工、处理，以保持资料的真实性与学术参考价值。

六、各卷卷末设有文献索引，按社论标题音序编排，以便于读者查找与使用。

七、全书所用文献资料均采自公开渠道，若有未注明之处，敬请学界与读者批评指正。

山西抗日根据地红色新闻经典文献

晋察冀根据地卷（一）

李 霞 编撰

目录

(一)

《抗敌报》·一九三八 / 1

怎样来庆祝我们的胜利 / 3

我们怎样打败了涞源的敌人 / 6

怎样纪念今年的"五一" / 12

今年的"五五" / 15

纪念五九的二十三周年 / 18

目前抗战的新形势 / 21

边区春耕运动的检讨 / 26

从晋东北各县长联席会谈到加强政府工作 / 29

从放弃徐州说到争取抗战胜利的条件 / 32

为完成征募救国公债而斗争 / 34

揭穿日伪破坏我方金融的阴谋 / 37

献给全本区的青年 / 39

根除贪污现象 / 42

反对官僚主义 / 45

纪念"七七"保卫西北保卫大武汉坚决抗战到底! / 48

防止税收中的舞弊现象 / 52

论节省　/ 54

关于国民参政会　/ 56

对群众工作的建议　/ 58

给县长联席会议的意见　/ 60

纪念"八一"　/ 62

日苏冲突的观察　/ 64

纪念"八一三"与武装人民　/ 67

军区抗日部队团结的当前具体问题　/ 69

论部队的团结与军政民的团结　/ 72

武装保卫秋收　/ 74

欢迎伪军反正　/ 77

欢迎石部武装同胞归来　/ 79

加紧秋收与保持青纱帐　/ 81

澈底克服太平观念　/ 84

庆祝冀察热宁边区的建立　/ 87

迅速结束上忙钱粮与救国公债　/ 89

迎接今年的国际青年节　/ 91

严重的捷克问题　/ 94

巩固晋察冀地方政权的民主基础　/ 97

对于边区妇救今后工作的期望　/ 100

边区人民对于今年"九一八"应有的认识　/ 103

我们保留了多少青纱帐　/ 106

异哉所谓"工作团"　/ 109

纪念"九一八"七周年 / 111

丰收中加紧优待抗日军人家属 / 113

读国民党"九一八"纪念告全国同胞书后 / 115

加紧战争动员粉碎敌人围攻 / 118

怎样进行坚壁清野 / 121

揭破敌伪汉奸无耻的欺骗宣传 / 124

认清边区当前抗战的形势与任务 / 127

对于战时区村政权工作的一个建议 / 129

论战争动员工作中的组织形式问题 / 132

坚持敌占区的抗战 / 134

战时动员工作的组织系统与形式问题 / 136

我们对于放弃武汉应有的认识与努力 / 139

广泛开展游击战争与加强地方武装 / 143

论民族自尊心与抗战胜利的自信心 / 146

为维护中华民族与全人类的历史文化的创造而斗争 / 150

粉碎日寇阴谋与巩固全国抗战堡垒 / 153

为澈底粉碎日寇的围攻而斗争 / 156

加紧自卫队的整理与训练 / 159

为了猛烈的扩大抗日部队而斗争 / 162

坚持华北抗战要加紧锄奸工作 / 166

巩固边区金融的当前问题 / 170

坚持抗战与赈济问题 / 173

完成募集救国公粮计划 / 176

宣传工作的当前任务 / 179

保证长期抗战胜利的政治任务 / 182

英美借款与争取外援 / 185

《抗敌报》·一九三九 / 189

一九三九年的礼物 / 191

对于敌近卫内阁总辞职应有的认识 / 194

美国修改中立法及其影响 / 197

纪念边区政府成立一周年 / 200

争取相持阶段迅速到来 / 203

争取伪军与宽待伪军家属 / 206

关于建立地方参议会的意见 / 209

纪念"一·二八"七周年 / 213

加紧宣传与推动村级普选运动 / 216

敌人对晋南的进攻 / 219

切实完成村级普选运动 / 222

对农运工作的几点意见 / 225

扩大宣传积极领导村级普选运动 / 229

抗日民族统一战线发展的道路 / 231

加紧对敌伪军的宣传工作 / 234

开展今年的春耕运动 / 237

今年春耕中的垦荒问题 / 239

实行战时节省运动 / 242

论敌人进攻海南岛 / 245

迅速组织春耕委员会 / 248

论粉碎敌人围攻中的收获和教训 / 251

部队应该怎样帮助春耕 / 254

加紧完成救国公粮 / 256

敌据城市我据乡村乡村能战胜城市吗？ / 258

怎样加强教育训练工作 / 261

巩固青年组织 / 264

准备继续粉碎敌人的围攻 / 266

春耕中的劳动组织问题 / 269

怎样解决春耕资金农具种子肥料耕畜等问题 / 272

关于部队帮助春耕问题 / 275

回答边区政府农业生产的号召 / 277

纪念儿童节 / 279

澈底实行全国精神总动员 / 282

拥护政府金融政策　粉碎敌伪货币阴谋 / 285

边区当前的粮食问题 / 288

祝妇女儿童考察团的成功 / 291

纪念"五七"和"五九" / 293

武装保卫边区与保护春耕 / 296

边区当前形势与当前任务 / 298

用热忱慰劳祝贺前线的胜利 / 301

加紧动员人力物力　粉碎敌寇的新进攻 / 304

继续西线与东线的胜利予敌寇以更大的打击 / 306

边区当前的两个迫切的任务 / 309

学习平山团的光荣模范 / 312

以战斗的胜利来纪念五卅 / 315

让易满徐的父兄子弟首先广泛武装起来 / 318

我们的告白 / 321

怎样进行今年边区的麦收? / 324

边区工救会第二次代表大会的成功 / 327

欢迎战地工作考察团 / 330

(二)

武装保卫麦收 粉碎敌人进攻 / 335

用突击的精神加紧武装边区子弟 / 337

纪念"七七"坚持长期抗战 / 340

反对敌寇强征我青年壮丁 / 343

克服目前时局的主要危险 / 346

救济水灾坚持敌后抗战 / 349

救灾与节约 / 352

救灾与互助 / 355

纪念伟大的"八一" / 358

加紧救灾加紧抗战回答敌人的残暴 / 361

克服救灾中的不正确倾向开展救灾运动 / 364

展开全民族的全面的抗战纪念"八一三"的两周年 / 367

广泛深入除奸运动 肃清投降妥协份子 / 370

号召救灾生产运动　/ 373

保障群众团体的独立性　/ 375

严惩违反抗战国策的"反共"投降份子　/ 378

壮大群众的武装　/ 381

抗议平江惨案　抗议投降份子的一切违法罪行　/ 384

算清血债！　/ 387

纪念"九一八"八周年与当前任务　/ 390

秋季生产运动中的几个战斗任务　/ 393

关于边区的救灾与粮食问题　/ 396

粉碎汪派汉奸的破坏阴谋　/ 399

募集碎铜烂铁　/ 402

控诉吧！制裁吧！复仇吧！　/ 405

广泛开展抵制日货运动　/ 408

深入边区的文化运动　/ 411

用真三民主义打碎假三民主义　/ 414

反对武装挑衅　/ 417

迅速完成公粮　坚持敌后抗战　/ 419

庆祝军区成立二周年　/ 422

纪念孙中山先生诞辰　我们的严重任务　/ 424

为迅速完成救国公粮而奋斗　/ 427

广泛开展边区通讯写作运动　/ 430

粉碎敌寇对边区的"扫荡"　/ 433

澈底除奸　/ 437

互助赈济 / 439

反对动摇投降 / 441

争取反"扫荡"的澈底胜利 / 443

"抗日决心烧不掉"！ / 445

论边区反"扫荡"战争的胜利 / 448

边区当前的几个紧要工作 / 451

开展冬学运动提高抗战力量 / 454

敌寇开放长江的阴谋 / 457

《抗敌报》·一九四〇 / 461

当前救灾工作中的几个问题 / 463

准备庆祝边区成立二周年 / 467

反对投降派祸国亡国的罪行 / 470

向着独立自由幸福的新中国 / 473

抗议"满井事件" / 476

纪念"一二八"誓死反对汪派投降派的卖国投降 / 479

敌汪密约证明了什么 / 483

打碎汉奸亡国无民政府的伪"中央" / 486

我们要实际的反汪反投降 / 489

今年纪念"二七"的特殊意义 / 492

澈底执行目前救国十大任务 / 496

一党专政还是民主宪政？ / 499

克服春荒与开展春耕 / 504

澈底实现边区民主政治促进全国宪政运动 / 507

热烈庆祝边区三大群众团体成立的两周年　/ 510

我们要求真正的民主宪政　/ 513

纪念"三八"妇女节　/ 516

庆祝中国青记边区分会成立　/ 519

庆祝西线新胜利、准备粉碎敌寇对边区的新"扫荡"武装保卫春耕　/ 522

庆祝边区银行成立二周年　/ 525

论平津粮慌　/ 528

纪念黄花岗七十二烈士殉难三十一周年　/ 532

井陉煤矿的血腥事件　/ 535

成都事件和皖东事件　/ 538

边区人民武装的伟大日子　/ 541

纪念"五九"洗清这一代的耻辱　/ 543

巩固扩大边区青年统一战线　/ 546

向边区各界呼吁　/ 549

边区学生第一次代表大会的意义和任务　/ 552

争取麦收的胜利　/ 555

帝国主义战争的新阶段　/ 558

纪念"五卅"与当前紧急任务　/ 561

坚决粉碎敌寇对边区西南部的"扫荡"　/ 564

论"非常时期人民团体组织纲领"　/ 568

论当前边区青年运动的方向　/ 571

边区西南部反"扫荡"的胜利与继续准备反"扫荡"　/ 574

揭穿与打击反共的无耻谣言　/ 577

纪念高尔基与我们的文化运动方向 / 580

向傅、聂、吕三位领导者致敬 / 584

边区民主政治的伟大建树 / 587

论边区参议会与县区村暂行组织条例 / 590

在七月节前面的号召 / 593

边区农会第三次代表大会的成功 / 596

纪念中共伟大诞生的十九周年 / 599

冀中第二次春季反"扫荡"的胜利 / 602

边区一个月来保卫麦收战的胜利 / 605

克服一切困难坚持抗战到底 / 608

为胜利的完成区选而奋斗 / 611

边区妇救会第四次代表大会的成功 / 614

迅速总结区选准备县选 / 617

论边区国大代表的选举 / 620

论敌近卫的国策声明 / 624

争取抗战胜利的有利条件 / 627

为县级选举的胜利而斗争 / 631

争取边区工业品的自给自足 / 634

论敌寇对越南的冒险 / 637

拥护中共北分局的双十纲领 / 640

边区财政经济建设胜利的保证 / 643

论边区人民生活的改善 / 646

论晋察冀边区的文化教育运动 / 649

边区政权改革的现阶段 / 653

与记者节 / 656

胜利的完成边区参议会的选举 / 660

中共北分局的双十纲领与边区青年 / 662

拥护双十纲领团结知识分子 / 665

对百团大战应有的认识与评价 / 669

发扬百团大战与边区子弟兵的伟大胜利 / 674

扩大百团大战与争取护秋斗争的胜利 / 677

拥护中共北分局双十纲领加紧除奸 / 680

（三）

保障人权巩固团结 / 685

目前形势的特点与我们的任务 / 688

日德意军事同盟 / 692

纪念双十节坚持团结抗战 / 696

帝国主义战争在走向世界战争的路上 / 699

深入除奸动员准备迎击敌寇"报复'扫荡'" / 703

边区文救第一次代表大会的成功 / 705

加强边区文化工作的新意义 / 708

中国面临着重大的新危机 / 711

准备粉碎敌人的"报复'扫荡'" / 715

一九四〇年的边区公粮 / 718

在双十纲领的伟大感召下 / 721

《晋察冀日报》·一九四〇 / 725

　　军区成立三周年与苏联建国二十三周年 / 727

　　论关于"中日媾和的谣言" / 729

　　紧急动员起来挽救时局危亡 / 732

　　粉碎敌寇对边区的"冬季'扫荡'" / 736

　　加强地方武装在反"扫荡"中的活动 / 739

　　全国同胞起来！制止当前严重危机 / 741

　　目前时局的严重危机 / 745

　　反"扫荡"与反投降 / 753

　　日本战时经济的严重危机 / 756

　　克复时局危机的充分有利条件 / 759

　　中共晋察冀边区党委发表澈底粉碎敌寇"冬季'扫荡'"的宣传大纲 / 762

　　苏北事件何以善后 / 766

　　论敌汪条约的签订 / 769

　　美国对华信用贷款 / 771

　　检讨此次反"扫荡"中新的经验教训 / 774

　　边区一九四〇年冬季反"扫荡"的胜利 / 776

　　论诱降逼降的阴谋 / 779

　　热烈救济被难同胞 / 783

　　阜平人民加紧英勇战斗吧 / 785

　　抗议停发八路军经费 / 788

　　争取边区反"扫荡"的澈底胜利 / 791

　　加紧动员新战士壮大边区铁的人民子弟兵 / 795

关于当前救济灾难的几个问题 / 798

关于晋察冀边区的统一累进税 / 801

从王林口歼灭战扩大到彻底反"扫荡"的胜利 / 807

边区各群众团体号召全边区人民发扬团结互助的民族友爱精神迅速救济受难同胞 / 810

宣村歼灭战 / 813

军区政治部为庆祝一九四一年新年告边区同胞书 / 816

《晋察冀日报》·一九四一 / 821

庆祝边区彻底反"扫荡"的胜利 / 823

《延安解放报》《新中华报》对于双十纲领的评价 / 826

更加发展边区的经济建设 / 831

战时儿童保育会晋察冀边区分会的创建 / 834

新年的优抗工作 / 837

彻底打破反共阴谋争取时局好转 / 840

深入解释并正确执行双十纲领 / 843

剔除浪费厉行节约 / 846

猛烈的开展冬学运动 / 849

热烈拥护与加入政民平粜局 / 852

庆祝晋察冀边区成立三周年 / 855

积极进行平粜工作保证边区军民粮食 / 858

为茂林的惨变而控诉 / 861

个个成为劳动英雄 / 865

论抗日根据地的各种政策 / 868

抗议无法无天之罪行 / 873

对茂林事件我们该做些什么 / 876

"一·二八"和今天 / 880

劳动契约自由 / 883

拥护中共中央九项主张 / 886

积极进行治安工作 / 889

准予汉奸自首 / 892

关于边区村选及村建设运动的几个问题 / 895

实行民主政治挽救时局危亡 / 899

纪念"二七" / 902

废除一党专政实行民主政治 / 904

澈底肃清亲日派 / 907

准备春耕 / 910

严重的时局 / 913

伟大的对民族国家的忠义行为 / 916

论国法军纪 / 921

开展清洁卫生运动 / 924

今年春耕运动的几个问题 / 927

争取一九四一年边区春耕运动的完全胜利 / 930

动员广大妇女参加春耕 / 934

华侨同胞的正义呼声 / 937

究竟谁是叛逆？ / 940

纪念苏联红军的诞辰 / 943

论民族气节 / 947

消灭春疫预防春瘟　/ 950

庆祝边区农会成立三周年　/ 953

新四军杀敌讨逆大胜　/ 956

好男儿参加到抗日武装中去　/ 961

献给边区工会成立三周年　/ 965

坚持华北抗战加强军区工作　/ 968

开展敌占区及接近敌占区工作　/ 971

马克思逝世五十八周年　/ 976

当前村选与村建设中的几个问题　/ 979

深入统一累进税的调查工作　/ 982

纪念"三一八"　/ 985

悬崖勒马呢，继续倒行逆施呢　/ 988

坚持华北抗战到底　/ 992

论"三三制"政权的理论基础　/ 996

关于边区减租减息的修正条例　/ 1000

论公安局工作　/ 1004

（四）

踏着先烈的血迹前进　/ 1009

坚持既定的正确方针　/ 1011

关于边区保育运动及其有关的诸问题　/ 1014

排除困难推进卫生运动　/ 1018

纪念儿童节加强儿童工作　/ 1021

为实施统一累进税而紧张的战斗的动员起来　/ 1024

胜利完成边区统一累进税　/ 1028

关于标准亩和免征点的问题　/ 1031

反对亲日派、反共顽固派摧残青年　/ 1036

猛烈开展着的世界革命运动　/ 1039

克服村本位主义反对资本主义思想　/ 1043

发扬边区公安局暂行条列的基本精神　/ 1047

粉碎敌寇灭亡中国的"治安强化运动"　/ 1050

反对亲日派反共顽固分子摧残文化的罪恶行为　/ 1053

边区人民武装委员会成立一周年　/ 1056

加紧争取伪军　/ 1060

抗敌后援会成立二周年　/ 1064

论抗战勤务动员办法　/ 1068

粉碎敌寇抓捕壮丁的新阴谋　/ 1072

论闽浙沿海之战　/ 1075

纪念五一与加强工人阶级建设根据地的自觉运动　/ 1079

神圣的壮举　/ 1082

掌握马克思主义的理论武器　/ 1085

抗议非法摧残重庆新华日报的罪行　/ 1089

论统一累进税的调查工作　/ 1093

纪念"五九"反对祸国殃民的罪行　/ 1097

论统一累进税的计算与审查工作　/ 1100

论统一累进税的评议工作　/ 1104

布置集会工作中的朴素切实作风　/ 1106

实行统一累进税是中共一贯的主张　/ 1109

边区财政建设的新阶段　/ 1112

坚决展开对敌斗争　/ 1116

论日本的侵略动向　/ 1119

统一累进税与统一战线　/ 1123

坚决拥护党中央关于经济和技术工作的决定　/ 1127

晋察冀边区各界抗日救国联合会成立　/ 1130

略论时局　/ 1133

争取统累税调查工作的平衡　/ 1138

胜利完成麦收工作　/ 1141

开展反对敌寇征调青年的人员战争　/ 1144

纪念"五卅"十六周年　/ 1147

庆祝抗大五周年　/ 1150

谨防扒手　/ 1153

谣言与烟幕　/ 1156

为远东慕尼黑质问国民党　/ 1160

提高教师社会地位加强国民教育　/ 1164

拥护陕甘宁边区施政纲领　/ 1167

边区新文化建设的壮举　/ 1171

庆祝八路军总攻胜利　/ 1174

关于统一累进税调查工作中的几个问题　/ 1177

晋南战役的教训　/ 1181

为争取边区工业品完全自给自足而继续努力 / 1184

怎样开展边区的新文字运动 / 1187

地中海烽火与太平洋暗云 / 1190

庆祝边区文联成立 / 1193

边区中学恢复自费的严重意义 / 1196

准备进行统一累进税的征收工作 / 1199

论德国法西斯进攻苏联 / 1202

准备举行农产品展览会 / 1205

为反法西斯的国际统一战线而斗争 / 1208

世界政治的新时期 / 1211

庆祝华北联合大学建校两周年 / 1214

防洪放淤的重要意义 / 1217

拥护边区婚姻条例 / 1220

广泛开展抵制仇货运动 / 1223

苏英对德联合行动协定的重大意义 / 1226

继续提高生产技术 / 1231

为最后澈底胜利的完成统一累进税而斗争 / 1234

坚决粉碎敌寇"第二次治安强化运动" / 1238

一切为着希特勒主义之死亡 / 1241

在斯大林的领导下去粉碎敌人 / 1248

近卫新内阁的成立 / 1251

论当前边区的新文字运动 / 1254

踊跃缴纳统一累进税 / 1258

关于统一累进税的分配 / 1261

统一累进税调查工作在平西的开始 / 1264

踏着烈士们的血迹前进 / 1270

出路和迷路 / 1273

晋察冀边区目前对敌斗争的特点 / 1277

保护妇女干部及其婴儿的决定的意义 / 1281

奖励自由研究 / 1284

欢迎科学艺术人才 / 1287

苏美间密切合作的意义 / 1291

论志愿义务兵役制的实施 / 1294

起来，反对敌寇残暴的烧杀！ / 1297

纪念百团大战一周年 / 1300

展开对敌宣传战粉碎敌寇的"治安强化运动" / 1303

反法西斯统一阵线的生长与壮大！ / 1306

罗斤会谈以来的太平洋形势 / 1308

反对敌寇经济掠夺的暴行 / 1311

加强党性的锻炼 / 1314

庆祝晋冀鲁豫战役出击胜利 / 1316

粉碎日寇秋季"扫荡" / 1320

全边区人民紧急动员起来，为粉碎敌寇"扫荡"而斗争 / 1323

加强反"扫荡"的战斗步调 / 1326

反对学习中的教条主义 / 1329

一切为了反"扫荡"战争的澈底胜利 / 1332

纪念"九一八"十周年粉碎敌寇秋季"扫荡" / 1337

反"扫荡"战争的新阶段 / 1340

纵寇无益 / 1343

团结、英勇、顽强　粉碎敌寇秋季"扫荡" / 1346

始于东北终于东北 / 1349

打碎旧的一套 / 1351

普遍的开展高度分散的群众游击战争 / 1354

抗战到底自力更生 / 1356

（五）

我们要为被残害的同胞复仇 / 1361

反对敌寇"井村政策" / 1364

武装保卫秋收全部完成统累税 / 1366

广泛开展群众游击战与武装除奸 / 1369

紧急动员起来武装保卫秋收！ / 1372

严厉镇压敌探汉奸切实保障人权恢复和巩固抗日社会秩序 / 1375

尖锐对敌斗争坚决反对资敌 / 1378

建立周密系统经常的调查工作 / 1381

完成秋收秋耕 / 1383

建立欧陆第二条战线 / 1386

晋察冀边区永远是我们的 / 1388

广泛开展互助运动 / 1393

解决锄奸政策的出发点 / 1395

当前的住房问题　/ 1397

克服一切困难澈底完成统一累进税　/ 1399

庆祝东方各民族反法西斯大会开幕　/ 1402

迅速完成公粮征收工作　/ 1404

积极准备开展冬学运动　/ 1407

起来！粉碎敌寇第三次"治安强化"运动！　/ 1411

开展军民誓约运动　/ 1415

国内经济大势与改革之必要　/ 1418

伟大的破击战　/ 1422

远东大局　/ 1425

日本共产党和日本人民的反战斗争　/ 1429

反侵略的力量增长着　/ 1433

粉碎敌寇抓捕一百一十万壮丁的计划　/ 1437

总结日本的临时议会　/ 1441

加拿大军增防香港　/ 1444

旬日来的美日谈判　/ 1447

敌占区同胞起来！反对敌寇的"粮场制度"与"配给制度"　/ 1450

检查和总结年度工作　/ 1454

纪念"一二九"运动六周年　/ 1457

破击战的伟大胜利　/ 1460

纪念本报四周年　/ 1463

敌后游击战争的新任务　/ 1465

庆祝华北朝鲜青年联合会晋察冀支会暨朝鲜青年义勇队华北支队第二队的诞生　/ 1469

世界政治的新转变　/ 1472

　　太平洋战争形势　/ 1475

　　全面展开对敌经济战　/ 1479

　　太平洋战争与苏联　/ 1483

　　站在反法西斯斗争最前线　/ 1487

　　敌寇第三次治安强化运动的惨败　/ 1490

　　太平洋战争爆发后的国内军事形势　/ 1493

　　迎接中国青年反法西斯大会　/ 1497

　　太平洋战争中日寇在我沦陷区内的动向　/ 1500

《晋察冀日报》·一九四二　/ 1503

　　欢迎日伪军归诚　/ 1505

　　热烈准备参加军民誓约典礼　/ 1509

　　马尼拉失守后的太平洋战局　/ 1512

　　敌军工作是反攻的先锋　/ 1515

　　积极准备举行军民誓约运动　/ 1518

　　庆祝边区成立四周年　/ 1521

　　论志愿的义务兵役制的实行　/ 1524

　　中国青年反法西斯大会的胜利　/ 1528

　　反对敌寇的"国防献金运动"　/ 1531

　　北岳区人民武装部成立　/ 1534

　　反对日寇凌虐英美侨民　/ 1536

　　敌伪"治安强化运动"向那里去　/ 1539

　　掌握马列主义的锁钥　/ 1543

伪军反正的浪潮　/ 1546

伟大的"一二八"　/ 1549

北岳区人民武装发展的新时期　/ 1552

广泛开展旧历新年的文化娱乐工作　/ 1556

保卫中华民族的青年一代　/ 1559

青年应站在志愿义务兵役制的前列　/ 1563

提高民族气节反对敌人的自首政策　/ 1566

澈底消灭浪费现象　/ 1570

纪念"二七"斗争的十九周年　/ 1573

论敌占区的粮荒　/ 1576

展开春耕运动　/ 1578

北岳区抗敌后援会第三次大会的胜利　/ 1581

宣布党八股的死刑　/ 1585

展开宣传工作上的新阵容　/ 1588

提高干部的文化水平　/ 1591

大后方的土地问题　/ 1594

太平洋战争与全民动员　/ 1597

轴心的春季攻势　/ 1600

打破贯澈政策的阻障　/ 1603

新加坡沦陷后的国内形势　/ 1606

新加坡的陷落和日本军部法西斯主义　/ 1609

禁用简笔字　/ 1613

克服调查研究工作中的主观主义　/ 1616

打击敌人在敌后　/ 1619

春季攻势前夕的苏德战争形势　/ 1622

迅速展开防疫卫生运动　/ 1625

确定自力更生的经济政策　/ 1628

教条和裤子　/ 1631

肃清新闻工作中的党八股残余　/ 1635

救救难侨　/ 1638

积极扩大春耕运动　/ 1642

纪念"三一八"　/ 1645

百倍的提高警觉性　准备粉碎敌寇"扫荡"　/ 1647

从自己装进的囚笼里跳出来　/ 1650

欢迎国际反法西斯战友　/ 1654

村政权的简政工作　/ 1657

实行三三制　/ 1660

党的决定　/ 1664

澈底实行三三制是今年村选的中心任务　/ 1668

一九四二年度的村选与村财政建设　/ 1672

近东的暗云　/ 1675

日寇的新困难　/ 1678

是战略反攻还是攻势防御？　/ 1681

整顿三风必须正确进行　/ 1684

自我批评从何着手　/ 1688

在游击战争环境中在职干部教育是可能和必要的　/ 1691

贯澈精兵简政　/ 1693

（六）

党内民主问题　/ 1699

破晓前的黑暗　/ 1702

把"矢"拿稳　把"的"认清　/ 1705

维希内阁的改组　/ 1708

敌寇必败之局与"四次治运"　/ 1710

讨论整顿三风的具体化　/ 1715

迎接困难　加强团结　/ 1718

造成学习热潮　/ 1721

粉碎敌寇阴谋　巩固军民团结　/ 1725

今年完全击败希特勒　/ 1728

一定要学习廿二个文件　/ 1731

腊戌失守与国内团结问题　/ 1735

整顿三风中的两条战线斗争　/ 1738

反对群众工作中的主观主义　/ 1742

贯澈统累税新税则的精神　/ 1745

保卫冀中、保卫边区　/ 1748

一定要反省自己　/ 1752

击破敌人的经济掠夺与封锁　/ 1756

加强对于学习的领导　/ 1759

华北各抗日根据地在空前残酷斗争中　/ 1763

宣传唯物论　/ 1768

再论敌后精兵简政　/ 1772

保护根据地人力的斗争　/ 1774

怎样学习？怎样检查？　/ 1777

战后新世界的瞻望　/ 1780

外强中干的敌奔袭战术　/ 1785

贯澈党的政策　/ 1788

建立新中国的客观条件　/ 1791

打开在职干部学习的新阶段　/ 1794

为党的一贯方针而奋斗　/ 1797

日寇无耻堕落的宣传伎俩　/ 1801

深入业务学习　加强组织领导　/ 1805

英美对我援助和期望　/ 1808

八路军永远和我们在一起　/ 1811

开展对敌政治攻势　/ 1815

澈底实行精兵简政　/ 1820

报纸与新的文风　/ 1823

中国共产党忠实于自己的诺言　/ 1827

肃清计划、检查、总结工作中的主观主义　/ 1830

领导整风的关键　/ 1836

斯邱会谈　/ 1839

今天的敌后战斗　/ 1842

精兵简政当前工作的中心环节　/ 1846

精兵简政的模范　/ 1851

消灭群众运动中党派主义的残余　/ 1855

纪念九一记者节　/ 1860

我们始终要同老百姓在一起　/ 1863

一个极其重要的政策　/ 1867

敌后形势与我军政治工作　/ 1871

警惕起来！动员起来！战斗保卫秋收！　/ 1876

当前北岳区精兵简政的几个问题　/ 1880

控诉敌寇屠杀俘虏的暴行　/ 1883

反对敌寇疯狂轰炸，誓死复仇！　/ 1886

党与党报　/ 1889

从敌寇的铁蹄下把宗教解救出来　/ 1893

是开辟第二战场的时候了！　/ 1898

勇士与懦夫　/ 1901

敌寇所谓第五次治安强化运动之剖析　/ 1904

正确的学风、正确的党风　/ 1908

简政要从思想上贯澈　/ 1912

灵寿之役　/ 1915

历史教训　/ 1918

日寇驱使人民进行长期战　/ 1922

评柏林声明　/ 1926

今年的冬学　/ 1931

敌后的民主建设　/ 1934

日寇对它的"大东亚战争一周年"的悲哀的"回顾" / 1937

纪念"一二·九" 反对敌寇掠夺青年 / 1941

给党报的记者和通讯员 / 1944

汉奸新民会组织青少年团阴谋的败露 / 1949

汉奸"新国民运动"的本质 / 1954

《晋察冀日报》·一九四三 / 1957

日寇所谓"归还租界"与"撤废治外法权" / 1959

伪钞的"直接兑换制"及其危机 / 1962

展开通讯员工作 / 1966

学与用的统一 / 1969

伪钞破产的命运 / 1973

列宁还活着呢！ / 1976

四论红军冬季攻势 / 1980

伪组织"参战"后的华北敌占区 / 1984

庆祝边区第一届参议会开幕 / 1988

边区五年来的伟大成就 / 1991

澈底实行《双十纲领》与《双十纲领》实施重点 / 1995

边区新民主主义政治建设的新时期 / 1999

论《晋察冀边区租佃债息条例》 / 2004

团结的力量 / 2007

贯澈统累税税则到人民中去 / 2010

庆祝红军节 / 2013

边区妇女工作的新认识 / 2016

华北敌占区的金融危机 / 2019

论通讯工作 / 2023

为刘庄惨案而控诉 / 2029

华北敌占区的经济恐慌 / 2032

敌占区青年起来反抗日寇的奴化奴役 / 2035

（七）

一位新的榜样 / 2041

敌寇所谓"对华政策的转换" / 2044

敌伪金融危机与"二亿借款" / 2047

敌寇的掠夺与"增产" / 2052

华北敌占区的惨状与敌伪的"肃正吏治" / 2055

东条访宁 对我发动新进攻之信号 / 2058

目前村政权建设的重点 / 2062

为消灭日本法西斯兽类而斗争 / 2065

敌占区的"通货问题" / 2068

汉奸"一元化体制"的大悲剧 / 2072

粉碎敌伪"蒙疆四次跃进运动" / 2076

伪军当前的劫运与出路 / 2080

日寇统治下的伪军 / 2083

汉奸的自供状 / 2086

对伪政权的清算 / 2089

建立新的劳动观念 / 2092

敌伪残杀青少年的新阴谋　/ 2096

斥汉奸的"独立"与解放　/ 2099

加强区政权的几个问题　/ 2102

加强争取伪军伪组织人员　/ 2106

保障逃亡户的财产权益！　/ 2109

敌伪"物资对策"的穷途　/ 2113

揭破敌伪的新骗局　/ 2116

汉奸"华北""华中"的矛盾与"一元化"　/ 2119

纪念五一与我们的战斗任务　/ 2122

从春节的宣传看文艺的新方向　/ 2126

实施生产教育的重大意义　/ 2132

日寇特务化伪组织的阴谋　/ 2135

不可挽救的敌占区粮荒　/ 2139

中国思想界现在的中心任务　/ 2143

贯澈抗联首届代表大会的精神与决议　/ 2148

敌伪抢粮的新阴谋　/ 2152

汪逆的"战时特别法"　/ 2155

敌伪的"紧急食粮问题"　/ 2158

永远崛立着的晋察冀人民　/ 2162

我们一定要报仇　/ 2165

广泛开展李勇爆炸运动　/ 2169

敌伪的所谓"剿共建国"和"增产救民"　/ 2173

粉碎敌人抢粮阴谋　/ 2177

政治与技术　/ 2180

抗战与民主不可分离　/ 2184

提高农产价格保护农民利益　/ 2189

起来！制止内战！挽救危亡！　/ 2192

全体人民动员起来把敢于向边区进攻的反动派打出去　/ 2197

质问国民党　/ 2201

根绝国内的法西斯宣传　/ 2207

再接再厉消灭内战危机　/ 2211

法西斯主义底末日　/ 2215

要求国民政府整顿军纪军令　/ 2219

边区第二届县议会的任务　/ 2223

请重庆看罗马　/ 2226

没有共产党，就没有中国　/ 2233

反对国民党的反动新闻政策　/ 2239

国民党真愿为秦桧耶？　/ 2244

意大利投降后时局之展望　/ 2247

动员起来，粉碎敌寇抢粮"扫荡"！　/ 2251

粉碎晋察冀边区反共特务份子的谣言攻势　/ 2255

一致行动起来坚决粉碎敌寇大举"扫荡"　/ 2260

让敌人死在地雷阵地里　/ 2263

猛烈开展反"清剿"反掠夺斗争　/ 2266

在战斗里完成秋收秋耕与秋种　/ 2269

只有新民主主义才能救中国　/ 2272

论北岳区的反"扫荡" / 2275

东条的动向 / 2279

开展群众减租斗争 / 2283

庆祝反"扫荡"胜利与我们的工作 / 2287

《晋察冀日报》·一九四四 / 2295

一九四三年的国际局势 / 2297

陕甘宁边区劳动英雄代表大会给我们指出了什么？ / 2303

掀起拥政爱民及拥军的热潮 / 2310

论晋察冀边区国民党高级干部的投敌叛国 / 2315

晋察冀军民反"扫荡"大捷 / 2319

要求国民党取消在敌后的特务政策 / 2321

向沁源军民致敬 / 2330

开展反"清剿"反"封锁"的斗争 / 2334

今年的拥政爱民月与拥军运动月开始了 / 2337

开展大生产运动是全边区军民的神圣任务 / 2343

贯澈拥政爱民与拥军政策 / 2348

进一步贯澈减租政策成为开展大生产运动的必要条件 / 2353

及时展开春耕运动 / 2357

加强机关部队生产的领导 / 2361

读林主席报告 / 2366

朝鲜民族的战士和我们并肩作战 / 2371

积极开展游击区的生产运动 / 2374

敌后军民的道路 / 2378

旧阴谋新花样　/ 2383

边区的民主政治　/ 2387

朝着敌后吴满有的方向前进　/ 2392

巩固与提高机关部队的生产　/ 2398

（八）

敌寇大批解决伪军的阴谋　/ 2405

贯彻全党办报的方针　/ 2410

边区妇女大会的主要教训　/ 2414

纪念"五一"进一步开展敌后赵占魁运动　/ 2419

贯澈文化为工农兵服务的方针　/ 2424

纪念马克斯深入开展整风运动　/ 2429

检查一下我们的群众观点　/ 2435

生息民力坚持阵地　/ 2440

冀中我军大捷　/ 2444

敌后根据地生产运动的开展　/ 2448

紧急动员起来，消灭蝗蝻！　/ 2452

为护麦的澈底胜利而斗争　/ 2455

纪念联合国日，保卫西安与西北！　/ 2459

苏联爱国战争三周年　/ 2463

纪念中国共产党英勇奋斗的二十三周年　/ 2467

中国共产党创立二十三周年　/ 2472

突击压绿肥　/ 2475

猛烈开展对敌政治攻势　／2478

　　把新闻报导工作提高一步　／2483

　　准备迎击敌寇的"扫荡"　／2487

　　普遍深入开展冬学运动　／2490

　　积极开展秋冬的生产运动　／2493

　　迎接边区第二届群英大会及展览会　／2498

　　揭破一切法西斯的特务罪行　／2503

　　围山打猎为民除害　／2507

　　群众大选中应注意的几个问题　／2510

《晋察冀日报》·一九四五　／2515

　　从李国瑞的转变说起　／2517

　　贯澈减租　／2520

　　张瑞的合作社道路　／2526

　　把拥政爱民与拥军优抗更推进一步　／2530

　　广泛的发展和提高边区的劳动互助组织　／2533

　　更进一步发动解放区妇女参加生产卫生文化运动　／2540

　　户计划与家庭会议　／2543

　　实现"耕三余一"　／2549

　　冀热辽反"扫荡"大捷　／2553

　　加强边缘区的对敌斗争　／2560

　　新闻必须完全真实　／2563

　　再论展开尊爱运动　／2567

　　苏联废除苏日中立条约　／2571

扩大妇女团结，为民主而奋斗　准备成立解放区妇女联合会　/ 2574

旧军队的改造　/ 2578

解放区人民热烈参军　/ 2582

今年"五一"我们需要做的事情　/ 2586

全军生产自给　今年应是普遍推行的一年　/ 2592

迎接解放区青年联合会的成立　/ 2597

庆祝欧洲反法西斯战争胜利结束　/ 2600

提高一步　/ 2603

中国人民胜利的指南　/ 2607

目前伪军工作的任务　/ 2612

评国民党大会各文件　/ 2617

反对等待、自满　紧急防旱备荒！　/ 2624

开展群众性的卫生运动　/ 2627

开展敌军工作的新任务　/ 2631

团结的大会胜利的大会　/ 2635

关于发展私人资本主义　/ 2644

迅速召开解放区人民代表会议　/ 2649

晋察冀扩大解放区的胜利　/ 2653

纪念中国共产党的二十四周年　/ 2657

防旱与水利　/ 2661

纪念抗战八周年　/ 2666

论如何提高一步　/ 2671

再论如何提高一步　/ 2674

三论如何提高一步 / 2678

深入学习七大文件 / 2682

开展边区民主大选举运动 / 2686

大力加强大生产的领导 / 2690

美国共产党反对修正主义的教训 / 2695

进一步贯澈党的三三制政策 / 2701

当前的紧急任务 / 2705

踊跃认购胜利建设公债 / 2708

索　引 / 2710

后　记 / 2739

《抗敌报》

一九三八

YI JIU SAN BA

一九三八

怎样来庆祝我们的胜利

随着一九三八年的转机，开始了前线上新的伟大胜利的序幕。日本帝国主义的侵略魔手，企图攫取徐州，染指武汉，疯狂的进攻津浦线，并配合着进攻甘宁青的北支队和进攻两广的南支队，来全部的灭亡中国。这个狗的野心已经用我们不断的胜利给了他初步的回答。

这次晋察冀军区的游击队、义勇军和其他许多的抗日武装部队，以八路为中心的实行全线出击，用灵活机动的游击队作积极扰敌困敌破坏敌人交通调动敌人兵力，部分的消灭敌人，收复失地，用以配合主力作战。在这个任务下面，由于上级领导的正确和指挥上的适当，各级干部的灵活机动，全体战士的英勇果敢，广大抗日民众的坚决拥护。特别是客观形势有利的配合，取得了相当满意的成绩。在东面，我们曾经一度克复新乐、望都、定县，袭击保定县城，打退据完县之敌，击毙日本一个宣抚官，活捉几个日本鬼子和大批汉奸。单单在袭望都时，毙敌五十余名，缴枪四十余支。在北面，我军攻入浑源，威迫蔚县暖泉，大大调动敌人，给敌人相当的损失。在南面，我军袭击石家庄和行唐。在西面，我军攻入忻口，与敌巷战，都给了敌人极大威胁和强烈的打击。我们动员了广大群众，破坏许多铁道和交通，摧毁了一切伪组织。这些不断的伟大的胜利，大大打击了敌人，大大配合了主力，大大兴奋了友军和抗日民众，大大提高了我们部队的自信心，大大粉碎了"群众无组织无力量"的托派理论，大大的锻炼了我们的战术素养，大大扩大了我们在全国以至全世界的政治影响。这是平型关战斗后的第一次大胜利，这是一九三八年整个胜利的开端。

一切愿意抗敌救亡中国同胞都应该欢欣鼓舞地庆祝我们的胜利。因为我们的一切都是为着抗敌胜利因为只有抗敌胜利才能使我们得到解放。可是我们不要害了疯狂病，我们不要因为胜利而热昏了头。我们要在庆祝胜利的当儿，憧憬着过去，把握着现在。

我们前线最英勇的武装部队，应该根据这次作战的经验更好的来提高军事技术，加强政治工作，更好的来巩固自己和锻炼自己。因为只有这样，才能够在不断的战斗中把自己变成钢铁的力量，开屏新的更伟大的胜利。

在后方，我们要动员一切的政治的经济的力量，来配合前线作战，保证前线必需的胜利条件的取得。特别在目前最广泛的开展春耕运动，加紧生产战线上的突击，提高农业生产的水平，多种麦子、高粱、蕃薯等必需的粮食，发动革命的竞赛。因为只有这样，才能使部队给养和人民食粮得到保证，才能支持长期的抗日战争。

我们要提高政治警觉，加紧反汗奸托匪的斗争。托落斯基派是全国人民的公敌，他的口号是打倒国民党共产党，打到三民主义，他极力破坏国共合作，破坏抗日民族统一战线，用极左的口号来欺骗幼稚的青年。他受日本帝国主义的津贴，帮日本做灭亡中国的清道夫。必须彻底的粉碎他。

（原载一九三八年二月十七日《抗敌报》第一版社论）

我们怎样打败了涞源的敌人

一、敌人的企图

由于军区在各条铁路在线每次战斗中获得了大小不同的胜利,给敌人以很大的打击,以致达成配合全国主力作战的任务。我们牵制了敌人一大部份兵力,破坏了敌人很多的交通线,使敌人感受到极大的威胁与困难。因此敌人便疯狂的失人性的残暴的烧杀政策来企图镇压□□服我中国民众。结果恰恰相反,使每一个中国人都□□了所谓帝国的皇军"皇恩"就是这样。因此使群众更深刻的了解了现在所处环境是如何的严重,更进一步的认识了应当怎样对付敌人来求自己生存的权利,便愤怒的坚决的自动的武装起来,向着一个目标誓死赶走日寇。

因为我们军区军事上的发展，已经深入到敌人的后方。不仅如此，即敌人大吹大擂的伪都，也在我游击队□□包围袭击情势之下，汉奸巨头王克敏的耳鼓里也有□□游击队的枪声。因此敌人用一联队的兵力，田易县□扎□□到涞源，企图打通易涞和涞蔚公路，并修筑机□和□重要据点构筑工事，以切断军区与军分区及各介入敌人远后方的游击队的联络，使军区活动的范围缩小，造成敌人后方交通线的安全。我们先正确的估计了敌人的企图，然后经过我游击队义勇军高度坚持性不断的□□的勇敢的截击伏击袭击和扰击敌人，经半个月的激动战斗，结果打退了敌人。这一个胜利是具有战略意义的。现把战斗的经过写在下面。

二、战斗经过

一、三月二十一日，敌七百余分两路向紫荆关进攻，一路经吴家沟鸭子沟迂回荆紫关，一路经上陈驲坡下正面与我军小部于六时接触，战斗二小时，我自动撤退，敌共伤亡七八十人，我伤亡六人，本日晚敌进至紫荆关。

二、二十二日，紫荆关之敌七百余，被我小部引至大礁石，紫荆关之敌二百余，大盘石之敌约五百余附炮二门。

三、二十三日，大盘石之敌被我诱至王安镇。

四、我军本拟诱敌深入至铁岑佟川之线消灭之，因敌进到王安镇后，不再前进，遂于二十五日五时我军一部向停留王安镇之敌进攻，以手榴弹刺刀肉搏二小时许，因猛掷手榴弹，房子亦被燃烧，敌死三百以上及负伤者八九十，同时我在乌龙沟之部队，与增援之敌激战一小时，七时许增援敌已到王安镇附近，与我围攻王安镇部队激战二小时，此次我伤亡共百余，敌伤亡四百以上。

五、敌此次增援约一千五百余，附山炮二门，重迫击炮五门，原有之敌四百余，共敌约二千余，除战斗伤亡四百外，王安镇敌共千五百余，于二十五日午后分三路向铁岑进攻，右路经孙家园年鱼沟以北山地向芊庄佟川攻击，并轰炸辛庄，左路经孙家庄以西大山，经闫家庄以南上山进攻小河周家庄，正面从川里以一小部攻击前进，二十五日晚敌五百余进至辛庄，并与我军一部激战一小时许，我伤亡十余人，敌伤亡五六十人，闫家庄二十五日晚到敌四百余，二十五日午后五时，敌从紫荆关又增援七百余，附炮三门，大车十余辆，晚宿营于塔崖峪。

六、二十六日黄昏前，敌进至涞源，午后十时始全部到达，共有步兵二千余，骑兵三百余，大车百余辆，驼骡二百余，骑兵驻东关及沙河，步炮兵驻北关西关，我军同进攻涞源之敌在六日内共作战四次，敌伤亡共五百以上，我伤亡连以下十三名，战士百余。

七、敌进占涞源后，非常恐慌，每天派骑兵分途到城外游击，二十八日晚我军一个排及轻机枪二挺迫击炮连袭扰涞源西关之敌，发炮二十余发，步枪轻机枪亦射击一些子弹，敌甚恐慌，大部上城墙，乱放轻重机枪，至十二时始停。

八、三十一日晨，我军以炮向涞源城发炮十余发，敌于十六时，约七百余人，内有骑兵二百余，分攻南山屯北石佛，并向我北石佛以北之玉皇庙山上发炮四十余发，我军一部与敌战约二小时，敌始进至北石佛及南山屯，并在南山屯焚烧房屋，于黄昏时撤回城内，我伤四名。

九、敌在涞源盘据，因粮食缺乏于二日敌约二百余，进至涞源西之北石佛，抢掠民众粮食，被我一个连打回城内。

十、王安镇之敌，于四月二日二百余人，进至大台子附近，企图抢东西，烧房子，敌军一部进至黄台院附近遇敌，我即猛烈攻击，消灭该敌一部，敌分两路乱窜，一部向殷家铺溃退，我尾追至该村，敌据民房顽抗，另一路敌占领黄台院西南高地，我因地形情况不明，即停止追击，与敌对峙三小时之久，是役捉获敌军医兼翻译一名，系朝鲜人，手枪一支，文件一部，我伤亡二十一名。

十一、三日八时，我军浮图峪南七里二道河伏击押给养车之敌百余，激战二小时，敌大部被我击毙，俘虏二名，缴获轻机枪一挺，手枪七支，步枪四十一支，行李辎重甚多，战马三十余匹，并击退浮图峪涞源各方来援之敌四次。我伤亡三十余人。

十二、我军一部，于五日十三时在佟川附近伏击敌骑兵百余，大部被我消灭，至十七时止，缴获马五十七匹，步枪六十四支，其余军用品甚多，我伤亡四十余人。

十三、六日我军一部，袭击涞源城，直抵南门，敌均住城内，门外有铁丝网，城门紧闭，战斗约半小时即退回，敌恐慌异常，又我军一部，与由大盘石向白家沟进攻之敌二百余人，激战一小时，敌撤回大盘石。

十四、我便衣组，于八日在石门禁，用炸弹打死正在烧房子敌人四名。

十五、九日二十三时，我军派兵小部，袭扰王安镇，我打数十枪，敌乱放步枪机枪和炮约二小时。

十六、十日十一时向曹家庄进攻之敌二百余，当被我击溃，向丰乐村逃窜，该敌伤亡三四十名。

十七、我军一部，十日在小河肖家峪之线，伏击从涞源东进之敌四百余，炮二门，战马二百余匹，于十一时开始战斗，激战约四小时半，敌伤亡极重。缴获战马四十一匹，步枪三十五支，子弹二千发，军用品粮食一部，我伤营长以下干部百二十人。

十八、十日六时，我军一部于梁格庄同由大盘石西进之敌步兵百人左右遭遇，敌占优势阵地，并遭在乌龙贝西北高地占领阵地之敌七八十人夹击，因我军处于不利地位，与敌激战四小时之久，敌由陈崖驵继续增援二百七八十人，附炮二门，战马四百左右，十二时许，我全部逐撤退，是役敌伤亡数十人，我伤十六。

十九、十一日四时涞源之敌七百余，车辆马匹甚多，怆惶向东撤退，我军一部当即收复该城。

二十、敌于十一日晚退至塔崖驵，大盘石一带，塔崖驵有敌步兵二百余，并有骑兵六十余，大盘石有步兵百余，敌退却时，非常怆惶狼狈，在浮图峪焚死尸二百余具。

三、经验与教训

此次进占涞源之敌，系中岛十四联队，与矢个崎十五联队之一部，事前先在金波构筑坚固工事，屯积大量粮食，然后即向荆柴关涞源攻击，前后经过四次战斗，六日时间，始进到涞源，十五联队部亦到涞源。

由于□包围涞源之各部队的机动坚决勇敢与坚持战斗近半月之久，敌不断被我□□、伏击、夹击，经过大小十余战，敌每次均遭受重大损失，我伤亡支队参谋长及营以下干部约三百人，但敌则超过二倍于我有余，并且我俘获人马武器辎重很多，特别是十日敌在于善铺至浮图峪之线，遭我四次打击，于是不能不于十日晚怆惶退却，除遗弃一部辎重外，大部焚毁，伤兵未收完，遗弃死尸近二百具，尚正用火烧，未曾收走，以致臭气冲天，足证撤退之狼狈。

此次战斗中，因我们能相当利用游击战与运动战之配合，除南北夹击部队之主力执行机动外，在敌人据点周围小部队及便衣队，不断的打击敌人的打粮及烧房子部队，使敌人一草一粟都要拿日本人的性命来兑换，同时在敌据点周转袭扰时，敌则枪炮声齐作，日夜不停，敌邻部队则奔命来援使敌疲万分，因此敌虽占领据点，构筑工事，我虽无重火器，但敌亦无法久留。

我们打败涞源之敌，是有战略意义的。这一胜利的取得，总结起来是：

一、由于我们有最高之积极性和坚持性及机动勇敢；

二、游击战与运动战之适当配合。但同时我们也有对敌人困难估计不够的缺点，以致未能时时准备追击和已发现敌退征侯未即准备追击，已知敌退，未能及时猛追，所以未得到追击更大的胜利。

四、总结

根据此次战斗，证明了游击队义勇军的战斗力，经过此次战斗，义勇军游击队更提高了自己的战斗力。并且证明了游击队义勇军不但能作游击战而且能打运动战，不但能袭扰敌人而且能歼灭敌人，让那汉奸和日寇□我们的游击队义勇军无战斗力吧！让敌人自骄自大吧！可是中岛失个崎道是饱尝了我们游击队义勇军铁拳的滋味而去了！

（原载一九三八年四月十五日、十八日《抗敌报》第四版社论）

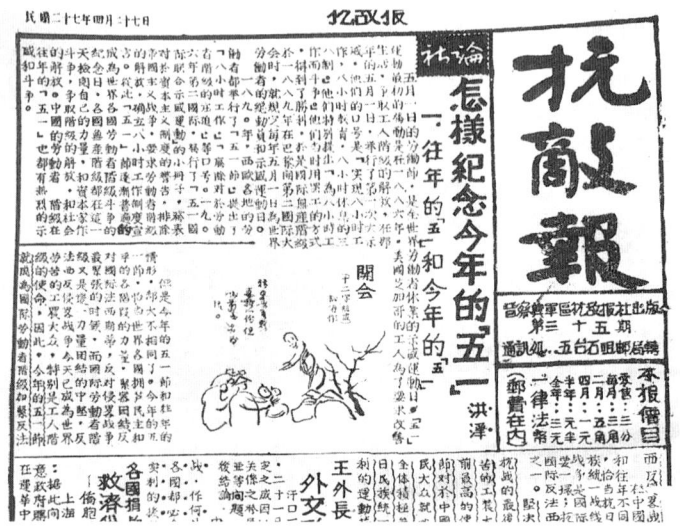

怎样纪念今年的"五一"

一、往年的"五一"和今年的"五一"

五月一日的劳动节，是全世界劳动者休业的示威运动日。"五一"运动最初的发动是在一八八六年。美国芝加哥的工人为了要求改善生活，争取工人阶级的解放，在那威，他们的口号是"实现八小时工作，八小时教育，八小时休息的三八制。"他们特别提出"为八小时工作而斗争。"他们当时用罢工的方式。得到了胜利，于是国际无产阶级于一八八九年在巴黎开第二国际大会时，就规定每年五月一日为世界劳动者的总动员和示威运动日。

一八九〇年，西欧各地的劳动者都举行了"五一节"。提出了"八小时工作。""废除对于劳动者阶级的压迫。"

等口号。一九〇六年第二国际，发行了"五一国际联合示威运动"的小册了，发表对于资本主义制度的警告，排除帝国主义战争。要求劳动者阶级的解放。确立八小时工作制度宣言。从此"五一"节逐渐普遍的成为世界各国劳动者阶级斗争的纪念日。各国无产阶级都在这一天检阅自己的力量，和资本家作斗争，争取阶级的解放，和社会的解放。中国的劳动者，阶级在往年的"五一"也都有热烈的示威和斗争。

但是今年的五一节和往年的情形，却大不相同了。今年的五一节，恰当世界各国拥护民主和平的各阶段的力量，紧密团结，反对国际法西斯蒂，反对侵略战争最紧张的时候，而国际劳动者阶级又是这一力量团结的中坚，反法西反侵略战争今天已成为世界劳苦的工农大众，特别是工人阶级的使命，因此，今年的五一节就成为国际劳动者阶级加紧反法西反侵略战争的运动节。

在中国，同样五一节的情形也和往年不同，今年的五一节在中国，恰当抗日民族自卫战争和抗日民族统一战线顺利开展的时候，这个战争是国际反法西反侵略斗争的重要一环；抗日民族统一战线也就是国际反法西反侵略阵线的重要支柱之一。

坚决支持抗日自卫战，争取抗战的最后胜利，已经成为中国劳苦的工农大众，特别是工人阶级当前最高的使命，因此，今年的五一节对于中国的工人阶级和贫苦的农民大众就必然是发动工农劳苦群众全体积极参加抗战，扩大和巩固抗日民族统一战线，争取抗战最后胜利的运动节。

二、边区工农大众要怎样纪念今年的"五一"

边区的工农大众，纪念今天五一节的基本任务，就是用全力争取抗日民族战争的胜利，但在这里，首先就遇着托派的汉奸理论，托派根本反对工农大众去完成这一任务。他偏要在这民族危机千钧一发的时候，故意鼓吹打倒资本家反对抗日，故意鼓吹无产阶级专政，主张打倒中国国民党和中国共产党，反对民族统一战线，企图造成中国的分裂与内战，以便利日本帝国主义的侵略来完成托派汉奸集团出卖中国民族利益和中国工人阶级利益的日本特务机关的警犬的任务。

　　事实上，托派今日故意鼓吹阶级斗争，鼓吹无产阶级专政，目前完全是要隐藏在这些"左"的幌子下来进行破坏中国国内的团结，分裂中国国内各阶级抗日的联合力量，帮助日本帝国主义的进攻，使中国灭亡，同时也就是使中国工农大众和其阶级人民一样，都变成日本帝国主义的奴隶永远得不到自由和解放；托派反对中国人民抗日，反对抗日民族统一战线，主张打倒国民党和共产党，正是他代表日本帝国主义的利益。帮助日寇灭亡中国的最露骨的汉奸理论。

我们工农大众今天必须认清

　　（一）今天工农大众的阶级的利益和民族的利益完全是统一的，离开了民族的利益阶级的利益也没有了基本的保障，因此民族的利益，就是工农大众当前最基本的益利。

　　（二）反对法西斯侵略主义，是今天国际劳苦大众的最高任务。日本帝国主义是国际法西斯侵略主义野兽之一，同时又是积极要灭亡中国的强盗，因此中国工农大众，积极参加抗日战争，完成抗日的任务，也就是完成国际劳苦大众反法西斯任务的中心一环。因此在纪念今年的"五一"节的时候，我们边区工农大众，除了进行各种抗日工作以外，特别要具体的抓紧下列的中心工作：

　　（一）发动广大的工农劳苦群众积极参加义勇军游击队自卫队坚持并扩大抗日武装斗争。

　　（二）提高劳动者阶级的积极性与自动性，在抗日民族统一战线和一切抗日工作中起先锋模范的作用，□□□□□的出钱出力，参加作战。最切实尊重统一战线下各阶层群众的利益，消除各阶级间的误会与摩擦，扩大抗日民族统一战线，使劳动者阶级成为统一战线的骨干。

　　这样才算是边区的工农大众真正的纪念了今年的"五一节"！

　　　　　　　　　　（原载一九三八年四月二十七日《抗敌报》第一版社论）

今年的"五五"

　　百二十年前的今天（一八一八），科学的社会主义的创造者，全世界无产阶级革命的导师——马克思是在德国的最左都市莱茵州底特别市诞生了。他以英异卓绝的天才、艰苦奋斗的一生，创造了科学的社会主义，给全世界无产阶级指示出争取解放的大路。这一指示在苏联的实现和发扬，二十年间顺利的造成了社会主义的繁荣，完成了经济建设的计划，提高了苏联人民文化和生活的水平，使苏联成为保障世界和平及一切争取解放的被压迫的民族的主要支柱；这一指示给与了全世界一切被压迫民族争取独立自由的战略和策略；不仅在过去给中国解放斗争以极大的助力，即对于我们今后的奋斗也给了明确的指南。

十七年前的今天（一九二一），三民主义的创造者，中国革命的导师——孙中山为着反抗当时祸国殃民的北洋军阀政府，为着继续完成中国的革命事业，在广东就任了非常大总统，孙先生致力于争取中华民族的解放，尽心于真正民主共和国的建立，整整奋斗四十年，给予民族革命许多远大的启示。这两位伟大的天才革命家，高度发挥他们的伟大革命精神，燃照着中国和全世界被压迫者由黑暗到光明的路灯。

为要抵抗日本帝国主义血腥的鲸吞和屠杀，为要争取中华民族的独立和生存，在今天中国，马克思主义的共产党与三民主义的国民党毅然捐弃了十年的宿恨站在一条火线上，踏着整齐的步伐，向着共同的敌人搏斗，造成中华民族解放历史上光荣的一页。我们要根据马克思对于弱小民族战斗的指示和孙先生的未竟事业，澈底发挥共产主义与三民主义的革命精神，广泛深入的解释共产主义的现阶段与孙先生三民主义的关联，保证以国共二党合作为基础的抗日民族统一战线的愈臻巩固和扩大，以争取抗战的最后胜利和民族解放！

在民族危机严重的今天，国共两党为保卫民族的生存，和衷共济的领导并且支持着全民的对日抗战！今后更需要共同携手继承中山先生的遗志建立独立自由幸福的伟大的民主共和国，完成中华民族解放的重任，这不但是必要的，而且是可能的，因为中山先生的三民主义所主张的民族独立、民权自由、民生幸福和中国共产党的政纲，基本上不但没有什么差异而且是完全一致的。在这种共同主张和信仰下，使国共两党亲密合作，促进民族统一战线的壮大，是争取最后胜利的保障，是民主共和国的基石，也是中华民族取得独立自由幸福的必要因素。

目前整个中华民族依然处在生死存亡的关头！日本帝国主义有计划的长期的不断的进攻，在华南北十几省都弥漫着惨淡的战云，企图用以华制华、不战而胜、聊战而胜或速战速决等阴谋，以遂其夺取华北，吞并全中国的野心，来挽救其腐烂的军国主义垂死的命运！

可是由于民族统一战线的目标扩大与巩固，已给日寇幻想以粉碎和打击；由于持久抗战的坚持，使日寇进退维谷，不得不进行他所最怕而对他最不利的持久战，这是日寇所难能而为我们所争取的。并且日寇利用汉奸托匪亲日派用尽一切方法，挑拨离间，造谣中伤，来破坏统一战线，来分裂国共合作，这些毒辣的诡计，也受了极大打击，近来我们在抗战中，从劣势转向优势，从单纯防御改取攻势防御，从暂时失利开始连续打了些胜仗，如台儿庄胜利及晋东南敌人九路进攻之粉碎！这充分暴露了日寇的弱点和困难。相反的我们国内团结的力量却益发壮大了。在东北、在平津附近、在察绥、在许多敌人的后方，到处开展游击战争，给了敌人以极大打击和困难，尤其是晋察冀军区的巩固和扩大，袭击敌人的侧后，牵制敌人的南犯，不仅成为支持华北抗战主要根据地之一，在全国抗战中也已起了极大的战略作用。

敌人虽处在这种痛感威胁的形势下面，随时仍有抽调大军进攻军区的可能，我们应当澈底克服一切恐日心理和太平观念，集中猛烈的火力，回答敌人的来犯，并进而战胜敌人！

全边区全中国的同胞紧密的携起手来！以英勇壮烈的姿态出现于民族革命的战场，运用并发扬马克思、孙中山给与我们的昭示；紧握着抗日民族统一战线的武器，高举起全面全民抗战的旗帜，打掉日寇给我们带上的锁链，杀死这条疯狂残忍的野兽，消灭国际法西斯侵略主义的毒菌，以争取中华民族的生存和解放，以保卫全世界的和平！这是中华民族的伟大的历使任务，也是全世界一切民主国家和爱好和平正义的人民的伟大任务。

（原载一九三八年五月四日《抗敌报》第一版社论）

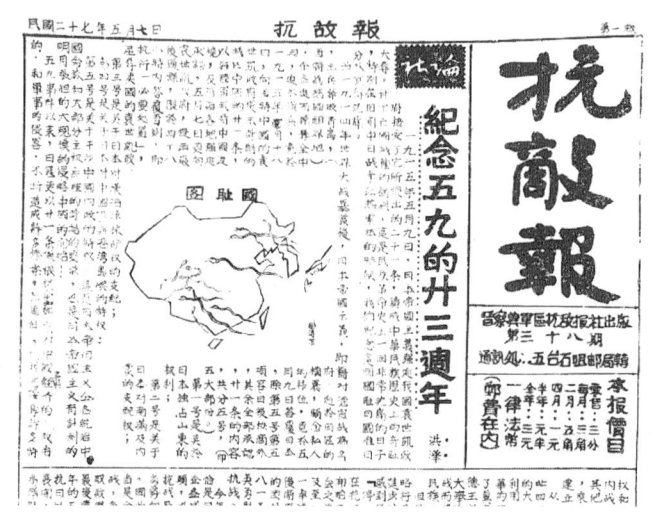

纪念五九的二十三周年

一九一五年五月九日，日本帝国主义强迫我国袁世凯政府接受了它所提出的二十一条，铸成中华民族历史上的奇耻大辱，种下亡国灭种的祸根，这是民族革命史上一个非常沉痛的日子，特别在目前中日战争血热紧张的时候，我们纪念这个国耻日国难日分外觉得沉痛。

当一九一四年世界大战暴发后，日本帝国主义，即籍对德宣战为名，出兵夺取青岛，（当特为德国租界地），企图进而掠夺全中国，迫不撤兵，竟于一九一五年当月十八日，向当时中国的袁世凯政府提出奇酷的灭亡中国的廿一条，以海陆军威胁中国边境，及沿海各地强迫承诺，五月七日更向袁世凯政府，提出最后通谍，限于四十八小时内答复否则，即执行"必要处置"，屈辱卖国的袁世凯政府，迫于日寇的横暴，顾念私人的禄位，竟于五月九日答复日本，降第五号第五项容日后协商外，其余全部承认，廿一条的内容，共分五号，（即五大部份）。

第一号是关于日本独占山东的权利；

第二号是关于日本对南满及内蒙的支配权；

第三号是关于日本对汉冶萍采矿权的支配；

第四号是关于日本对中国沿海港湾岛屿的特权；

第五号是关于干涉中国内政的特权，这是日本帝国主义企图统治中国命脉和大部分主权无理的苛酷的要求，也是日本帝国主义有计划的明目张胆的大规模的侵略中国的开始！

五九事件以来，日寇更以廿一条做根据对中国经济的、政治的、和军事的侵略，不断造成许多惨案。□事件，□我国□专许多特权和利益，同时加紧挑拨中国的内战，先后支配皖奉两系军阀及其他军阀政客使中国人自相屠杀，乘机劫掠中国的领土与主权，建立灭亡中国的基础！

从九一八日本帝国主义强占东北四省开始，日寇更走上了公开的大规模武装侵略中国的阶段，利用中国内部的矛盾，用"以华制华"的策略，配合武力进攻，制造了冀东冀察特殊政权，唆使内蒙德王叛变与进犯，更于去年七七大举进攻，企图不战而胜，或聊战而胜的吞并全中国，灭亡中华民族！

但是由于日寇残忍的疯狂的侵略行为，使中国各阶级各党派的进步份子，以及全国人民都深切感到民族灭亡的危险，逐渐日意"停止内战一致对外"的主张，在抗日民族统一战线的号召下，开始了团结，由西安事变三中全会之后，这一团结日益具体化，及至七七芦沟桥事迹，日寇企图一举灭亡华北，甚至全中国的最后阶段，中国民族统一战线内部的团结也已经有了相当的基础；八一三以后，就开始了英勇坚决的全国一致的抗战。

今年的五九纪念日，恰是日寇用武力进攻，企图灭亡中国的紧急关头，也是中华民族全面抗战最紧张而且开始由劣势向优势转变的时候。因此，今年的五九应当是全中国人民坚持抗战，争取摇动份子，争取敌军伪军，争取抗战最后胜利的运动日；今年的五九，也恰当中国抗日民族统一战线空前展开，国内团结达到更高阶段的时候，因此，今年的五九，应该是全中国人民努力扩大和巩固民族统一战线，巩固各党各派各阶层各民族的团结的运动日。

晋察冀边区，是支持华北长期抗战的主要根据地之一。边区的人民负有民族解放的重任，但边区各阶级阶层的群众，在过去还存有许多隔阂，发生过不少的摩擦与误会，至今边区各阶级阶层间的团结还很不够，而敌人对边区的进攻，又最积极，这些内部的矛盾与对立，恰好给与敌人分化进攻的便利！因此，边区的人民在今天的具体任务，首先是应该根据最近各在线中国军不断获得的胜利，及日军动摇伪军反正的事实，广泛进行宣传，指出我们的抗战已开始表现由劣势转向优势，由单纯防御改取攻势防御，以提高全边区人民对于抗战胜利的信心，争取动摇者抗日，使汉奸托匪亲日派害怕动摇；其次必须协商调解的方式密切地主资产阶级与工农群众间的抗日合作，用平等互助的原则，巩固各党派各军队各民族的团结，在"抗日高于一切"，"一切为着抗日"的前提下，消除内部一切误会与不必要的摩擦，争取动摇份子，使抗日民族统一战线愈臻扩大与巩固，再次必须拥护抗日民族统一战线的边区政府，和边区的抗日军队，坚决执行抗日政策，扩大巩固晋察冀抗日根据地；最后是扩大并建全义勇军、游击队、自卫队，广泛开展群众游击战争，争取抗战的最后胜利。全边区人民只有坚决彻底的执行这些基本任务，才能够洗清"五九"遗留下来的耻辱，才能拔除"五九"种植下的祸根，才能摧毁日寇当前的进攻，才能够清算这九十年来的血债。

（原载一九三八年五月七日《抗敌报》第一版社论）

目前抗战的新形势

一、最近的战况

自□□□□告全国民众书和中国共产党中央十二月对时局宣言发表后,中华民族即坚决走上了持久抗战的前程!

持久抗战本身,就是中华民族一种伟大的胜利!他不但粉碎了敌寇"不战"或"聊战而亡中国"的战略和幻想,而且粉碎了敌寇速战速决的企图!使敌人不得不逐渐由主动地位沦陷于被动地位,由优势逐渐转向劣势!最近四个月的战争,已开始给了我们初步的证明!敌寇付了很大的代价,遭受了极大的牺牲,(据法报载,日寇对华作战以来,伤亡已达五十万。平均每天有二千一百人死伤。)结果,不但没有获到任何决定的进展,而且遭受了局部的挫败,(如台儿庄）或胜而复败！（如敌寇对晋东南区域之九路进攻，和对晋西北区域之进攻，都被我军先后粉碎，并给了敌人极大打击，敌遭受极大伤亡。仅晋东南敌即伤亡五千余）或者完全陷于相峙状态。即以晋察冀边区来说，不但敌寇一次次的进攻，都被粉碎，而且继续不断的遭受我们的袭击，敌寇在边区周围的力量，不断的削弱或被消灭，晋察冀边区和晋中平原上的抗日根据地，不但没有被敌人摧毁，而且日渐巩固扩大起来，我们军区的挺进队已直扑到北平的近郊，对于边区最有重要战略意义的涞源经过半月多浴血战斗后，已被我们克复，此外晋东南晋西北冀南……敌后方各抗日根据地，也和晋察冀边区一样飞速的巩固扩大起来，加以各线伪军纷纷反正，汉奸开始动摇，因此不但前线敌寇感受极大困难，连敌寇根据地的平津，也已开始感受威胁！大起恐慌！

总观最近各线情况，我们已由暂时的部分失利开始向优势转变！敌寇的困难和危机已日渐严重，中华民族这只伟大的睡狮，已被日寇的炮火惊醒开始怒吼了！他的"伟大的抵抗力量"连□英□国的报纸都公认了！但这还只是中华民族取得最后胜利的信号或征象！大的决斗还在我们的面前！

二、日寇正在进行更残酷的进攻

日寇是一个强大的帝国主义国家，他具有近代的优越的武装，他对于中国的进攻，不但有长期的准备和计划！并且下了最大的决心！中日战争，最后谁胜谁负，不但关乎中华民族之生死存亡。在今天已同时成了日本帝国主义法西军阀生死存亡的关键！如果日本法西军阀对华的作战失败了！不但日寇在华一切特权，将完全丧失，日寇独霸太平洋的迷梦，立被粉碎。英美势必取太平洋日寇一切地位而代之。台湾朝鲜和日本国内广大劳苦群众，还有发生民族或社会革命的危险！那样，这只一面榨压孜小民族一面榨压本国劳苦大众的日本强盗！便要"呜呼哀哉"日本法西财阀军阀这颗血醒的强盗，是"不到黄河心不死"的，除过我们把它摧毁，不然，它非灭亡全中国不止的！五月六日日本政府，已下令实行全国战争总动员，集中力量对华进行更残酷的进攻和最后的挣扎！一切认为日寇在军事上遭受部分失利，就会一蹶不振甚至自动退出中国的观点，是错误的、有害的，这样会使我们对于战争的持久性和残酷性发生估量不足的危险，会懈怠了政府将士和民众坚持持久抗战的决心！甚至给日寇造成挑拨离间的便利条件，此外别无好处。

三、整个抗战形势发展的趋势

日寇在台儿庄等战役遭受挫折后，已增派了十万援军，继续以争取徐州为中心作"困兽斗"！所有在各战线上敌寇可以抽调的力量。已大部调去或继续增调！另一方面中国也集中了相当强大的兵力，布置了新的阵容！积极反攻，津浦段第二次大的会战业已开始！这是决定未来抗战形势的主力战斗之一，谁胜谁负，关乎全局甚大，不但中日双方，即全世界关心中日战争的人士，也都在注视着这一会战！如果这一次大的会战，日本挫败，日寇内部矛盾和困难将愈形严重化，我们有由劣势确定的转成优势之可能，日寇对华战争的持久力将大大的减弱，我们可以较容易的取得最后胜利，如果这次会战我们遭受挫折，甚或徐州失守，敌寇将津浦线打通，那么，无论敌人继续原来计划令取武汉，或集中力量肃清后方巩固其已占区域之统治，都将获得转移兵力"统一指挥"各线互相呼应之便利，如此，战争在相当期间，有陷于相持状态之可能，但在整个趋势上，我们在最近必然逐渐由劣势向优势转变！决不会走向相反的方向！首先我们根据敌人方面的情况来加以说明：

（一）敌寇本来企图"不战而胜"或"速战速决"，但因遇到中华民族的顽强抵抗，已陷入日寇最怕的持久战争中，九个月的血战，敌军伤亡已达五十万，敌寇战斗力最强的部队，损失极大，征兵已至第六期，三十九岁的壮丁已被征入伍。加以军官越级提拔，官兵质量和军事素养，日趋恶劣，即以此次新增的十万援军来说；多半系满蒙伪军，朝鲜士兵列预备队，战斗力极差，同时军队数量增加，亦有极大限制。

（二）日寇在速战速决的企图失败后，在持久抗战中，又遭受了挫折，毫无收获，士气大形低落，甚或动摇，官兵自杀及反战运动，到处发现，连天津海光寺日军司令部都发现了日民反战传单！伪军纷纷反正，汉奸亦开始恐慌动摇。

（三）日国内开始发生民众暴动，东京反战示威运动中，仅被捕者即达千人以上，"五一"在大阪长崎等大城市又发生大大的反战示威运动，军队已开始发生拒绝开赴前线的现象。

（四）日寇财政日感困难，公债早已发至一七五万万，日币已开始□价，物价飞涨，日货输出锐减，本年三、四两月份，日货对美输出，较去年同期减少了百分之四十四，军事原料大感缺乏，每月向美国所购原料，即达三千万至三千五百万美金，日寇对华作战主要靠"火力"同时日寇过去的物力准备，在几个月战争中已消耗殆尽，财政困难和原料缺乏，对日寇是最大的打击和危机。

反之，我们从中国一方面来看，却可与初期抗战时（一月份以前）情形大不相同了！

1、我们已从单纯防御和阵地战，进步到开始采取攻势防御和大规模的运动战游击战，我们已由被动地位，开始转向了主动地位，——起码是部分的取得了主动地位，即在正面被敌人突破的不利情况下，我们的军队已经一般的转入敌人的侧翼和后方，对敌人进行顽强的抵抗，和袭击！使敌人中央突破的惯技，大失其效力！

2、初期抗战中我们最感威胁的是敌寇的空军和机械化部队，但最近由于我们自身的努力和爱好和平的国家，特别是苏联的帮助，我们的空军已开始占了优势，机械化的部队已开始部分发生威力，而敌寇机械化部队，却因我们采取了大规模运动游击战，威力大减。

3、我们在敌人的后方，广泛开展了游击战，并建立了巩固根据地，给了敌人以极大牵制和威胁。

4、军队指挥的统一,军队的政治的工作,军民的关系,政府本身,特别是国共合作和整个抗日统一战线及群众的战争动员,虽然还未能赶上抗战的需要,但已有了很大的进步。

5、台儿庄和各在线我们获得的胜利及伪军反正等,一方面提高了全国人民和将士抗战胜利的信心,提高了士气,同时又更进一步的粉碎了"中国无力抗日""战必败"……等荒谬绝伦的言论及恐日病。

6、世界民主和爱好和平国家和民族,特别是苏联对于我们的积极帮助,和同情,及其给予日寇的牵制打击和威胁。

上面这些事实,证明我们确已取得了抗战胜利的优越条件。在抗日民族统一战线继续巩固扩大和坚持继续抗战的前提下,它是可以保障在最近期内我们将会比较顺利的由劣势向优势转变的。

(原载一九三八年五月十日《抗敌报》第一版社论)

边区春耕运动的检讨

我们这个边区的春耕运动,自发展以来,已有三个多月,在这三个月中,关于这一运动实际进行的情形,它的成绩和缺点怎样,各方极少报道。

本报最近接得一个包括十余县春耕情形的通讯材料,(见本报下期)很足为全边区的代表,根据这一材料,已经可以使我们一般地了解到各地春耕运动的成绩和缺点,能够做一个初步的检讨。

我们细阅这十余县春耕的材料,发现了很多成绩,其中也有特别优越的,这些成绩总结起来,有下列几方面。

1、一般的进行了春耕的宣传,克服了部份群众对于春耕消极的观点;各县都普遍的召开过至少以区为单位的春耕运动的群众大会，各机关各团体组织了相当数量的宣传队，印发了许多宣传品，使群众相当认识了今年春耕的特殊意义。有极少数的地主因害怕合理负担对春耕消极和少数落后的农民只等着农会来改善生活，不愿意下田辛苦耕作的，就曾经发现的说，经一番解释教育，大体上都转变得积极了。

2、在春耕运动中相当的增进了军政民各方面和各阶级之间的关系，相当表现了和谐协调和互助的精神，解除了一些无谓的摩擦：各地的驻军与政权机关和群众团体在这次春耕运动中，工作上相互的联系和帮助，比从前有了大的进步；贫苦农民和私人地主及寺庙之间的事亲也增进了，如在垦荒工作上他们彼此间都能够采取和平协商的方法来解决问题；在耕作过程中，还相当打破了农民散漫的个人主义的传统习惯，发挥了某一程度的集体合作的精神，各种垦荒团，代耕团，合作农场，存种粮食借贷，农具合作社，牲口合作，儿童团及妇女代替自卫队站岗放哨等，都是这种精神表现。各方面都维持了从前所未见过的比较良好的关系，减少了许多无谓的摩擦！

3、组织了相当数量的贫苦农民，积极的改善了他们的生活，提高了他们参加战时生产劳动的热情，扩大了耕地的面积，部分改善了农业生产的技术条件，增加了粮食的生产，使抗战时期边区的粮食供给比较有了保证：多数县份把无地少地的贫苦农民，组织到垦荒团当中去，（可惜灾民难民失业者的组织未详）从积极方面，解决了他们的生活问题，同时在大量农民积极参加生产劳动的条件下，边区的耕地面积大为扩张，耕地扩张，生产量必随而增加，而且在此次春耕中，过于精细的非必需的和有害的作物的种植，有了极大的减少，此外，关于农业生产的自然条件与技术条件的改良，如开渠植树等，也有部份的成绩，这些地收拾予边区战时的粮食供给一相当保证。

但是，我们也不能忽视了这一次春耕运动中还存在着严重的缺点，这种缺点，是上面那些成绩所不能掩盖的。

第一，这一次春耕运动，在总的动员上，还表现出很大的落后性。首先我们看到各县极少有领导春耕运动的总的机关的组织，有一、二县份虽由政府和群众团体合组了"春耕委员会"但亦"不健全"对于广大农民进行春耕宣传，除了带些命令式的开几个群众会，印发一些宣传品外，还见不到有真正深入的随时随地采取一切活泼的群众他的方式进行不断宣传的。各群众团体对于春耕的发动还远不能做到像一个有机体那样密切地联系起来而统一的活动，结果还有很多荒地没有开垦，还有些地主对春耕仍然消极。

第二，这一次春耕中没有积极解决农民生活条件上的一切困难问题。使春耕没有收到应有的更大可能的成绩，一方面各群众团体没有积极设法和请求督促政府设法，另一方面，政府机关本身也没有切实设法有计划的用投资的方式募集的方式或借贷的方式，供给农民春耕的一切本金，农具，种籽，肥料，牲畜等。总之，群众还没有用广泛的运动，政府还没有用行政的力量，积极解决春耕中的实际困难。特别是边区的地方政府，就总的方面来说，对于此次春耕运动，基本上是站在消极的旁观的地位。采取了"若无其事"的或者是"忙得顾不到"的态度，以致许多地方没有牲口、籽种、粮食，都只能"各顾各"的"个别"的去解决，或是根本无法解决。

造成这些缺点的原因，基本上只有一个，就是各方面还没有把春耕运动真正当做抗战的经济动员的基本工作之一，对它还是用了庸俗的消极的皮相的形式的观点去了解。春耕运动表现出这些缺点，说明了各方面对于战争的经济动员的工作，不够积极，说明了我们对于"一切服从战争""一切为了战争""一切为了前线的胜利"的口号。了解得还非常不够。我们应抓住当前已得的春耕运动的经验，迅速改变我们的观点与作风，争取并保证一切战争动员的工作获得应有的最高限度的成绩，使得一切工作的结果，真正都能够充分有效的帮助战争，造成前线的胜利！

（原载一九三八年五月十三日《抗敌报》第一版社论）

从晋东北各县长联席会谈到加强政府工作

本月十日晋东北各县长在边区政府宋主任领导下举行了联席会议，在联席会上详细的分析和估计了目前的政治形势检阅了过去几个月各级政府的组织和工作，尤其是还做出很重要的决议：征筹两万石粮食，请求闫司令长官转呈中央批准发行二百万救国公债，并且还讨论，决定了怎样健全和加强各级政府机关的工作，如建立集体领导。分工检查……等等新的领导方式的良好制度，毫无疑义的这个会议是增进晋东北各级政府的工作更加适应于领导千百万人民进行坚苦的抗日战争的战斗姿态的新颖进步，我们相信晋东北千百万人民一定将十二万分热烈的鼓舞着欢迎这一进步的。

是的，津浦路上我们正同日本强盗进行残酷的主力会战的今天，晋东北与晋冀察全边区其他各区，一样的要担负的任务是广泛的开展游击战争，打击敌人的后方，有力的配合主力军的决战，一切工作都要围绕着这个光荣的战斗的任务而战斗的开展起来，充裕战争经费，保证抗日部队的给养，正是今日边区政府的实际的战斗任务，从而征筹粮食，发行公债就成为政府当前最具体的战斗动作了，这一运动，不成问题是完全正确的，同时为着完成战斗行动的胜利而又必须以战斗的精神，战斗的姿态去迎接他，同样的也是完全正确的。

不过我们还想到另一层，而认为热烈的讨论，做出了决定，这才只是开始，如像行军时的"开步走"前面的路途还远着。荆棘还多着，才能达到凯旋的歌声里啦。故此我们更渴望着看到这次联席会议的决定如何地热烈的紧张地具体地执行的音耗，才不得不贡献几个意见：

充分地发扬各级政府人员们的国家，民族意识到能绝对负责，踏实于自己的职务和事业，当然今天的情况下，我们承认各级政府人员们的爱国热忱是很高的，他们对于工作是努力的，但是我们也不能否认或多或少还存在着一些弱点。有些因轻浮而缺乏考虑，影响到解决问题，进行工作不免发生疏忽的地方；也有的过分慎重而不敢放手做事，影响到工作速度的迟缓，失去及时开展工作，这些都是因为工作上缺乏积极的负责精神和突击的作风！

因此养成各级政府人员工作的积极性、敏锐性，造成新的作风，成为当前政府工作中非常逼切的要求，和工作实际的效率为标准度量各级政府人员的作用，的确许多政府人员的工作效率很强，很大的，但是"人无十全"的过去曾经发现一些过于看重报告书的内容，结果时常因书面上的一些用得不适当辞句，而影响到工作成绩与缺点的认识和估计，不能不给工作的开展上以多少损失的地方，因此，我们要求检查工作时，要求多方考察，尤其是要以实际的，具体的事实做为标准，去说明成绩与缺点，才能将实际的斗争开展起来！

在斗争中教育锻炼培养大批真正为人民领袖的政权工作人员，我们今天所进行的伟大的民族自卫斗争，是依靠全民的力量的，尤其是最广大的劳动大众的力量，能够号召全体民众起来，领导他们参加斗争的必须是民众从他们的切身利益中，从他们的日常生活中，认定他们自己所相信，依从而选认的领袖，也只有这样的领袖。才有伟大的领导威权，一切违背民众的自觉的威权，无论如何不能成为领导广大的复杂的人民的威权，因此，我们又要求各级政府人员们从各方面以身做则，与人民打成一片，使自己成为民众选认为是他们自己的领袖，才能完成自己所负担的伟大任务。

我们认为这些意见，是真正实现集体领导，分工检查等良好制度的更具体的保证这是为着争取政府决议百分之百地实现而贡献于各级政府人员们的！

（原载一九三八年五月十七日《抗敌报》第一版社论）

从放弃徐州说到争取抗战胜利的条件

最近四个月来,敌人从津浦南北两方夹攻徐州,我军在四个月坚苦抗战中,曾经取得了许多胜利,尤其是台儿庄的胜利,为我国抗战以来,空前未有的坚持的表示。我军政治上军事上的伟大进步,大大提高了我国的国际地位与抗战胜利的信心,给了日寇的侵略凶焰,以有力的打击,给了日寇以重大的挫伤,使敌人对华速战速决的计划,完全失败,更加深陷于持久战争的深渊中,这对于我国争取抗战的彻底胜利,起了不小的作用。

但是,我国要占用日本帝国主义,必须采取持久抗战的战略。不在一城一地的得失,而要在长期的战争中,逐渐改变敌我的力量,以求得最后决战的胜利。

徐州虽为陇海津浦两路的枢纽，在华中为军事要地，但此次我军之退击徐州，在基本上仍不能改变我们保卫武汉的中心任务。

此次我军主力自动的见机的安全的由徐州撤退，并将大量军队移到敌人的侧后，继续坚持抗战，使敌人占领徐州，完全失其意义，而且困难反益增加，兵力愈形分散，这在战略上是正确的。

同时我空军于二十日去到日本散发大量的传单，这一行动震惊了全世界！晋南方面我军亦开始了部分的反攻。这说明了抗战的形势，并不因徐州我军之退击而停止，反而再接再励积极抗战。

我军在徐州的四月苦战，及其已得的各次胜利，已经表示了我国的进步，但徐州之终于退击，这又说明了我们要争取抗战的彻底胜利，不是打一两个胜仗就够的，而必须更抓紧争取抗战胜利的条件。

这里，首先必须更加努力去巩固抗日民族统一战线，发动最广大的群众，有力出力，有钱出钱，坚决抗战，在政治及军事上更求进步，争取联续的胜利。

同时，我们必须继续坚持华北的战争，敌人愈深入，困难也愈多，我们应积极的行动，把陇海、津浦线的敌军兵力调动到华北来，牵制敌人大量的兵力，使它不能集中力量于华中的战事，这样来保卫我们的武汉，吸引敌人到华北来，是争取我国战略上的重要胜利之一。

因此，我们更必须努力，但我千百万的华北民众，组成游击队、自卫队和各种救亡团体，动员群众，破坏铁路公路等等交通道路，加紧的袭扰敌人，疲劳敌人，消灭敌人，瓦解敌人。争取伪军来保卫武汉，保卫中国，以至最后的将日本强盗赶出去。

我们要坚决反对因我军退出徐州而悲观失望的错误观念，我们要毫不犹豫地坚决地抓紧争取抗战胜利的条件，加紧战争的动员，以最后战胜日本帝国主义强盗！

（原载一九三八年五月二十九日《抗敌报》第一版社论）

为完成征募救国公债而斗争

　　战争的形势是在继续地展开着，新的战斗任务也是在继续加重于中华民族儿女们的肩膀上，没有问题，这是民族自卫战争的伟业需要我们担当的，我们从百多年来鄙污屈辱的半殖民地地位，一跃而成为独立解放的中华民主共和国当然不是儿戏的，而且是一个伟大的光荣的事业，是一个艰苦的长期斗争，每个中华民族的儿女只要他是忠诚于自己的国家，民族，必须将自己的一切贡献给抗日战争，才能保证它得到最后的胜利。我们相信这个决心，应该是每个中国人，爱中国的中国人最迟也是自去年芦沟桥事变以后就要定下了的。况且，今天抗战形势更加严重，这个决心必是更强固了的。

因此，晋察冀边区行政委员会，为了保障支持和开展华北的游击战争，在敌人的深远后方打击敌人，有力地配合全国各个战线上的主力作战，保卫大武汉！而号召并领导全体人民完成募集救国公债的运动。全边区的人民将热烈地拥护这个号召。并响亮地回答这个号召：迅速完成救国公债的征募计划！

这一运动将成为当前全边区的政府，各个抗日团体和每个同胞的战斗中心任务的。所以，领导这一运动的各级政府，抗日团体的各级领导机关必须立刻广泛地热烈地动员起来！

造成群众购买公债的热潮：救国公债如其他救国工作一样的必经过人民自觉地参加，进行和完成的。一切强迫人民盲目地去参加进行和完成的企图必然会遭到失败的。那么首先的领导机关应该详细地讨论并以身作则地去执行。以自己具体的行动切实地、有效地影响广大的人民；其次是进行深入的宣传、解释。我们要利用一切可能有的宣传方法去做——一切戏剧的表演，曲调的歌唱，传单的散发，开会的讨论，余暇的闲谈……都要以购买公债的光荣任务为中心，使得全边区的每个角落里都被购买公债的热烈空气所激动起来！表扬购买公债的模范例子；克服购买公债中的落后意识，打击破坏购买公债的份子，这样才能造成一个群众运动的热潮，才能完成这一伟大运动的光荣任务。

在购买公债运动中加强各级政府、团体的领导：决定运动的目标才只是运动的开始，完成运动的任务的过程是教育、考查、监定政府与团体的干部的重要标准，因为推动运动向前开展是决定在干部身上。运动在那里迅速开始，那里的干部不成问题的是积极、努力、负责的，相反的结果是相反的干部领导的。故此，经常具体的检查并及时指导自己属下干部是各级领导机关在领导运动中的迫切工作。这一项工作稍为放松，必然给运动造成损失，甚至于失败的基础，在这里必须提出使大家警觉的：是官僚主义的作风的问题，当然其他的毛病都应该克服的，但是，官僚主义的作风是开展实际运动的最大敌人，官僚主义者善于作漂亮的报告，善于应付公文呈式，善于老套的常例，但是他的眼光里没有群众的实际行动，因为他写惯、看惯了指示信和报告书，他会画很漂亮的统计表来涂抹那些空没事的数目字，他会说一大套成语来掩盖那些不良的成绩，他会……如果领导机关里的领导者不愿意□□到群众中去求得你所提出的运动目标的真实情形，就是上了那些官僚主义者的官！你的号召就不会得到实际的回答。所以，特别在这里着重提出要求各级政府，团体的领导机关注意！！！如果不反对官僚主义的作风，肃清官僚主义的习气，那，领导机关是无法求加强，运动也无法迅速完成任务的。

把购买公债运动当作一切工作的中心环：保证这一运动的开展和迅速完成还要依靠各方面的工作的基础的，无论是自己的组织系统上的健全与否，工作作风的善良与否，干部和群众的积极性的高低……都会在这一运动中暴露出来的。故此，在进行这一运动中，各方面的工作都要围绕着这个中心的一环，从完成这个运动的任务推动其他各方面的工作，当然，我们不能够因为忙于征募公债而放弃或阻碍了其他的工作的发展。

征募救国公债的口号提出来了！

募集救国公债的数目定出来了！

什么时候完成？

完成到如何程度？

实际的战斗的行动还在后面哩！我们期望着胜利的捷报！

五．卅一

（原载一九三八年六月三日《抗敌报》第一版社论）

揭穿日伪破坏我方金融的阴谋

　　近来日本帝国主义和他所唆使的汉奸伪政权,为着要解救它们自身财政经济的危机,除了用一切欺骗掠夺的手段,加紧剥削他们所宰割下的民众之外,更积极地采取各种卑劣无耻的方法,企图吸收我国的资金,一方面作为它们进攻我国的军费的挹注,另一方面主要的是要籍此以破坏我方的社会金融,以达到它们在经济上进攻我们围困我们的目的。

　　最近,他们在许多地方,特别是在华北的冀中各地,通过了它们的走狗汉奸以及方面的关系,极力收买我国的法币,(主要是中央、中国、交通三行的钞票),伪造法币及各省省钞,使通货数额,趋于膨胀,同时任意贬低我国法币的价值，而把贬值的货币，连同伪造的钞票，一起向我们的区域排挤，以破坏我方的金融，同时也就是来破坏我们战时的财政。

我们晋察冀边区，今天已不断可以发觉到敌人这一阴谋了，敌人目前正积极吸收我们边区内在流通着的法币，并且把中国农民银行等在敌区已被贬值了的货币，大量挤进我们的区域里来，以致造成我边区中，中交的法币外流，中农等贬值币（在敌区难贬值，但在我们边区内始终专贬值）内流的现象。

目前敌人正继续不断而且日益加紧的用这种方法向我们边区进攻，显然的，这种进攻，不但是要危害我们边区的社会金融财政，与民生（察币在蔚县涞源一带所给予政府财政和人民生活的摧残，是最好的前车之鉴。）而且是危害我国整个的金融与财政。因为敌人如果大量吸收了我国的、中、中、交法币，它们可以经过外汇的手续，把我国的法币，向英美等国换得金银，由于我国法币与英镑美元，有密切的联系，敌人将可顺利进行这一交换，这对于我国政府的法币政策无疑是一个大的危害，同时敌人任意贬低我国货币价值，更是对于我国政府货币制度最明显的破坏。

今天这一危害与破坏的阴谋，敌人已首先从我们这一边区开始，我们为了稳定边区的金融社会与财政，为了保障我国整个的战时金融与财政的安全，实有彻底揭穿敌人的阴谋与立筹适当对策的必要。记者希望我们边区的政府迅速发挥积极的果断的精神运用正确的财政金融政策粉碎敌人这一进攻的阴谋。

（原载一九三八年六月七日《抗敌报》第一版社论）

献给全本区的青年

　　边区青年抗日救国代表大会，举行在即，全边区的青年工作，由于有一次总结整个这时期内的经验教训而组织上、工作上将有统一的、健全的开展。

　　谁也不能否认青年在国家民族社会的命运上，是负有极重大的使命的，无论古、今、中、外，无论思想、政治主张如何，他们对于青年的争取工作是在一切工作日程中的中心之一的，因为青年们一切都是在向前发展的，身体、意志、思想，因为青年们的成见极少，而且是活泼、灵敏、勇敢的，尤其是边区的战斗任务，一天比一天重大，更加特别需要教育，组织动员极广大青年群众到抗日战争中去，如发展华北游击战争，配合主力，保卫大武汉的整个行动与斗争。

当然，我们不能否认边区内的青年工作，在许多地方是创造了些模范的例子，和很积极地发动了青年参加许多的抗战工作，青年的热情很高的。然而，这是零星各地还没有成为整个有系统的组织活动，所以到今天边区的青年，还没有普遍的组织起来，武装起来，在许多实际的战斗动作中去学习和锻炼自己，各县各区的青年抗日救国会的组织，还没有成为广泛青年所参加，而只限于少数比较先进的，甚至于还有些县份青年简直还没组织起来，在许多群众们抗日自卫的武装组织中，青年成份还没有占绝大多数（山西区域内更还有青年逃脱自卫队的）这是青年的耻辱现象呀……青年的领袖李卜克纳西曾说："谁有青年谁有军队"那么中国的青年在国家民族被日本强盗侵略、蹂躏到今天的情况下，难道还有不警觉、奋勇而为国牺牲的吗？至于关于青年的特殊要求，如像列宁所指示的："第一是学习，第二是学习，第三还是学习"在某些地方是注意到的，但是有的地方，如果，不是根本不给青年以进步的教育，则又不正确地解释青年的学习，以为青年为了学习应该关在书房里埋头读死书，连青救会都不参加，（如某些学校内）青年在战斗中，去战斗的学习，还没有达到应有的程度，同时，一般的各方面的对于青年工作的注意，帮助是不很够的，所以青年工作一直到现在才开始形成他的系统的组织，边区青年代表大会的举行，是比工农妇女大会，迟到好几个月，是个最明白不过的事实了！

根据上举原因，我们认为今后的青年工作的中心问题，有下列几点：

1、在"抗日高于一切"的口号下，开展青年救国会，使其成为青年的统一组织，在统一的抗日救国纲领下，团结各党、各派、各阶层的青年，同时，在民主集中的组织原则的灵活运用下，发挥各种各样青年的特长和智识，全部贡献给抗日战争。

2、以先进的抗日救国的理论，武装全体青年的头脑，针对着青年的新的智识的要求具体地，有组织有计划的开展学习的热潮，尤其是要采取许多活泼的方式，（如讨论、辩论、演讲……如各种文化娱乐工作……）吸收他们和深入我们的教育，特别主要的是经常国际国内的新事变的正确分析，认识使青年赶上当前政治生活的水平。

3、青年武装起来，除了有组织的动员，（当然，经过深入的政治解释以后），广大青年到抗日军去，直接与敌人作战以外，还有许多许多的方法方式，去武装青年的，如像发动青年积极参加自卫军的工作，如像发动各个学校里的青年，受基本军事的训练，如像开展青年抗日先锋队运动。我们着重的指出李卜克纳西的话。"谁有青年，谁有军队"这一句惊语意味着武装斗争中的青年的重要使命的。

4、吸收广大青年参加到一切抗日工作里面，给他们以实际的斗争的炼炼，不仅是只要求青年参加这些工作，而且还要求青年在各方面的工作中，显示出青年的热忱积极和模范作用，因为青年时代，一切都是向前发展的，无论在身体上，在思想意志上，都是向前的，我们应该发挥青年这进取性，顺利的使用到各方面的工作中去。

5、最后一个要求，是保证一切工作的执行，必须使青年救国会的各级领导机关，一直到小组的组织和工作的健全，没有健全的组织就没有成功的运动的，这就是说青年救国会的各级组织，应该服从于战斗坏境和青年的要求性质而运用着一切组织，领导的方式去开展青年工作。

最后！我们庆祝边区青年抗日救国会代表大会的成功，并希望大会开幕后，全边区的青年工作在统一的组织统一的意志，统一的纲领下，开展到更高阶段，我们更希望全边区的青年将以热烈高涨的情绪来接受，执行大会的决议案，协同着各方面的工作发展，推动华北，一直到全国抗日战争到最后胜利，来回答大会。

一九三八.六.十一

（原载一九三八年六月十四日《抗敌报》第一版社论）

根除贪污现象

近来边区各县连续发生贪污腐化案件,而这种可耻的罪恶行为,更普遍的在政权机关中流行着——一分区×县长十天内即贪污了二百元,被群众发觉,在群众代表大会上公开承认错误,填具悔过书,就是一个不可掩饰的例子。

这些贪污腐化堕落的现象的成因,主要是由于在迅速恢复政权的过程中,有的投机份子,挂着抗日的招牌,装着积极抗日的姿态,攫取并利用权位,以图饱其私人贪婪的恶欲,置民族利益于脑后;有的份子,还不够明了边区中政权的战斗性质与任务,一但有权有势,得意忘形,遭遇恶劣复杂的环境的影响,摇动自己的脚跟,因而犯了这一罪恶。今天必须指明依法腐化这一行为,在救亡中的毒素作用，来要求各级政权彻底加以肃清。

显然的边区中重新建立起来的各级抗日民主的政权，绝非往日官僚的政治机关可比，而政权中的工作人员，也必须是广大群众所拥护的所选举的，或上级政权所认为积极抗日份子，而委派的群众领袖，因此各级政权以及行政人员，必须建立廉洁的制度，英勇刻苦的工作，以为群众的模范，与群众密切联系，更进而领导千百万的群众，与日本帝国主义进行神圣而残酷的长期战斗，以争取整个民族的独立和生存。

可是边区中某些政权工作人员，却违反了抗日民主的政权工作的这一基本原则，而陷于贪污腐化的泥坑；把群众节衣缩食所捐输的血汗金钱，抗日救国的必要经费，供给个人的腐化和浪费，这不仅使自己脱离群众而遭受群众的纪律制裁，并且使自己离开民族解放的战伤，而走入黑暗惨恶的深渊，这种行为必然会使抗日工作遭受极大的损失与阻碍，实是十分严重和可痛心的一件事。

为要根除贪污腐化的现象，我们对政府有下列的企求：

第一，重新颁布并严厉执行国民政府战时惩治贪污条例，彻底清理目前所发生的贪污案件。贪污腐化的份子无疑的是民族国家的罪人和持久抗战中的浓包，必须加以割除或处治，不应采取姑息态度。惩办贪污，是遵从国法和民意，是教育群众及行政人员舍私为公的必要办法；

第二，选任各级行政人员，必须事先缜密考察其过去的历史及工作的能力和经验，能否执行群众的要求，能否领导群众，做坚决抗日的斗争。只有选拔那些经过缜密考察的积极抗日份子来担负地方政权的工作，才会使各级政权机关日益健全。同时政府还应确立或整顿政绩制度，会计制度，税收制度等，以提拔优秀人员，惩治贪污份子，从根本上来消灭依法腐化的现象；

第三，尽量发扬群众建设政权，监督政权执行政府法令的积极性，使群众深切了解政权是真正代表自己利益而予以爱护，在各界群众代表所组成的县行政会议上，县长应当报告一切行政情形及经费收支账目，并听取代表的意见，使政权和群众的关联密切，也是从根本上来消除贪污的办法。

（原载一九三八年六月十九日《抗敌报》第一版社论）

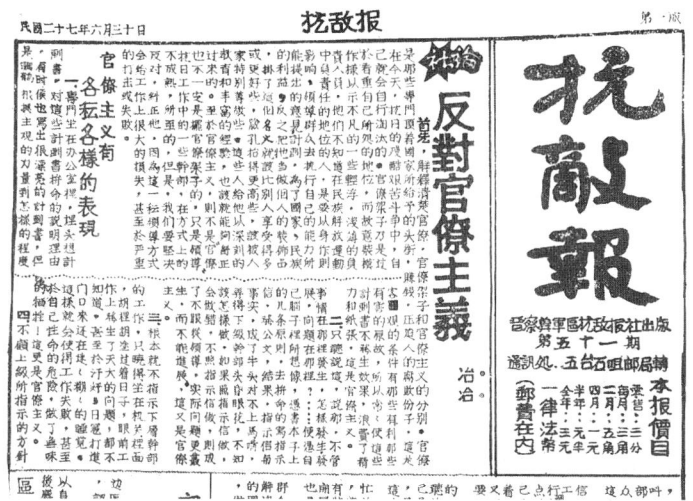

反对官僚主义

　　首先,解释清楚官僚、官僚架子和官僚主义的分别。官僚是那些专门顶着国家所给予的头衔,赚钱、压迫人的腐败份子,这是在今天,抗日的残酷艰苦斗争中,自己就会自行淘汰的。官僚架子乃是过于看重自己所处的地位,而故意装模作样以示不凡的一些轻浮、浅薄的负责人员,他们不知道在民族解放运动中负责任的地位的人,是要以身作则影响,领导群众去执行自己的能力所能提出的意见计划,为了国家,民族的利益,反之把他当做个人的装饰品,挂了这个名义就该比别人享受得多或更好些,脸孔抬得更高些,该被人家特别尊敬些。这些人给他以深刻的教育和丰富的经验,也该就能够纠正过来的。至于官僚主义,则不是"官僚"也不一定是摆官僚架子的,只是领导抗日工作中的一些干部,在方式上的不成熟,所至的,但是,我们要坚决反对,纠正他,因为这一种领导方式会给工作上很大的损失,甚至于严重的打击或失败。

官僚主义有各种各样的表现:

一、专门坐在办公室里,埋头想计划书,对这些计划书拼命的说明理由。有时候也写出很漂亮的计划书,但是因为没有根据主观的力量到怎样的程度客观的条件有那些有利那些有害的原故,所以常常使这些计划书不发生效果,浪费了精力和纸张,这是官僚主义。

二、只听说这,说那,不管事情在那里发生,怎样发生、发展,问题在那里?……便凭自己脑子里所想象,凭书本子上的几条原则,去拼命的写指示信,发公文,结果,指示信与事实,成了牛头对不上马嘴,弄得下级干部头昏眼花,不知该怎样做,如果照指示信做,会做错,不照指示信做,则成了不服从领导,实际问题更丛生,而不能进展,这又是官僚主义。

三、根本就不指示下层干部的工作,只晓得坐在机关里面,胡里胡涂过着日子,眼前工作上发生了天大的问题,都不知道。甚至于汉奸,日寇打进门口来还在迷迷糊糊的睡觉。这样就会使得工作失败,甚至于自己性命的危险,做了无味的牺牲!这更是官僚主义。

四、不顾上级所指示的方针,下级的具体情形,空想出许多的事情,叫下级做,人家做不到,便歪起嘴来骂干部,骂群众没有用,结果,造成干部、群众的不满而消极下去,工作就做不起来,这也是官僚主义。

五、有时做出了正确的工作计划,指示信,但是,自发下工作计划,指示信,到工作完成的时间止,都不检查,不知道执行到怎样的程度,结束工作,总结优点与缺点的时候,发现了一场糊涂才惊讶,悲叹已来不及了,因为在执行的过程中常常遇着阻碍的时候,立刻克服下去,工作马上又可向前展开了,不这样做,必遭到不必要的损失,这还是官僚主义。

六、检查工作的时候,只顾到走马看花的,这里走一趟,那里走一趟,马马虎虎听些话，看些表面，就心满意足，以为这已是新的领导方式了！其实，真实的情形，具体的状况，不了解，也等于不检查，这也是官僚主义。

七、领导机关会议开得太多了，干部光忙于开会，走路，没有时间做实际的工作，决议案堆了一大堆，一点实际工作都没有做，群众也无从动员起来，斗争也无从开展起来，差不多等于没有领导所在，这也是官僚主义。

八、过分看重公文呈式的手续，不顾到群众文化的程度，社会经验的情形及时解决他们的问题，而且只整天在公文呈式的圈子里转，许多事情就因此而误了时间，做不成气，这也是官僚主义。

九、做事情总是照例做去就完了，不管成绩好坏，只顾到消磨去一天的办公时间，只顾到拿几件东西证明是在做工作，邻家起火，自身平安无事，不负责任，这也是官僚主义。

十、不帮助干部，不教育干部。等到他做错了，便责罚、谩骂、打击干部，这也是官僚主义。

十一、不相信干部、群众，什么事情都不放手，而自己又包而不办，使事情同样做不起来，这也是官僚主义。

十二、自己什么都不做，光叫别人做，做后好讲自己的功劳，做后错都推到别人身上负责，这还是官僚主义。

十四、故意不遵守时间做事、到会，影响到工作不能严格地按计划期间进行，以企图表示自己比任何人都忙碌、重要，这只证明没有细心计划自己的工作的官僚主义的作风。

（原载一九三八年六月三十日《抗敌报》第一版社论）

纪念"七七"保卫西北保卫大武汉坚决抗战到底!

芦沟桥的炮火,点燃起全国的民族自卫战争的烽火,苦斗和血战到今天,恰恰满一年了。

这一年是充满着悲壮的牺牲和光荣的胜利。

我们虽然,失去好些中心城市,交通干线,但是我们获得的是:一、在以国共合作为基础的统一战线的巩固和发展中,全民族的伟大团结;二、国防力量的逐渐充裕和加强,政府的领导,军队的质量,政治工作,和武装的突飞猛进的进步;三、战略、战术的进步,逐渐转向以运动战为主,游击战也较广泛的开展,给了敌人莫大的伤亡、损失;四、人民参战的动员,教育、组织……各方面都具体的发展起来；五、国际地位，日益提高，而取得国际上，许多的有利条件……等等……

故此，我们认定了：

一、中华民族，如果，团结成一座铁的长城，是一个任何什么势力都不能战胜的力量，这一团结的根本保证和推动，是国共合作为基础的抗日民族统一战线。

二、弱国，要战胜更强暴的侵略国家，须以灵活的、主动的、巧妙的运动战为主，加上阵地战，游击战的展开和配合，才能取得胜利，和最后决战的胜利，同时，也须坚定的，紧握着持久抗战的方针，才能从中充裕，加强我们在初期还远落于敌人后面的力量。

三、国际条件的好转，也是战胜日寇的有力条件之一，然而，无论如何，不可束手待援。单纯依赖外力，基本是，要依靠自己的力量去奋斗。争取自己的胜利，当然我们同时要运用国际有利条件争取友邦的同情和援助。

四、最严重的意义是从这一年的抗战斗争中，我们清楚的看出了，只要坚决抗战到底，胜利必定是我们的，敌人的侵略野心是明目张胆的暴露出来了，他的一切计划阴谋，都会被我们粉碎的，不仅是"不战而胜""速战速决"等等的企图已被打破，在坚决持久抗战中敌寇"灭亡中国"的迷梦，将被中华民族伟大的抗战力量最后粉碎。

根据一年来的抗战斗争的这些经验教训，毫无疑义的，我们必将强固胜利信心，克服一切进路上的困难，完成我们边区当前的战斗中心任务：坚持华北抗战，开展游击战争，配合主力作战，保卫西北！保卫大武汉！

因为日本寇贼，正在拼其全力沿长江西犯，夺取陇海企图从平汉南下，以进攻我大武汉，甚至于更幻想占领之，以求完成其第二步侵略计划。尤其是为了达到这一目的，他更疯狂的增兵晋南，陇海路；大肆轰炸粤汉路。间断国际的援助和联络，全国、全民族的力量，在今天，都集中在这一战斗中心任务了。我晋察冀边区，在此次战斗中，是担负了打击敌人深远后方，从各方面牵制敌人，有力的配合各个战线上的战斗。这行动，有了他的严重的战略意义。

那么，为了完成这一光荣、艰巨的使命，我们"七七"纪念的具体行动就应该：

一、检阅扩大健全一切武装力量。无论是游击队义勇军等……各种前线武装部队，无论是自卫队、青年抗日先锋队，儿童团等，人民自卫武装，都应在纪念"七七"的时候，举行大检阅以充裕其战斗动员，齐备其战斗武器。精练其战斗动作，准备着随时随地，都能够进行战斗，完成每个任务，为了促成各个部队，战士和群众武装之间，互相竞赛地，在战斗力的加强上，求得迈进，可以用各种可能的形式，方法，奖励先进的部队，战士和群众武装，这一切工作，还要在巩固，提高他们的战斗情绪的政治动员基础上，进行的。

二、迅速完成募集公债钱粮运动。当然，在这一方面的斗争，我们是看到了全边区人民，上下一致的热烈进行着，有许多县份已经提早完成了数目，有的县份已造成购买公债的热潮，可是，这样的现象，还没有普遍在全边区每一个角落，我们希望每个县、每个区、每个村都提前完成，最低限度是按期完成募集公债，征收钱粮，造成后方工作的普遍例子，那么，我们必须学习先进地区的经验、教训；克服我们工作落后的弱点，艰苦、深入的解释我们的战斗任务。

三、广泛的开展慰问救济抗日军人家属，和追悼牺牲者运动，和群众武装上前线的热潮，普遍的举行追悼抗战中壮烈牺牲的干部、战士，以村区县为单位举行，在会议上解释为国家民族牺牲是现代中华民族的儿女的无上光荣。我们只应该学习他们，奋勇不顾身，杀敌去。同时，对于牺牲干部、战士的家属，应该由行政机关、人民团体，协同举行抚恤，慰问和表扬，仍在部队中服务的抗日军人家属，同样的，应该受到优待，关于这一方面的工作，必须特别着重在提高抗日军人家属的政治、社会地位和积极的改善他们的生活，这一运动中提高、巩固全体人民的战斗情绪和胜利自信，以顺利的动员他们参加当前的许多新的斗争,造成广大群众为了民族为了保卫自己的家乡而武装上前线的热潮!

今天,我们纪念"七七"除了在事先充分的动员和准备,使纪念大会得到深入、实际的教育和成绩外,在纪念会以后,仍要继续用战士的精神去完成我们一切具体的任务,时刻准备着,以战斗的姿态迎接新的、伟大的、光荣的战斗行动!

一九三八.七.二

(原载一九三八年七月三日《抗敌报》第一版社论)

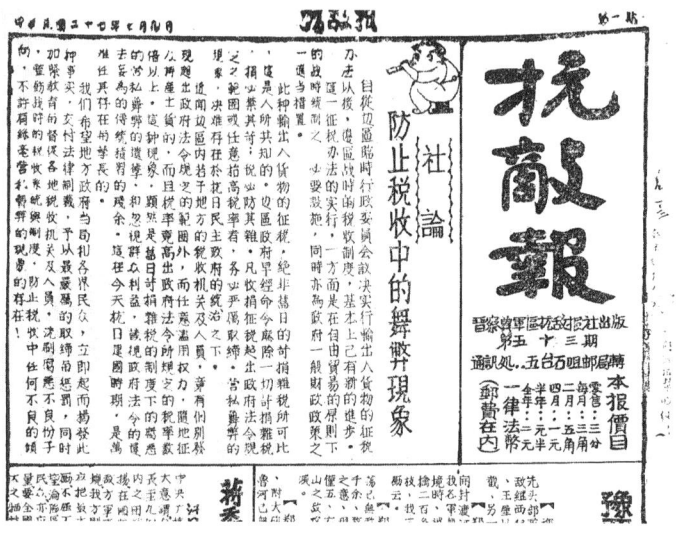

防止税收中的舞弊现象

　　自从边区临时行政委员会议决实行输出入货物的征税办法以后,边区战时的税收制度,基本上已有新的进步。

　　这一征税办法的实行,一方面是在自由贸易的原则下的战时统制之必要设施,同时亦为政府一般财政政策之一适当措置。

　　此种输出入货物的征税,绝非旧日的苛捐杂税所可比,这是人所共知的,边区政府早经命令废除一切苛捐杂税。捐必禁其苛;税必防其杂。凡收捐征税超出政府法令规定之范围或任意抬高税率者,务必严厉取缔,营私舞弊的现象,决难存在于抗日民主政府的统治之下。

　　近闻边区内若干地方的税收机关及人员,竟有个别发现超出政府法令规定的范围外，而任意滥用权力，随地征□所产土货的，而且税率竟高出政府法令所规定的税率数倍以上，这种现象，显然是旧日苛捐杂税的制度下的腐恶的营私舞弊的遗孽，和忽视群众利益，蔑视政府法令的违法妄为的传统积习的残余。这在今天抗日建国时期，是万难任其存在与孳长的。

我们希望地方政府当局和各界民众，立即起而揭发此种事实，交付法律制裁，予以最严厉的取缔与惩罚，同时加紧教育与督促各地税收机关及人员，洗刷腐恶不良份子，整饬战时的税收系统与制度，防止税收中任何不良的倾向，不许有丝毫营私舞弊的现象的存在！

（原载一九三八年七月九日《抗敌报》第一版社论）

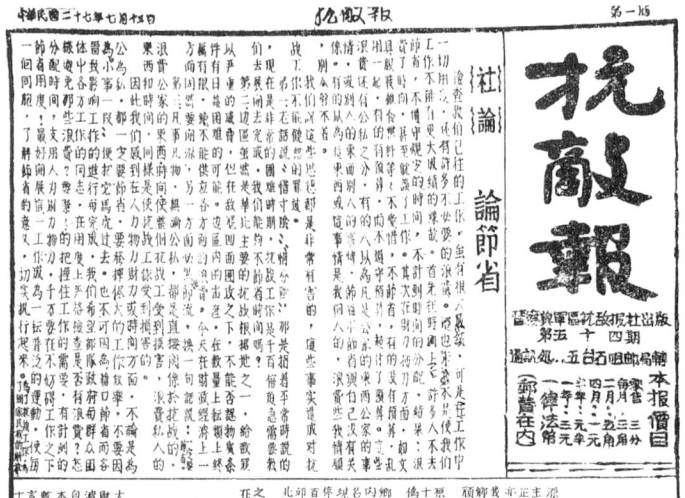

论节省

　　检查我们已往的工作，虽有很大成绩，可是在工作中一切用度，还有许多不必要的浪费。这也未□不是使我们工作不能有更大成绩的缘故。首先在时间上，许多人不去节省，不遵守规定的时间，不计划时间的分配，结果：浪费了时间，甚至就误了工作。其次在财力物力方面，如文具服装粮食燃料等等不爱惜，不节省，有的没有预算，乱用一起，有的有预算，而不遵守预算，超过了预算。这些浪费还有公私之分，有的人以为凡是公家的东西公家的事情，或别人的东西别人的事情，节省不节省与自己没有关系。有的以为这东西或这事情是我个人的，浪费些我情愿，别人管不着。

我们说这些思想都是非常有害的，这些事实造成对抗战工作不能恕想的罪过。

第一，老话说："惜寸阴""惜分阴"那是指着平常时说的，现在是非常的困难时期，抗战工作是千百倍迫急需要我们去展开去完成，我们能够不节省时间吗。

第二，边区虽然是华北主要的抗战根据地之一，给敌寇以严重的威胁，但在敌寇四面围攻之下，不能否认物质条件有日益困难的可能。边区内的出产，在数量上种类上终属有限，绝不能供应各方面的浪费，今天在财政经济上一方面固然要开源，另一方面必然节流，换一句话说：一定要节省。

第三，凡事凡物，无论公私，都是直接关系于抗战的，浪费公家的东西时间使整个抗战工受到损害，浪费私人的东西和时间，同样是使抗战工作受到损害的。

因此我们感到在人力物力财力或时间方面，不论是为公为私，都一定要节省，要发挥尽大的工作效率，不要因为小事一段，便把它马虎过去。也不可因为借口节省而吝啬致影响工作的进行而完成，我们希望部队政府与群众团体中各方工作的同志，在用度上严格检查是否有浪费，怎样避免那些浪费，要紧紧的把握住工作的需要，有计划的分配时间，运用人力财力物力，千万要在不妨碍工作之下节省用度！最好开展这一工作成为一种普泛的运动，使每一个同胞，了解节省的意义，切实执行起来。为了抗战工作，为了国家民族的解放。

（原载一九三八年七月十三日《抗敌报》第一版社论）

关于国民参政会

全国人民殷切企望的民意机关——国民参政会，自本月六日成立以后，第一次大会已于八日起开幕了，这是非常值得庆幸的。只就会议的本身和它已经发表的决议案和宣言来说，它已有非常重大的意义：自从四月十二日国府公布国民参政会组织条例以来，经过两个多月的筹备，终于在全国人民殷切企望中开会了。在这次大会中，他们全体郑重决议：拥护本年四月中国国民党临时全国代表大会所制定的抗战建国纲领，作为国府在抗战时期的施政方针；拥护最高统帅□□□□，领导全国抗战到底，十五日发表宣言，号召全国各界，在□□□□领导之下，在军事上增加兵力，加强战斗，在敌人深远后方到处开展游击战争，激励人民为国家民族而牺牲，在政治上树立民主政治制度，救济并组织难民与失业学者，发扬其能力，予以报效祖国之机会，在经济上，节约募债开发资源力求自给。致谢并声请国际友邦之同情与援助，揭发敌寇汉奸之残暴与无耻，统一团结，抗战到底，以期取得最后之胜利，而达到建国之成功。

这首先是表明了中国民主政治的开端，虽然在抗战初期，马上建立民选的代设机关，或者像普通民主国家的一样；还不可能，可是在应着战时的需要，这种初步民意机关的产生，反映了各党派各阶层各界人民的意见，得能集思方益，使国力更加充实。

同时这是全国上下空前团结的具体表现，出席人员都是信望久著努力国事的领袖，包括各文化政治团体各民族的代表，使抗战力量从此无限增长。

这一会议，显然是军政民统一的枢纽，军政民之间，能够彻底了解，在一个抗战建国纲领之下，共同奋斗，政府代表报告财政经济民运等问题，在大会通过，拥护国府政策，调整民生发动民力，使全国上下团结更加巩固。

我们深信，在一年抗战期间军事上的进步，可以超过"九一八"几年以来的准备；一般民众的动员，也胜过十年以来的训政，现在这一战时民意机关的应时产生，已足以表示我国各方面的进步，不过在国民参政会本身方面，我们还希望它能够日益发展与进步，参加的成份和数量更能加强，使能真正代表全国四万万千万同胞的意见，切实付与商讨国事谋划内政外交的权力，使我们抗战必胜，建国必成的信念更加坚定；使我们抗战建国的事业，更加成为客观历史的可能与必然。

（原载一九三八年七月十九日《抗敌报》第一版社论）

对群众工作的建议

群众的力量是伟大的,建立巩固的抗日根据地,最后战胜日本帝国主义,驱逐日寇出中国,都必须来,给抗日工作以直接的帮助。

在边区,群众团体大都组织起来了,包括职业、性别、性质的区别,有百多万人,这样惊人的数字!过去在帮助扩军,配合作战,除奸、春耕、财政动员等工作中,都曾有过很大的成绩。

但是,由于边区的军事继续不断的胜利,政治影响随着活动的区域扩大了,抗战形势在转变着。而我们群众工作的发展,一般说来,却落在军事的发展之后,使群众工作和其他抗战工作之间,多少还存在着某些不平衡的现象。

现在群众一般的是组织起来了，但是他们是否有经常充实的会议生活，是否能够自动解决他们切身的问题，是否能够坚决自动完成他们在抗战中的任务，实际的工作成绩是这些问题最好的答复，显然的，今天一般群众工作还缺乏充分自动性，高度的积极性和经常的持久性组织的生活还不十分健全，并且还不够利用自己的力量，来解决自己的切身的问题。这些工作还未深入，就是许多个别的工作人员，也还残留着不能和群众打成一片的倾向。

　　我们要着重地指出，群众团体必须团结着广大的群众，和他们建立密切的关系，加强他们的政治认识，坚决的为民族的利益和群众的利益而斗争。使每一团体真正都成为钢铁般的战斗团体，同时工作人员绝对必须群众化、职业化，绝不容许有丝毫脱离群众的官僚化的现象，这样才能保证工作彻底的深入，在群众中建立不可拔的根基，使在战时的政治环境万一转变之时，在任何困难条件之下，仍能照常进行工作。群众的力量是无限的，要在加强其组织，发挥其力量，战争的环境，瞬息万变，要提起最高的警觉性，肃清太平观念，我们决不能以目前的工作成绩，自满自足，而放松更坚苦的工作，限制群众力量的发扬。

　　关于敌区或接近敌区的地方，万千的群众都在痛苦中呻吟，我们更应当积极利用各种关系，把我们组织的力量伸进去，组织他们，动员他们使他们成为我们收复失地的响应。

（原载一九三八年七月二十三日《抗敌报》第一版社论）

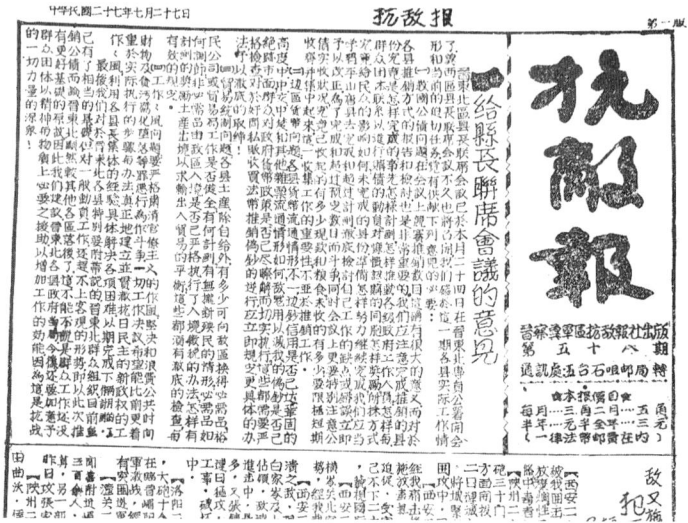

给县长联席会议的意见

晋东北区县长联席会议已于本月二十四日在晋东北专员公署开会了。冀西区县长联席会议不久也将召开，我们鉴于这一期各县实际工作情形和当前的迫切任务，觉有供献下列意见的必要：

（一）救国公债问题：在会议上竞赛推销数目这确有很大的意义，而对于各县推销方式的报告和检讨，也是非常重要的。我们应注意完成推销的县份究竟是怎样完成的，事先怎样计划，怎样推动各级政府工作人员，怎样与群众团体联系以进行购债的动员。对慷慨认购的同胞怎样奖励所采方式究竟给民众的影响如何，未完成的县份准备怎样努力继续完成，我们应当学习平山唐县去完成和超过计划，彻底检讨自己工作的缺点或错误立即予以改正，为了完成和超过预定数目而斗争，同时会议上更要特别注意公债实收状况，究竟已收起的有多少现款和粮食，未收的有多少，要限极短期收齐并集中起来，这一收集工作的重要性，不亚于推销工作。

（二）边区货币问题：各县货币流通情形不一，边钞食用是否已达巩固的高度，中中交中农和其他杂票流通情形如何，敌寇用以灭我的伪钞是否已绝迹市面，群众对政府货币政策是否已尽了解而切实执行，这些都需要严格检查对于奸商私贩收买法币推销伪钞的逆行，应立即规定更具体的办法予以彻底的取缔！

（三）贸易统制问题：各县土产除自给外，有多少可向敌区换得必需品，裕民公司或贸易局工作是否健全，有何计划有无垄断殃民的情形，必需品如何调节非必需品由敌区入境是否已严格执行了入境征税的办法怎样有计划的奖励土产出境以求输出入贸易的平衡，这些都须有彻底的检查与有效的规定。

（四）工作作风问题：要严格肃清官僚主义的作风，坚决和浪费公共时间财物及贪污腐化堕落等罪恶行为作斗争，一切工作决议希望能比前更着重于实际执行的步骤与办法真正地建立并贯彻抗日民主的新政权的工作作风，利用各县长集体的经验，具体解决各项困难，以期完成下两月的工作计划。

最后我们对于晋东北各县特别要附带说的，晋东北群众组织目前虽已有了相当的基础，但对一般动员工作，还赶不上客观的形势，即以此次推销公债而论，晋东北显然较其他各区落后了，这不能说是群众工作还没有更好基础的原故，因此我们建议，晋东北各县政府当局今后还要加意予群众团体以精神与物质上必要之援助以增加工作的交通，因为这是抗战的一切力量的源泉！

（原载一九三八年七月二十三日《抗敌报》第一版社论）

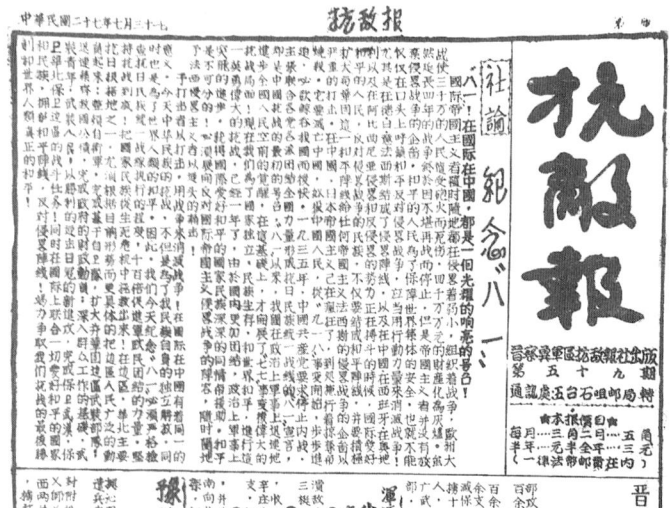

纪念"八一"

——"八一"！在国际在中国，都是一个光辉的响亮的号召！

　　国际帝国主义者随时随地都在侵略着弱小，组织着战争，欧洲大战使三千万的人民遭受炮火而死伤，四千万万元的财产化为灰烬。虽然延长的四年的战争终于因不堪再战而停止，但是帝国主义者并没有放弃侵略战争的企图。和平的人民为了保障世界集体的安全，也就不能仅仅在口头上呼吁和平反对侵略战争，应当用行动力量来消灭战争！尤其是在德日意法西斯结成了侵略阵线，以及在中国在西班牙在奥地利以及在阿比西尼亚侵略和反侵略的势力正在搏斗的时候，国际爱好和平的人民，反对侵略战争的民族，不仅要结成和平阵线，并要积极扩大与巩固这一和平阵线给任何帝国主义法西斯的侵略战争的企图以严重的打击。在中国，日本帝国主义已在疯狂了，到处施行着掠夺与烧杀。它要灭亡中国，奴役中国人民，从"九一八"事变开始，步步进迫，必欲鲸吞我国而后快。一九三五年，中国共产党要求停止内战，主张联合各党各派团结全国力量形成抗日民族统一战线的"八一"宣言，却是中国抗战的最初的号召，"八一"以来，我国在政治上军事上迅速地进步，全国人民空前的觉醒，在这基础上，才开展了"七七"事变后伟大的抗战局面！现在我们为了国家独立、民族生存、和世界和平，进行这一突飞的进步，获得国际爱好和平的国家民族深深的同情与援助。和平是不可分的！必须展开反对国际帝国主义侵略战争的阵容，随时随地予法西侵略主义者以迎头的痛击！

予打击者以打击，用战争来消灭战争！在国际在中国有着同一的意义。今天中华民族的抗战，不但是为了我民族自身的独立解放，同时也是为了世界人类的和平。因此，我们今天纪念"八一"必须严格检查抗日民族统一战线执行的程度，千百倍促进军政民团结的力量，坚持抗战到底！把国家民族从生死危机中拯救出来！在边区、华北主要抗日根据地之一，尤须根据目前形势而更具体的把边区人民广泛的动员起来：整顿自卫军，完成基干自卫队，扩大并巩固边区武装部队；迅速集齐救国公债，完成政府的财政动员；深入群众工作的基础，武装青年、武装人民，以胜利的迎击日寇的新进攻，完成保卫武汉、保卫华北、保卫边区的战斗任务！同时在国际上联合一切爱好和平的国家和民族，拥护和平阵线，反对侵略阵线！竭力争取我们抗战的最后胜利和世界人类真正的和平！

（原载一九三八年七月三十一日《抗敌报》第一版社论）

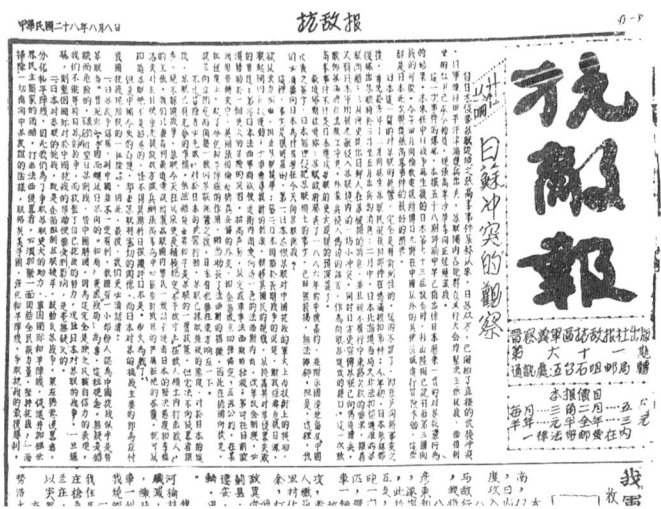

日苏冲突的观察

自日本侵夺苏联边境之张高峯事件爆发以来，日苏双方，已开始了直接的武装冲突，日军连日由平汉津浦运兵出关，苏联国内各地群众举行大会均坚决主张抗战，西伯利亚的红军已举令动员，现张高峯沙草峯间正继续激战。

这一次事件的爆发，本报五十八期评论中早已指出系日本历来一贯的对苏挑衅行为的结果。本来在中日战争发生后的日本第七十三届议会时，杉山陆相已说有与第三国间战的可能，今年四月间伦敦电讯所传日本将在中国以外的其他区域进行冒险举动，这些都是日本此次制造张高峯事件的最好的预告。

日本这一贯的对苏联的挑衅，完全是有计划性的，远的不说了，即在芦沟桥事变之后，首先于去年十二月间发生苏联民航机和邮件在伪满被扣事件；今年初，日本参谋部复发出苏联将于二月至五月出兵的消息；二月中，日本北海道当局又非法扣留遇难的苏联商船；三月间更造出日鲜人在苏被捕的消息，并且硬不履行中东路欠款的要求，接着又有日本军用机九架侵入苏联境内的一场小冲突，同时日方更宣传苏联已向伪边增兵，散布苏满将在黑龙江冲突，外蒙兵侵入伪境的谣言，作为向联苏进攻的借口。这一次张高峯事件不过是日本进攻苏联的更大规模的预演罢了。

最近塔斯社电称：苏联政府发表了一八八六年的中俄条约，并附示国境地图及中国代表之签字，日本无理侵犯苏联领土的事实，已昭然若揭，无法掩饰，但是，这里，我们必须要问日本为什么要在今天向苏联挑战。

这里，事实是很明显的，第一，日本忌恨苏联对中国抗战的军火上与技术上的援助，欲以武力恫吓，阻止苏联援华；第二，日本因陷于长期战争的泥坑，财政经济危机日深，激起国内反战运动，必须要寻找新的刺激，转移其国民的视线，以掩盖其对华侵略失败的罪过；第三，日本法西军阀欲使近卫内阁走向清一色的法西斯内阁，改革议会制度，必须借助于一个更大的冒险的演习。抬高声势，以完成军事法西斯的独裁；第四，在目前欧洲形势转变中，英国张伯伦与德意妥协的外交，和企图成立四强协议，五强公约，在某种程度上，起了分化和平阵线的作用，相当助长了法西斯的猖獗，因此在德国向捷克、波兰向立陶宛而间接一致向苏联挑衅之后，日本自也要在东方响应一下。

不过冒险者必先败，对于日本的挑衅行动，苏联已采取强硬的态度，对于日本的进攻，苏联已有充分的准备，虽然维护世界和平是苏联的一贯政策，但它决不向侵略者让步，绝不躲避战争，苏联今天在远东更是积极抱定"不予敌寸土"在敌人领土内打击敌人的主张，我们只要看到最近电讯所载苏联国内军民一致请求迎击日本的坚决态度和利瓦伊洛夫对于日使重光提议双方撤兵划张高峯为中心区重新划界的严厉拒绝的答复，就可以知道苏联绝不是好惹的，怪不得莫斯科日报议评日本是"与火为□"了。

但是中国今天的命运，却与苏联有密切的关系，而日本对苏的挑战主要的即为应付我国抗战现阶段的一种阴谋，因此，最后，我们更必须认清：

一、日苏战争爆发，对中国并不一定有利，我国有一小部份人认为中国抗战似乎是替苏联当"替死鬼"，因而颇以日苏间的"和局"变成"战局"为喜。这种观念，无疑是错误而危险的，我们不应祈望日苏开战，替中国解围，因为这完全是缺乏民族自信力的表现，我们不能等待日苏的战争，而放松了自己抗战的努力，况且日本对苏联的战争，一旦爆发，则整个国际对于中国抗战的帮助便要受到影响，是毫无疑义的。

二、日本对苏联的挑战，既是企图阻制苏联援华，鼓动反苏战争，策应德意侵略者，分化和平阵线，因此我们为了争取苏联更大的助力，巩固国际和平阵线，促进并加强世界民主国家的团结，打击法西侵略者，必须加紧一面团结全民族力量，坚持抗战，一面扫除一切离间中苏友谊的阴谋，联络英美等国，强化和平阵线，争取抗战的最后胜利。

（原载一九三八年八月八日《抗敌报》第一版社论）

纪念"八一三"与武装人民

"八一三"到了,去年"七七"芦沟桥事变以后,日寇为了实行它鲸吞中国的毒计,更大规模的增兵上海,猛烈袭击我守军,当时我国政府与人民,一致认清了日本侵略强盗灭亡全中国的计划,决定执行长期的反侵略的武装斗争,"八一三"遂成为我国一致抗战的开始。

"八一三"抗战的开始,十足表明了政府抗战的决心,代表了我四万万人民全体的意见。一年来由于国共两党亲密的合作,全国抗日民族统一战线日形巩固与扩大;我前方将士,英勇效命,给予敌寇以重大打击,同时由于敌人侧后方的人民,广泛的开展游击战争,建立了抗日根据地和游击区,使敌寇所得到的不过只是几座空城几条铁路线,牵制了敌寇不少的兵力。这些功绩，除开由于正规军坚决抵抗以外，完全由于人民武装的力量。

但是目前当着日寇疯狂的进攻大武汉的时候，在全国各地，在边区，在武装人民的，或招募新战士的过程中，都还有时发现不良现象，如强征壮丁，雇人入伍，偏重军事，忽视政治……等和目前边区中心各县，太平观念相当浓厚，政权机关和群众团体对于武装人民上前线的工作，都还没有充分的发动。直接参加抗日战争，武装上前线，一般的说，还没有形成人民中间流行的热潮，这显然和执行抗战第二期的任务，不能予以适应的配合。

同时，有些人依然存有打仗只靠军队的错误观念，忽视了人民自卫队基干自卫队或青年抗日先锋队等人民武装的重大意义和作用，须知我们半殖民地的国家要和近代化的疯狂了的日寇搏斗，固然由于我们在国内外政治上的优势和军事上的突飞猛进，但是在基本上还是由于人民的武装，才能够战胜敌人。如果实现了高度的全面全民族的抗战，不分男女老幼职业阶层，完全都能集中力量于抗日的武装斗争：到前方能与敌寇拼命；在后方足以肃清汉奸托匪，动员一切，为了抗战；那我们就必定能够得到最后胜利的更巩固的基础。

所以在纪念全国一致抗战的"八一三"当中，我全体同胞，应当了解武装人民的工作之如何重要，并且怎样把人民武装起来。坚持全面抗战到底，发扬全民武装抗战的力量到最高度；反对太平观念，反对只靠军队抗战的旧观念！反对忽视人民的武装！要展广泛的人民大众，加紧实际斗争的学习，踊跃走上前线与日寇拼命！实现保卫边区保卫西北，保卫大武汉的迫切任务！

（原载一九三八年八月十一日《抗敌报》第一版社论）

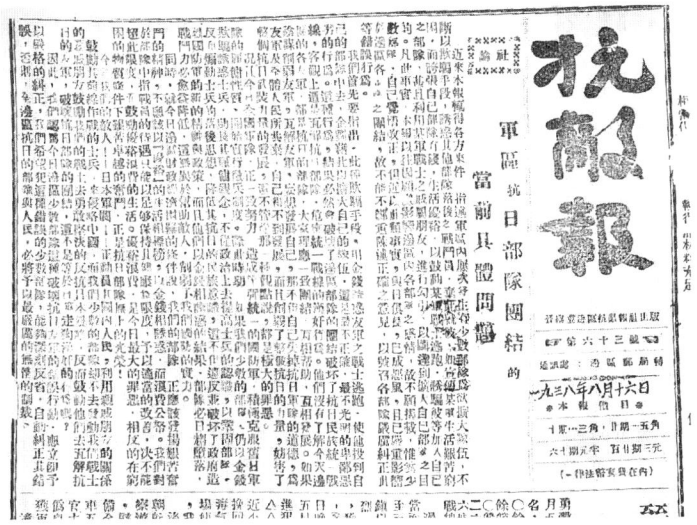

军区抗日部队团结的当前具体问题

近来本报辄得各方来件，指述军区内屡次发生有少数部队为欲扩大队伍，不断以欺骗手段，诱惑其他部队落后之战斗员，弃此就彼，如宣传某军生活艰苦穷困，而夸张自己部队有钱，生活优裕，以鼓动某军战士逃跑，诱骗彼等加入自己之部队，甚且利用某军战士之戚属朋友，进行勾引，以图达到扩大自己部队之目的。凡此事实，本报以往因顾虑影响边区内各部队之感情，故不愿揭载，惟冀少数部队，自己觉悟改正，但近以此类事实，与日俱长，已成恶风，且已严重影响于边区各部队之团结，故不能不郑重陈述正确之意见，以号召各部队严厉纠正此等错误行为。

我们首先要指出，此种欺骗手段，用金钱诱惑友军之战士逃跑，使他投到自己的部队中去，企图藉此以扩大自己的队伍，这是最不正确，最不光明的卑鄙恶劣的行为。这种行为，结果必然会破坏了边区部队的团结破坏了抗日民族统一战线，客观上这是瓦解抗日部队，危害统一战线的汉奸行为。他们没有了解今天边区的各友军，都是抗日的部队，大家理应一致团结、互相帮助、互相发展。如果阴谋削弱友军，瓦解友军，妄想发展自己，那不但自己失掉抗日军队的道德，为友军及全体人民所共弃，自己得不到发展，而且削弱了整个抗日的力量，妨害了整个抗日武装力量的发展，这不管从那一种观点说，都是极大的罪恶。

况且今日全国军队，正一致努力，造成坚强统一的国防军，积极克服旧日军队的雇佣性质，开始实行征兵制度。际此时期，如果我们少数的部队，仍以金钱欺骗诱惑士兵，助长其雇佣观念，不从政治上去提高士兵的认识，以巩固部队，反对煽动士兵的落后思想，降低其抗日的民族意义，这不但违反并破坏了政府造就国防军的新的精神与政策，而且他们以金钱相诱惑的结果，部队必日趋堕落，战斗力必愈益降低，这无异于帮助敌人，削弱了我们国防的实力。

同时，就今日边区财政经济困难的条件说，我们的部队正应该发扬艰苦奋斗的精神，不应该以"优裕"的生活相标榜，以金钱相诱惑，而浪费公帑。我们对于部队中指战员的待遇只能以足够保持其健康为限度，予以适当的改善，决不能超此限度，而鼓励优裕浪费的生活。优裕浪费，是今日最大的罪恶，相反的在穷困的物质条件下艰苦卓越的奋斗，正是抗日部队无上的光荣！

今日我们的敌人——日本军阀——正动员其国内人民，利用亲戚朋友的关系，鼓励其前线作战的士兵，来侵略中国，而我们少数的部队却不去发动我们战士的亲戚朋友鼓励我们的战士去勇敢坚决的反抗日本侵略，反而鼓动他们去瓦解抗日的友军，破坏抗日部队的团结，这不是等于日寇走狗汉奸的行为吗。

因此，我们认为今日边区少数部队这种破坏抗日友军的错误行动，应立即予以严格的纠正，我们希望犯这种错误的少数部队，能够深刻反省，自动纠正其错误，否则，全边区抗日的部队与人民，必将予以最严厉的无情的制裁。

（原载一九三八年八月十六日《抗敌报》第一版社论）

论部队的团结与军政民的团结

本报上期社论中曾指出边区有少数部队为欲扩大部队，而表现各种错误行为，防碍抗日部队之团结，破坏抗日民族统一战线，当此抗战紧急之时，此种客观上汉奸的行为，极应即时纠正。此外关于政民双方，间有影响部队之不当表现，本报兹再略为申论。

此次政府在晋东北与冀西两县长联席会议上，曾指出已往军政民关系，多数县份，确有显著之进步，但个别县份，还不太好，犹以晋东北区为甚，是诚确论。

事实上，我们看到，今天在部队方面，间尚有"门户"之见，如驻扎五台之某部队，自称"我们是某某军你们……"而在行动上亦间有防害军民关系之事实。

而在政府方面，个别县份对于边区各部队，亦偶有差别待遇之表现，致被优待的部队，雇佣观念加强，日渐趋于腐化坠落。

在民众方面，也有说"这是中央军""这是八路军""这是晋绥军"的事实，因而，在贸易等方面，常有个别之差异。如五台二区和六区的某某等地，有些商民公开的说"他们是某某军，应当多算钱"，致部队来后的物价，竟比部队未来时增加一倍以上。

这些事实，都是抗战中的障碍，因为它直接给边区部队以不良的影响。

我们认为，根据一年多抗战的经验，已经得到血的教训，在中国无论什么地方，军政民的团结，都非常必要，而部队的团结，尤为重要。

但是部队的团结，必须表现于统一的精神，我们以为目前除了部队的指挥，已由各战区司令长官统一指挥之外，各军区的部队，更应积极做到统一编制、统一武装、统一纪律、统一待遇、统一作战计划、统一作战行动。在我们边区更有首先实现这一统一的必要。

部队健全的统一，能够使部队亲密的团结，从而，军政民的关系，更能调整到正常的良好。

我们边区是支持华北抗战的主要根据地之一，是民主政治的模范区之一，我们更应当丁百倍的努力，树立军政民的亲密的巩固的团结，使抗战力量愈趋壮大，更能积极的完成抗战的任务。

（原载一九三八年八月十九日《抗敌报》第一版社论）

武装保卫秋收

在春耕运动的时候，我们所预祝的秋收，今天是已经来到了，有些地方已在开始打麦子，摘玉蜀，有些地方也正在准备着收获了。

恰恰在这个时候，一个严重的战斗任务呈现在我们全边区军政民的面前：武装保卫秋收。

日本寇贼为了达到他野蛮横暴的侵略目的，灭亡我们人民，吞并我们国家，无时不在用尽方法向我们进攻：军事的，政治的，文化的，经济的。尤其是近来华北游击战争的普遍开展不断的向日寇进行袭击扰乱并破坏其交通，使日寇一切供给运输万分困难，特别是粮食遭到极度恐慌的时候，那么他为了破坏我们的秋收，增加我们经济上的困难解决他粮食恐慌的问题，必然要寻机会开上他的兽军来向我们边区进攻的。必然会乘我们防备不周的地方进行袭击扰乱，我们的秋收，以至劫抢我们秋粮与烧毁我们秋粮的。

全边区的同胞们：

我们秋收，我们更要武装保卫秋收，保证我们收获的一粒米，一棵麦都不让落到敌人手里，也不至被敌人烧毁和糟蹋，那么我们就要动员一切力量进行正面的战斗任务：

（一）一切抗日部队（游击队、抗日军），人民武装（自卫军，基干队等……）应积极地向敌人进攻，对于进攻我们的敌人，要不断给他致命的打击，在接近敌人的县区，则游击组要特别活跃地行动起来，打击抢粮，烧粮之敌人及其走狗。

（二）加紧各地的守卫放哨工作严查来往行人，自卫军和青先队负责人要严格的查哨查夜严密侦察，逮捕汉奸，托派，他们为着响应日寇的军事进攻，积极地造谣捣乱，使人民不能安心收获，或者是向敌人报告消息，勾引敌人向我们进攻，破坏我们的秋收，劫抢我们的秋粮，这些败类份子应在全体人民的防范与捉拿下消灭之。

（三）坚决执行政府公布的保护秋收办法，普遍成立护秋运动委员会，发动与组织一切人民积极努力秋收，老年、幼童、妇女，也应积极参加秋收，有计划地进行互助，调济劳动力，以求及时地收获完毕，不至于因迟缓而遭到损失，特别是发动群众给没有劳动力的抗日军人家属，首先完成秋粮的收获工作。

（四）收割回来的粮食，应运藏到安全地区，绝对不能迟缓疏忽，让敌人抢去，烧掉，尤其是接近敌人的区域，更应该迅速和严密地运藏起来，同时也不能因害怕敌人的抢、烧而廉价出售，假期这样做，会被奸商输送我们的粮食到敌区去，让敌人吃饱了来打我们。同时会使得我们收割了不久便立即感觉到粮食的缺乏。

秋收的粮食,是保证我们全边区军政民将来一年的给养,同时也是保证我们战胜日寇的条件之一。全边区的同胞应万分的尊贵着我们的粮食,多充足一粒粮食多消灭一个敌人。武装保卫秋收!

(原载一九三八年八月二十一日《抗敌报》第一版社论)

欢迎伪军反正

近来，在北方战场上，伪军反正的日益增多了。在徐水，在豫北，在琉璃河，在托克托伪军大批大批反正过来。甚至，在敌人统治了七年之久的辽宁，伪军四千人也全体反正了。

这些事实告诉我们：敌人"以华制华"的奸计已遭受了重大的失败，伪军反正给了敌人以军事严重的打击，根本动摇了敌人在占领区域中的统治，使兵力很薄弱的敌人无法应付，这样，伪军的不断反正，是收复失地，争取最后胜利的一个极大的力量。敌人努力组织的傀儡后备军逐渐加入了我们民族抗日的斗争，这是我们中华民族抗日团结的更进一步的表现。我们一年来英勇的抗战，已唤醒了被敌人威胁利诱利用着的同胞。一年来我们的胜利史迹，指示出我们中华民族的光明的前途。敌人的残暴的兽行，激起每个黄帝的儿女们对日本法西斯军阀的无限的愤恨。这样，在敌人组织下的伪军同胞重回到了祖国的怀抱，而为民族的独立解放把武器对准着我们的敌人的胸膛。这告诉全世界：中华民族的每个儿女，都热爱着祖国而愿为它牺牲一切！这绝不是日本帝国主义可能征服的。正因为伪军反正是侵略者的严重的创伤，全国同胞都在衷心欢迎伪军中为了祖国的自由，不惜牺牲一切自拔归来的同胞。

目前，敌人正进行着"以中国人打中国人"的毒计，驱使着无数的同胞在各个战场来屠杀自己同胞，当炮灰。所以，我们要加紧争取敌伪军中的同胞，使敌人组织的后备军成为我们打击敌人的力量。

我们知道：伪军所以纷纷反正，是由于全国各党派的空前团结，使全国大多数民众有了抗战胜利的信心。由于我们英勇将士在前线在敌人后方艰苦奋斗，打击了敌人，动摇了敌人对占领区域的统治，由于全国民众抗日情绪的高涨和由于我们部队的政治工作，争取伪军工作的努力，燃烧起伪军同胞的杀敌雄心，而在适当的时机反正了。

但是，现在伪军中还有许多同胞不曾反正，所以我们应该更加紧争取伪军工作，全民族的团结更要巩固，将士继续英勇杀敌，民众要更以"毁家纾难"的赤忱支持抗战，前线军民更加注重对伪军的政治工作。这样把中华民族的不可战胜的精神，深印入伪军中每个同胞心中，激发他们对祖国热爱的情绪，暴露出敌人对他们的虐待和对中国同胞的兽行。使他们积极地造成反正的热潮，冲破敌人罗网来与我们并肩奋斗。

现在战事日趋激烈，我们愈打愈强，愈有力量；而敌人愈打愈艰难，在这对比之下，中国前途的光明和敌人最后的失败，都显露出来了！还未反正的伪军中的同胞们！这是你们为民族国家建功的时候了！全国的同胞都在热望着你们，热望着你们回到祖国的旗帜之下来！

（原载一九三八年八月二十三日《抗敌报》第一版社论）

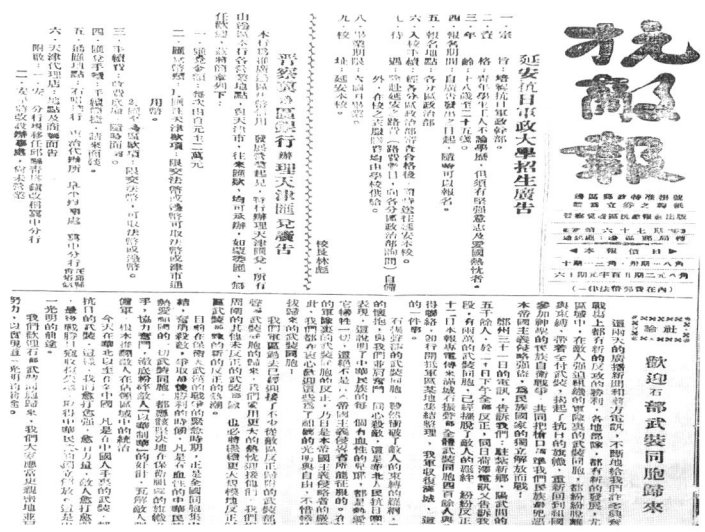

欢迎石部武装同胞归来

这两天的广播新闻和前方电讯，不断地给我们许多兴奋的消息，各方战场上都有新的反攻的胜利，各地部队，都有新的发展，尤其是许多沦陷区域中，在敌人强迫组织的军队里的武装同胞，都纷纷了敌人的压迫与束缚，带着全付武装，提起了抗日的旗帜，重新回到祖国的怀抱里来，参加神圣的民族自卫战争，共同把枪口瞄准我们民族最凶恶的敌人——日本帝国主义侵略强盗，为民族国家的独立解放而战！

郑州三十一日的电讯，告诉我们：驻扎新乡，阳武间的董阳勇部官兵五千余人，于二十日下午全部反正，同日荷泽电讯又告诉我们：津浦路北段，有两万的武装同胞，已经摆脱了敌人的羁绊，纷纷反正过来了，而二十二日本报专电传来满城石振声部全体武装同胞四百余人与我军区某部取得联络，即行开抵军区某地集结整理，我军收复满城，这更是值得欣慰的一件事。

石振声部的武装同胞，毅然冲破了敌人的束缚的罗网，重复回到祖国的怀抱，与我们并肩奋斗，同心杀敌，这是华北人民抗日团结更进一步的表现，这说明了中华民族的每一个有血性的儿郎，都是热爱着祖国而愿为它牺牲一切，这绝不是日本帝国主义侵略者所能征服的。在敌人强迫组织的军队里的武装同胞的反正，乃是日本帝国主义侵略者的严重的创伤，因此，我们都在衷心欢迎这些为了祖国的光明与自由，不惜牺牲一切毅然自拔归来的武装同胞！

我们军区过去已经迎接了不少从敌区反正归附的武装部队，这次石振声队武装同胞的归来，我们要用更大的热忱迎接他们，我们相信今后军区周围的其他未反正的武装部队，也必将继续更大规模地反正归来，造成敌区武装部队的新的反正的热潮。

目前在保卫大武汉的战争的紧急时期，正是全国同胞集中全力一致团结，奋勇杀敌，争取战后胜利的时候，凡是有血性的中华民族儿女，凡是热爱祖国的一切武装同胞，都应该坚决地在保卫祖国的旗帜之下，并肩携手，协力奋斗，彻底粉碎敌人"以华制华"的奸计，瓦解敌人强迫组织的后备军，根本推翻敌人在占领区域中的统治。

今天在华北以至在全中国，凡是在中国人手里的武装，都要使它成为抗日的武装，这样，我们愈打愈强，愈有力量，敌人愈打愈弱，愈难应付，最后战胜日寇收复失地，取得中华民族的独立解放，这是中华民族的唯一光明的前途。

我们欢迎石部武装同胞归来，我们大家应当更亲密地并肩携手，加紧努力，以实现这一光明的前途。

（原载一九三八年八月二十五日《抗敌报》第一版社论）

加紧秋收与保持青纱帐

目前正是各地开始秋收的时候，本报六十五期的社论上，已经向全边区的同胞提出了武装保卫秋收的任务，我们因为看到了日本强盗，在我们游击战争的不断威胁之下，交通运输遭到了极大的破坏，供给万分困难，特别是粮食感到极度的恐慌，在这时候，它为了解决它粮食的恐慌，增加我们经济上的困难，必然寻机向我们边区进行新的进攻。乘我们防备不周的地方，进行袭击扰乱，妨害我们的秋收，破坏我们的秋收，以至抢掠或烧毁我们的秋粮。因此，我们为了保证我们收获的一粒谷物，都不让落到敌人手里或被敌人糟蹋烧毁，必须动员一切力量，武装保护我们的秋收，积极加紧我们的秋收工作。

但是，在加紧秋收当中，我们认为必须同时注意另一个重要问题，那就是保持青沙帐的问题了。

事实上，边区许多农村，尤其是河北的农村，一般农民，在没有秋收以前，对于高粱，都要实行"打叶"，无形中破坏了我们游击队最便于隐蔽作战的青沙帐，而在秋收的时候，按照平常的习惯，也一定要把庄稼连秸秆全部割下，这样青沙帐就不能存在了。

然而，青沙帐对于我们的游击战争，却是有极大的作用，有青沙帐的地方，我们的游击队，就能够随处得到更有利的埋伏隐藏的场所，以袭击敌人，和敌人作战，青沙帐给予游击队活动的便利，这是人所共知的，敌人对于我们游击队利用青沙帐攻击他们，正在感着极大的苦恼，所以，在敌区附近的地方，敌人总是想法破坏或强迫农民割去青沙帐。

现在，如果我们在秋收时，把庄稼连秸秆全部割去，消减了青纱帐，那就等于我们自己毁弃了我们游击队便于埋伏隐藏的场所，客观上等于帮助了敌人，解除了敌人的苦恼，甚且便利于敌人向我们进攻，这显然是极大的损失。

如果我们能够保持青纱帐，使敌人对我们的进攻，继续感到困难和苦恼；使我们的游击队继续能够得到埋伏隐藏以攻击敌人的便利，那实际上是有力地保护了我们秋收，保证了我们的秋粮，使它不至为敌人抢去，保持青纱帐，这样，就成为武装保护秋收的必要工作了。

因此，我们主张，在目前秋收当中，我们一方面要加紧秋收，一方面又要积极保持青纱帐，我们要求边区全体同胞，坚决执行下列事项。

第一，严格禁止高粱打叶，有人认为打叶可防风，有人说打叶乃以饲畜。但据科学研究，打叶结果，种子瘦小，收成将减少百分之三十，损失甚大，而打叶结果破坏了青纱帐，损失尤大，所以必须严加禁止。

第二，严格禁止收割秸秆，所有庄稼，收割的时候，只许摘下子实，不许割拔茎叶，不要贪图把秸秆做燃料，而消灭了青纱帐，那是得不偿失的，所以要特别严厉禁止。

我们这样做，能够保持青纱帐，对于我们游击队的活动，就是最大的帮助，同时也就是抵抗敌人的进攻，便利进攻敌人，保护我们秋收保护我们秋粮的必要工作。

同胞们，我们武装保护秋收，一边要加紧秋收，同时又要积极保持青纱帐。

（原载一九三八年八月二十七日《抗敌报》第一版社论）

澈底克服太平观念

很早以前,边区各团体各机关就已经连续地提出了"反对太平观念","一切当适合战争的环境"等口号,他们因为看到了边区内有很大部份的地方,一般人民甚至于一般工作人员,在边区日益扩大与巩固的基础上的一时的相当稳定的局面下,往往或多或少地忘记了战争的残酷性,为一时的"太平景象"所蒙蔽,因而产生一种有害的太平观念。这种太平观念,就像是一种催眠药,像一种麻醉剂,它会使人们神经的感觉迟钝,甚或麻木。这是不适合于战争环境的极端有害的危险的观念。

近来,在边区一般民众和一般工作人员中,我们看到,太平观念仍然很浓厚的存在着,在他们的日常生活和工作中，到处都表现出"安闲不迫"的姿态，仿佛边区是从此可以"长治久安"了的"安乐窝"似的。尤其是在边区的中心地带，离敌区稍为远些的地方，太平的气氛特别浓重，每一个人几乎都普遍地感染着太平的观念。

当然，这种太平观念的生长，不是没有原因的。这首先是由于边区近来愈益扩大与巩固了，军事上不断得到许多新的胜利，继续收复了许多新的县份，地方政权日臻巩固，一切设施，都逐渐走上了正轨，政治民主化，取消了一切不合理的负担与压迫，社会秩序恢复了，而且更趋宁静。地方上的治安，有了迅速的进步，没有散兵流匪骚扰，在军区的中心地带，过去为乱民间的土匪，完全绝迹了。这使得一般人民在日常生活上感觉到没有痛苦与威胁。同时，更明显的事实，是今年边区农村的收成，有了很可观的成绩。在今年春耕的时候，由于边区军，政，民各界努力开展春耕运动，积极改善了农业生产的条件，帮助农民尽量克服农业生产上各种实际的困难，特别积极开垦荒地，扩大了耕地的面积，使得农业生产量有了大大的增加，因此，今年的收成，特别丰盛，一般农民，都认为今年是"风调雨顺""五谷丰登"的年成。从而，一般人民对于今年一年的衣食问题，已不感恐慌，"衣食无忧则心自安"，农村经济，更可望苏息繁荣，太平观念，也就由此而加浓。

但是我们处在极残酷的战争环境的今天，对于这种太平观念，却不能不坚决反对而予以彻底的克服。我们始终不能忘记了今年是战争最紧张的一年，疯狂的敌人正在不断地积极向我们进攻，愈是我们的边区日益扩大与巩固，愈是我们的农村安定，生产丰盛，经济繁荣，敌人就愈要集中力量加紧地来破坏我们，劫夺我们，我们不能忘记今天的边区，是处在敌人的包围之中，随时有被敌人破坏蹂躏的危险，而且，我们可以肯定的说：正因为我们边区不断的发展与进步，敌人必定要向我们猛烈地进攻与破坏的。因此，我们绝不能有一时半刻忘记了敌人进攻的危险，而放松了准备与警惕。我们绝不应该为一时的太平景象所麻醉。我们并不是嫉恨太平而不愿意太平，我们今天要加紧准备进攻敌人，粉碎敌人的进攻，正是为了争取永久的太平。只有永久的太平,才是真正的太平。麻醉于一时的太平,结果是没有太平,只有死亡。

因此我们希望边区各界同胞,经常地提高我们的警惕性,彻底地克服太平观念,随时准备应付敌人的进攻,积极进攻敌人,一切工作的布置和日常生活,必须要严格适合于战争环境的需要,紧张、迅速、刻苦、不铺张、不浪费,有计划,以应付这长期的残酷的战争!

(原载一九三八年八月二十九日《抗敌报》第一版社论)

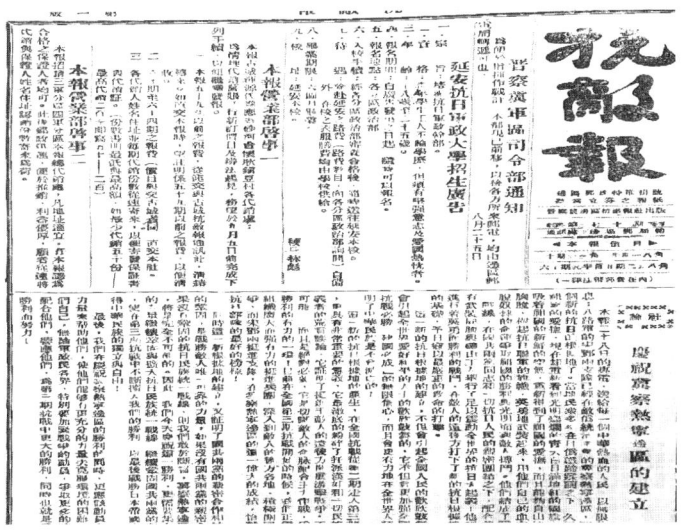

庆祝冀察热宁边区的建立

本报二十八日的专电，送给每一个中华热血的人民，以无限兴奋的消息：八路军的宋邓两支队已经在敌伪统治□□的冀察热宁边区，开辟了一个新的抗日的根据地了。当地民众多年在日伪铁蹄蹂躏之下，久已失掉了祖国的爱抚，现在却重新看到光明灿烂的青天白日满地红的国旗，重新呼吸着祖国的新鲜的空气，重新得到了祖国的爱抚，而且能够自由地挺起了胸膛，树起抗日联军的旗帜，英勇地武装起来，用他们自己的血肉，为挣脱奴隶的命运争取祖国的胜利与光明而与敌人搏斗。他们结成了巩固的统一战线，在国共两党同志和一切抗日人民的亲密团结之下，配合着当地旧有武装同胞与矿山工人举行了足以震动全世界的抗日大起义！他们不断地进行着英勇而胜利的战斗，在敌人的远后方打下了新的抗日根据地的坚实的基础，予日寇以最严重的致命的打击。

这一新的抗日根据地的建立，不但会引起全国人民的欢欣鼓舞，而且会引起全世界爱好和平的人士的欢欣鼓舞的，它不但会更加强全国同胞"抗战必胜，建国必成"的无限信心，而且会更有力地在全世界人类面前证明了中华民族是不会灭亡的！

这一新的抗日根据地的产生，在全国抗战从第二期走入第三期的时候，更具有非常重要的意义，它最彻底的粉碎了托派汉奸和一切民族失败主义者的荒言谬论，它证明了挺进于敌人的远后方开展游击战争，不但完全可能，而且是绝对必要，它是切断敌人的命脉配合主力作战，争取最后胜利的有力的一环！目前在全国第三期抗战开始的时候，我们正需要大量组织广大而强有力的挺进兵团，深入到敌人的后方各地，积极开展游击战争，而宋邓两挺进支队，在冀察热宁边区的这一伟大的成绩，恰就是全国抗日部队的最好的榜样！

同时这一新根据地的建立，又证明了国共两党的亲密合作和统一战线的巩固，是战胜敌人唯一可靠的力量，如果没有国共两党的亲密合作，如果没有巩固的抗日民族统一战线，则我们敢于断言，冀察热宁边区的胜利，将是完全不可能的。因此，我们今天庆祝这一胜利，更需要集中千百倍的力量继续巩固与扩大抗日民族统一战线，继续巩固国共两党的亲密合作，使在每三期抗战中不断扩大我们的胜利，以最后战胜日本帝国主义，取得中华民族的独立与自由！

最后，我们在庆祝冀察热宁边区的胜利的同时，更应该动员各方面的力量来帮助他们，使他们能够有更充分的力量去克服环境的困难，同时我们自己，无论军政民各界，特别要加紧战争的动员，争取更多的胜利，以配合他们，响应他们，为第三期抗战中更大的胜利，同时也就是为最后的胜利而努力！

（原载一九三八年八月三十一日《抗敌报》第一版社论）

迅速结束上忙钱粮与救国公债

　　自从边区政府根据战时财政的动员办法，继续征收田赋，并依照中央政府的法令，发行救国公债以来，在边区各级政府工作人员与各群众团体的努力和全边区广大人民的积极拥护之下，已得有显著之成绩，并且有许多地方，例如冀西的多数县份，甚至早已超过了预定计划，农民已将上忙钱粮交齐，更开始交下忙钱粮，救国公债的认购也超过了原定数额，这些都是很短时间内的不可否认的光荣的成就。

　　但是在另一方面，我们也必须指出，这一次征收上忙钱粮与募集救国公债的工作中，至今还存在着若干缺点。这里最主要的是工作速率的不平衡。以冀西与晋东北两区相比较，就可以最明显地看到：在冀西上忙钱粮的征收，一般都已完成，而晋东北一般还只收到十分之七至十分之九，浑源应县等甚且还距完成的数目甚远；救国公债在冀西各县一般都已超过原定数目，而晋东北还有许多县份没有完成原定数额，按此次县长联席会报告，晋东北各县总共应征的二七五．〇〇〇元，已认购的才一六七．三〇〇元，还差一〇七．七〇〇元。

这些不平衡的现象的存在，固然有许多原因，但基本上无疑是由于政治动员的不够与征募方式的不善，因此，目前未完成的县份应特别加紧努力克服一切困难，积极动员，改善工作方式，以完成此未完成的数目！

然而，目前更重要的问题，是怎样迅速结束这个上忙钱粮与救国公债的征募工作。这个问题不但包括了没有完成的数目，怎样去加紧完成，而且包括怎样实际收齐这些数目。

事实上，如救国公债，现在许多县份虽然都已经推销了，有人认购了，但还并不完全都是实际上收齐了那些认购的数额的。因此，我们觉得目前各县除了未征募足额的要加紧征募，使其足额之外，还要立刻能够实际收齐已征募的数额，汇交政府，这样才算实际完成了一件工作。

本来，战时财政的动员，贵在迅速，这所谓迅速，不但是说要能迅速进行，而且更重要的是在于能迅速地实际完成。如果实际完成的速度赶不上表面进行的速度，那还是够不上说是迅速。

现在，抗战从第二期转入第三期的时候，人力物力财力的动员正应该用最迅速的速度来完成，我们必须集中一切力量争取时间，去进行并完成政府所决定的每一动员工作，况且，现在已是秋令了，上忙钱粮按常例也应该到了结束时候了，救国公债，照边区的情形说也需要迅速收齐集中，以期统筹运用，这是不应该而且也不需要再事拖延的了。所以，我们希望边区各级政府，各群众团体和各界同胞，立即采取有效办法，迅速完成抗战的财政动员工作，结束上忙钱粮与救国公债！

（原载一九三八年九月二日《抗敌报》第一版社论）

迎接今年的国际青年节

　　国际青年节是每年九月间第一个星期日国际青年所举行的检阅自身的战斗力和团结力的日子。远在一九一五年社会主义青年世界代表大会就在这天号召全世界青年反对正在进行着的欧洲大战，以维护人道，正义和文明而转变帝国主义的侵略战争为其国内的革命战争；一九一九年少年国际代表大会为要组织全世界青年巩固世界的和平，反对帝国主义国家进行第二次的人类大屠杀，更规定是日为国际青年节。

　　今年的国际青年节正当着德意法西斯蒂疯狂侵略欧匪两洲和日本法西斯蒂进攻我国最紧急的关头，也正当着国际和平阵线和我国的民族统一战线更加巩固和发展的时候。

在中国，在西班牙，在一切被压迫的国家和民族，在一切民主主义的国家甚至法西斯蒂的国家里，广大的青年朋友们都在怒吼，他们的勇敢热烈纯洁的为真理而战的狂涛，汇合了一切爱好和平正义的人士的返战反法西的洪流，汹涌澎湃的摇动着侵略强盗的基石。

今天在国际法西斯强盗残酷的剥削和血醒的镇压之下，不仅被侵略国家的青年痛感流亡死伤和国破家亡之苦，不仅法西强盗国内的青年受尽压迫，麻醉，逮捕和屠杀，而且国际多数的青年大众，也莫不敏锐地感觉到法西魔手对于世界和平人道，正义的威胁。尤其是日寇——最凶恶的法西强盗之一的进攻中国，不仅蹂躏中国的人民，而且屠杀欧美各国的在华侨民和侵犯欧美各国的在华利益，同时德意两法西斯国家，也都在直接间接或公开的帮助日寇，因此，中国人民反对日寇的自卫战争，也就是保障世界和平，人道和正义的战争；中国人民反对日本法西强盗的解放事业，也就是欧美和全世界先进人类的共同事业，在目前国际反战反法西的运动中，青年朋友们起着模范的先锋作用。（国际青年反战反法西大会的声助中国，世界学生联合会的来华视查，便是实际的例子。）

中国青年首先燃起东方被压迫民族解放的火炬站在自己的岗位继续进行着最尖锐最光荣的战斗；十年来为民族解放为人类解放与国际青年携手而造成艰苦奋斗的光荣战绩。今天在前线上英勇牺牲的，在后方进行抗日救国的宣传组织工作的，绝大多数是青年份子，大批的新的军事的政治的及其他工作部门中的青年干部，构成一部份最可靠的不可战胜的主力。

可是由于国人对青年运动并未加以足够的注意和应有的赞助，加以国内多种青年团体多未统一组织与步调，甚至因意气相争而发生内部摩擦；许多青年！尤其是农村青年因文化教育和政治动员的不够，还没有广泛的发动起来，这样使中国青年在反抗日本法西斯蒂的战争中还没有发挥出应有的力量。欲求在国际反战反法西的火在线彻底粉碎日寇，中国的朋友们必须把青年组织与运动统一起来健全的展开青运工作。

最近陕西西北青年救国会召开西北青年代表大会，我们希望有非常圆满的收获。

晋察冀边区的青年朋友们！在巩固边区和开展华北的游击战争中无疑的起着极大的模范作用，今天在边区青年救国会领导之下的二十六县青年大众发动了广大青年参加抗日的神圣战争，建立了自己的抗日自卫的武装——青年抗日先锋队，组织并训练了广大的青年与儿童，在抗日前进阵地的晋察冀边区当然是一支新生力量，但是不可否认的是：（1）边区各级青年组织虽已统一，但似尚不健全，领导不够；（2）青抗先队组织也还不普遍；（3）多数县份的青年尚未进行广泛而深入的教育和训练，这些严重缺点希望能够在当前各种实际运动中加紧的克服，用实际工作来纪念国际青年节。

（原载一九三八年九月四日《抗敌报》第一版社论）

严重的捷克问题

最近欧洲的局面,已经空前的紧张了。德国法西斯侵略强盗希特勒的魔手,已经疯狂地向捷克斯拉夫挺击了,据连日电讯,希特勒已动员了一百万正规军和预备军,并且在德捷边境布下了几个师团的兵力,建筑进攻工事和运输公路,国社党大会复通过增征五十万新兵,准备着侵略捷克的战争,德国法西斯,事实上已经更进一步地向世界和平挑战,点起第一次世界大战的烽火。

捷克是希特勒实现东进政策,进攻苏联,夺取乌克兰的一条通路,希特勒阴谋分裂捷克,吞并捷克,已非一日,而在奥国归并于德国之后,这一阴谋却更加变成明目张胆的行为了,希特勒一方面将大军迅速集中于德捷边境和过去的奥捷边境，一方面更积极利用捷克境内苏台德区的少数日耳曼民族以分裂捷克的统一，利用法西斯苏台德党及其走狗汉伦，企图发动类似西班牙佛郎哥的叛乱，而以苏台德区为侵略捷克全国的法西军事根据地，现在德国已公开宣称"军事上已准备妥当，万一侨民受威胁，决以武力保障。"这无异露骨的说明，德国现在只是要积极寻找发动战争的借口了，希特勒在军事上已经造成了围攻捷克的形势，欧洲战争的爆发，只是时间的问题了。

在今日西班牙共和军正与法西佛郎哥叛军猛烈战斗的时候，在全中国人民正和日本侵略强盗进行决死斗争的时候，法西斯魔王希特勒乘机在西欧制造大规模的战争，企图重新分割世界，这是极当然的。

但是和平是不可分割的全世界爱好和平的国家和人民的今天都有这样共同的认识与保卫和平的决心，而捷克又毕竟不是奥国，捷克的贝奈斯总统和霍沙总理更不是奥国的许士尼格之流捷克在军事上有它坚强而富有战斗力的庞大的军队，一旦战争爆发，它能够在旦夕之间，动员一百五十万精兵；从技术上说：它有高度发展的重工业，因而它有自己最新的军事工业和优良的军事机械的设备，及有力的航空队，并且最近消息捷克在边境上已经准备了坚固的抵御德军侵略的国防工事，准备予侵略者以致命的打击；在政治上，它是一个民主国家，它有着无数社会阶级意识坚强的产业工人，而且全国最大多数的人民，今天在准备反抗法西斯侵略的时候，已经紧密地团结起来，反法西斯的各党派都表示拥护政府的一切处置并号召全捷人民建立联合阵线，为保卫国家的独立而斗争，至于为法西斯所借口的捷克境内的少数民族问题，现在贝奈斯政府，也已经决定了新的合理的政策，承认少数民族应享的一切公民权利，这更将有力地打击和粉碎希特勒和汉伦的法西斯欺骗挑拨的武器；在国际援助上，捷克和强大的社会主义国家的苏联及人民阵线的法国，都订有互助协议，这两国都已一再公开严重表示坚决援助捷克、英国张伯伦政府虽企图妥协调解，但现在已经失败。转而警告德国，英国军事会议已决定以全力应付战争，并集中海军于北海了，美国政府由罗斯福和赫尔口中，也发出了反战的号召，比利时，瑞士等国也都开始了防范德国的军事动员。在法西斯疯狂侵略之下，眼见全世界捍卫和平的国家与人民，都将团结一致，予侵略者以实力的制裁。而德国内部，目前却正高涨着反法西斯的浪潮，甚至就在捷克边境上，已经发生了政治犯与法西斯的冲锋。法西斯点火者，眼看就要烧了自己的手！

今天全捷克的人民，以及全世界爱好和平的国家与人民，并不鼓动战争，但都已经准备了最充裕的力量，以应付不可避免的战争，我们相信捷克人民对于法西德国的侵略，必将予以英勇顽强的抵抗，并且能够如捷克共产党所宣言的"坚持到底，任何代价，在所不惜，用自己的鲜血和生命，争取捷克人民的自由"！

（原载一九三八年九月六日《抗敌报》第一版社论）

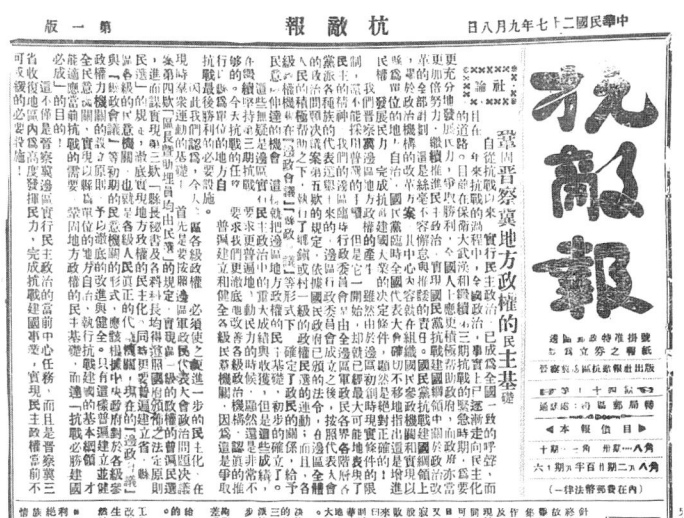

巩固晋察冀地方政权的民主基础

  自从抗战以来,实行民主政治,已成为全国一致的呼声,而且在□年来抗战的过程中,全国政治,事实上已逐渐走向民主化的道路。目前在保卫大武汉和继续第三期抗战的紧急时期,为要更充分地发展民力,争取胜利,全国人民应更积极帮助政府,而政府亦当更加倍努力,继续推进民主政治,实现国民党抗战建国纲领中关于政治改革的全部计划,这是丝毫不容懈怠与推诿的责任。国民党抗战建国纲领上,关于政治机构的改革文案,其中心内容就在组织国民参政机关和实现以县为单位的地方自治,国民党临时全国代表大会确切不移地指出这是增进民权,发展民力,完成抗战建国大业的决定条件,显然是绝对正确的!

我们晋察冀边区地方政权的产生，虽然由于边区初创时现实条件的限制，还不能采用普选的手续，但是它一开始，却就已经最大可能地表现了民主的精神，我们的边区临时行政委员会是由全边区军政民各界各阶层各党派各种族的代表选举出来的，边区行政委员会成立之后，按照代表大会的政治问题决议案第五欵的规定，依据国民政府已颁的法令，在边区全体人民的积极帮助之下，执行了乡镇或村一级的政权民选的运动；而且，各级政权机关在"边政会议""县政会议"等形式下，确定了政发的关系，给予民意以伸达的机会，这样就把边区地方政权的民主基础，初步的确立了。

这些无疑是边区实现民主政治中的重大成绩与收获，但是这些成绩，在继续坚持第三期抗战，要求更普遍地发动民力的时候，显然还是非常不够的。今天抗战的任务，要求我们更彻底地改善各级政治机构，认真的推行以县为单位的地方自□，普遍建立和健全各级民意机关，因为这是争取抗战最后胜利的必要设施。

因此我们认为，今天全区各级政权，必须使之更进一步的民主化，在现时群众运动的基础上，首先是要按照边区军政民代表大会政治问题决议案第四欵"区长暨助理员均由民选"的规定，实现区一级的政权的普遍民选，进而谋实现第三欵"县长秘书及各科科长均得遵照国府颁布之法定原则民选"的规定，彻底实现地方政权的民主化。同时更要普遍建立省、县、区各级的民意机关，也就是各级人民真正的代表机关，现在的"边政会议"与"县政会议"等初期的民意机关的形式，应该根据中央政府对于各级参政权力机关的设立原则，予以彻底的改进与健全。只有这样普遍建立并健全民意机关，实现以县为单位的地方自治，执行抗战建国的基本纲领，才能适应当前抗战的需要，巩固地方政权的民主基础，而达"抗战必胜建国必成"的目的！

这不仅是晋察冀边区实行民主政治的当前中心任务，而且是晋察冀三省收复地区同伙高度发挥民力，完成抗战建国事业，实现民主政权当前不可或缓的必要设施！

（原载一九三八年九月八日《抗敌报》第一版社论）

对于边区妇救今后工作的期望

边区妇救二次代表大会，已在前天闭会了，从此次代表大会上的工作报告来看，有许多地方是进步了，如慰劳除奸等工作，都已经有了很好的开展，尤其是在此次大会上，增加了不少新县份的代表，这更使我们觉得兴奋。

但是，就今天全国抗战的环境来说，群众运动，在边区是存在着许多比较有利的条件，而我们目前边区的妇女运动，一般的说，却还不能配合得上边区军事政治的形势的发展，这不能不使我们对于边区各级妇救本身的组织上与工作上的具体问题，提出一些商确的意见。

（1）组织上：一、我们觉得目前妇救会在干部的分配上，还没有预先很好的计划，以致呈现着不平均的现象，有的县份多；有的又过少。因而各县工作的发展上也是不平衡的。当然在目前边区，干部一般都很缺乏，"缺乏"诚然是一个问题，但我们要分配得平均，"缺乏"在这点上，是不会发生严重的阻碍作用的，同时不但是要注意数量上的平均分配，而是要注意质量上的平均分配；二、对下层妇女干部的提拔，除了个别的县份外，还没有引起普遍的注意，在缺乏干部的今天，我们认为提拔下层妇女干部，是补充干部最根本的比较好的办法；三、干部的本身还不十分健全，甚至有几个县份，在妇救会内还有贪污和账目不清的现象。（2）在工作上：一、在发展会员方面还做得太不够，广大的下层妇女和青年妇女，都没有完全被发动起来，领导工作的，不能面对着广大的乡村的下层妇女。二、在工作的内容上，没有统一的策划。如有些县份有锄奸组慰劳队……等组织，而有些县份又没有，更具体的说：如阜平除了一"生产劳动所"的组织外，便没有其他的工作部门，而别的县份，又没有"生产劳动所"或类似这种工作部门的建立，我们觉得这不是在适应环境。因为适应不同的环境，只能发生组织形式与工作方式等问题，而不能发生内容上的基本的差异，因此，我们认为以上的现象，实在是一种畸形的，不正常的发展。

在今天不仅我们边区军事上政治上是在加速度的向前进展，就是在全国，也是在不断的向前进展着。我们边区优秀的妇女同胞，为了要使我们自己，真正能够担负起或担负着民族解放的战场上的前哨的责任，和求得自己的解放，必须进一步的开展目前边区的妇女运动，使能配合着边区军事上，政治上，形势的发展。

这里，我们认为从此次代表大会后，除了要马上纠正上面指出的弱点外。还应该做到：一、建立新的工作作风，抓紧中心工作，有计划地去进行。不要只顾拟定很多的计划。计划了的，即刻就去执行。二、抓住几个平素工作较好的县份，更加用力，将它造成为边区妇女运动的模范县，以影响和鼓励其他县份。三、还要突击落后的县份，使边区各县妇女运动，均得平衡的发展。最后,我们认为今后在每一次召集边区代表大会时,在未开幕以前,必须充分的进行准备工作,这样才能真正做得到和说得上,检讨过去接受过去的经验教训,与布置今后的工作,使得每一次代表大会之后,工作上都有一番新的转变与新的进步!

(原载一九三八年九月十日《抗敌报》第一版社论)

边区人民对于今年"九一八"应有的认识

"九一八"的第七周年纪念已经摆在我们的面前了。本报早在第七十二期上,就已发表了"怎样纪念九一八"的一篇专论,提出了在今年"九一八"的一般的任务,但是我们觉得我们边区全体人民,对于今年的"九一八",还应该有进一步的更深刻的基本的认识与努力。

七年前的"九一八",是我们东北广大富饶的领土和三千万东北同胞沦陷于暴日铁蹄之下的惨痛的日子,从那时候起,东北同胞就被迫离开了祖国的怀抱,失掉了祖国的爱抚;从那时候起,东北的同胞,就没有做中华民国的人民的自由,变成了日本帝国主义鱼肉宰割下的牛马奴隶,过着最悲惨的亡国奴的生活。

去年的"七七"卢沟桥事变，日本帝国主义的侵略强盗，企图造成第二个"九一八"，并吞全中国的土地，奴役全中国的人民，首先是要并吞我华北的领土，奴役我华北的同胞。

但是在我们全民族全面的英勇抗战之下，日本帝国主义终于遭受了严重的打击，无法顺利地实现他的计划，而在正规军从华北战场上撤退之后，由于八路军和其他部队及不愿退走的许多政治工作人员，协同广大不愿当亡国奴的父老兄弟，在敌人后方，坚决开展游击战争，坚持华北的抗战，建立了晋察冀军区，建立了边区的抗日政权，更保持了华北广大的领土，使得晋察冀三省边区十余万公里内一千二百余万的同胞，得免于日本强盗的蹂躏与压迫，仍然能够得到国家的抚爱，仍然能够做中华民国的自由的人民，而不至于和东北的同胞一样在敌人鱼肉宰割下当牛马奴隶过着悲惨的亡国奴的生活，这是我们边区的同胞，在纪念今年"九一八"的时候，和东北的同胞比较起来，要感到万分庆幸的事。

我们的晋察冀军区，自去年建立以来，在贤明的第二战区阎司令长官正确领导之下，经过不断的英勇的战斗，从敌人手里夺回了五十余县的广大领土，粉碎了敌人的围攻，牵制、消灭并瓦解了大量的敌军，争取了大量的在敌人压迫下的武装，安定了地方，保卫了我们的生命财产和美丽的田园，在敌人后方开辟了广大而巩固的抗日根据地，配合了全国的抗战；而且在"九一八"七周年纪念的今天，他正在更勇猛的向冀察热宁的边境积极的挺进，开拓着新的游击区，收回更多的领土，拯救了千百万的同胞。我们的军区司令部和他所指挥下的广大的武装部队，在这一年的艰苦奋斗中，确乎没有辜负了我们边区一千二百余万人民的热烈拥护和全国同胞的期望，他确乎完成了我们中央军事委员会□□□□，第二战区阎司令长官和朱彭总副司令所给予他的任务。

而我们晋察冀的边区政府，自成立以来，同样在阎司令长官的领导与扶持之下，经全体政府工作人员的埋头苦干，在广大的五十余县的领域里，普遍建立了抗日的政权，保持了中华民国的主权与统一，摧毁了汉奸的傀儡组织，继续执行着中华民国的法律，实施了抗战时期政治经济财政与民运的正确政策，发动了广大的群众为保卫家乡驱逐日寇而斗争，他给予了边区一千二百余万人民的自由权利，实行了减租减息，减轻了人民的负担，积极地发展了边区内的农工商业，建立了廉洁的地方政治，发展了战时的文化教育。我们的边区政府，在这一年的艰苦奋斗中，确乎也没有辜负了我们边区一千二百余万人民的热烈拥护和全国同胞的期望，他也确乎完成了我们的中央政府，□□□□和第二战区阎司令长官所给予他的任务。

正由于过去一年中，我们边区的军政的一致努力，积极发挥了边区的正确领导，保持着军政的统一局面，因此今天的晋察冀边区，才能够逃脱沦亡的命运，才不至成为东北第二，而且还能够成为收复东北的前进阵地。正由于过去一年中，我们军政的和谐统一，晋察冀边区才得有今天的进步的规模，这是我们边区的父老兄弟，在纪念今年"九一八"的时候，必须要彻底认识的。

因此，我们纪念今年的"九一八"，除了加紧我们的抗战工作之外，更要坚决拥护边区政府，拥护军区司令部，这是进行抗战的前提，我们始终要保持军政民的和谐统一。我们始终认定：我们的辖区政府是秉承中央政府的命令和意旨的，我们的军区司令部是秉承中央军事委员会□□□□和战区司令长官的命令和意旨的，拥护边区政府和军区司令部，就是拥护中央政府，□□□□和战区司令长官，我们要用全力保卫边区，保卫军区，粉碎敌寇汉奸托匪的一切进攻与破坏，配合全国军事政治的力量，以保卫大武汉，对于任何破坏边区军政统一的一切分裂割据的运动与阴谋，我们都要用全部力量，予以无情的彻底的揭破和致命的打击！

（原载一九三八年九月十二日《抗敌报》第一版社论）

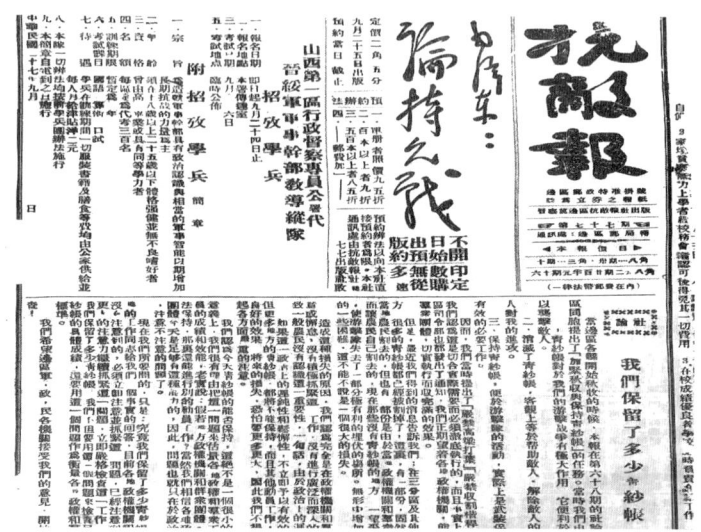

我们保留了多少青纱帐

当边区各县开始秋收的时候,本报在第六十八期的社论上,即向全边区同胞提出了"加紧秋收与保持青纱帐"的任务。当时我们申述的理由是:

一、青纱帐对于我们的游击战争有极大作用,它便利于游击队的埋伏以袭击敌人。

二、消灭了青纱帐,客观上等于帮助敌人,解除敌人的苦恼,便利敌人对我的进攻。

三、保持青纱帐,便于游击队的活动,实际上是武装保护秋收的积极有效的必要工作。

因而,我们当时提出了"严禁高粱打叶""严禁收割秸秆"的具体办法,我们认为这是切合实际需要而必须彻底执行的，而且事实上边区政府和军区司令部也都发出了通知，我们正期望着各地政权机关，能够协同部队和群众团体，切实执行而收完满的效果。

但是，最近我们得到的消息告诉我们；在三分区及其他沿铁路某些地方，很多的青纱帐都已经被割掉了，这里，有一部份，固然是由敌人强迫当地农民割去的，但也有一部份是由于当地政权机关和群众团体的忽视，而让农民自己割去的，现在那些没有青纱帐的地方，一望平壤，毫无隐蔽，使游击队失去了一部分极有利的埋伏的场所。无形中增加了游击队活动的一些困难，这不能不说是一个很大的损失。

造成这种损失的原因，我们认为完全是在政权机关和群众团体的不注意或懈怠，没有积极抓紧这一工作，没有进行广泛而深入的宣传解释，以致一般农民没有认识这一重要性，一句话，由于政治上的迟钝和松懈。

如果这一政治上的迟钝性和松懈性，不立即予以有效的克服，恐怕不但更多地方的青纱帐，都将不能保持，而且其他动员工作，也必定得不到良好的效果，将来的损失，恐怕要更多更大，因此我们不得不再一度的提起各方面严重的注意。

我们认为今天青纱帐的能否保持，这绝不是一个很小的问题，在某种意义上，我们很有理由把这一问题来估量各地政权和群众工作对于战争动员的成绩和效能，老实说：假若地方政权机关和群众团体，连青纱帐都无法保持，那里还能进行别的动员工作，当然我们相信各地政权机关和群众团体今天是足够有这种能力的，因此，问题也就只在于政治上了解不了解，注意不注意的问题了。

现在我们所要问的，只是：究竟我们保留了多少青纱帐，我们希望各地的工作同志给我们一个事实的回答，目前各地政权机关和群众团体，还没有注意到的，必须立即注意并抓紧这一问题，已经注意到的也要继续用更□的注意力继续抓紧这一问题，立即严格检查这一工作，实际考察究竟我们保留了多少青纱帐，我们不但要用这一个总是来检查目前各地保持青纱帐的具体成绩，还要用这一个问题作为衡量各地政权和群众工作优劣的标准。

我们希望边区军、政、民各机关接受我们的意见，开始严格的工作检查！

（原载一九三八年九月十四日《抗敌报》第一版社论）

异哉所谓"工作团"

本报十三日的电讯中,告诉了我们一件可诧异的事实。据云平山南境突然有一来历不明之某某工作团出现,并闻该工作团自称系杨秀林司令所派遣。本报于得讯后,曾遍询边区军政当局,即以事先是否得有中央命令,据答事先不但未得上级命令,而且毫无所闻。

我们觉得这一工作团的出现,实在是蹊跷得很,本报一方面仍继续探听详细情形,一方面对于这个事实因为觉得非常诧异,却忍不住要说几句话。

杨秀林先生,我们知道是北京大学一位有名的教授,抗战之后,丢掉笔杆,拿起枪杆,在冀南的太行山下,领导着一部份队伍,开展游击战争,努力支持华北抗战。过去,我们远道传闻，一向都很钦佩他的抗日精神。同时我们相信杨秀林先生每天听着各方的情报，也一定已经知道在我们这晋察冀边区早已在中央政府，军事委员会□□□和战区阎司令长官领导之下，建立了统一而巩固的抗日根据地的这一事实。而现在某某工作团，却假了杨秀林先生的名义，来到这个边区来活动，这却把我们弄糊涂了。

又闻杨秀林先生现主冀南行政，如果某某工作团确系杨秀林先生所派遣，我们相信杨秀林先生一定知道行政的系统。今天晋察冀边区五十余县，完全是在中央政府命令指挥下的边区政府统一管辖着的。绝不会由冀南而伸展到边区来，这是最浅显明白的行政学的常识，曾当大学教授的杨秀林先生绝不至于不知道而昧然出此的。

如果说某某工作团，是为开始华北抗日游击战争而来，那更使我们不解，因为这一地区既经从敌人手里夺取回来了，事实上是用不着再来"游"更无所用其"击"了。某某工作团若要"游击"的话，应该努力去把敌人现在所占领的区域夺取回来，建立一个新的广大的抗日根据地，那是中华民族之大幸，同时也是工作团光荣的成绩，我们在这里要预祝工作团的成功！

然而，今天的某某工作团，似乎是和我们所期望的相反，因此，这个工作团的性质和作用，还有待于我们予以慎重的考察与审定了。

记得不久以前，曾有自称为中央军事委员会特种工作团者到达边区，当时一部份地方政权机关和群众团体，因忽于行政系统，不考察其来历，开了盛大的欢迎会迎接他们，但随着中央来电说他们是假冒名义的奸徒，而予以扣押。我们空欢迎了一场，却得到了不明行政系统的议评，初时冒然以礼貌相加，结果反而失了礼貌，这件事实，正是我们今天最好的"前车之鉴"。

因此，我们希望边区各地军、政、民各机关，对于一切来历不明的任何人等，没有得到正式的命令，绝不应擅自接洽。我们始终要恪守边区的行政的统一的系统！

（原载一九三八年九月十六日《抗敌报》第一版社论）

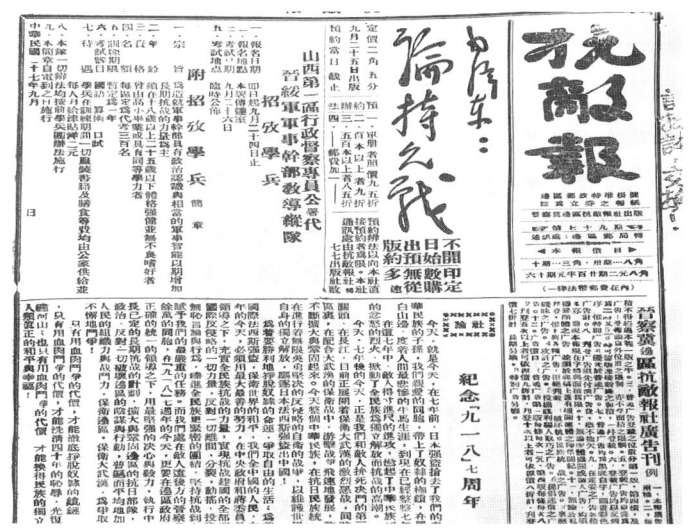

纪念"九一八"七周年

今天,就是今天,在七年前,日本强盗抢去了我们的东北,三千万中华民族的子孙,我们亲爱的同胞,带上了奴隶的枷锁,在黑龙江畔,在长白山边,度着人间最悲惨的牛马生涯,到现在已经整整七年了。

在这七年中,敌人得寸进尺的进攻,燃起了中华民族四十年来积压着的忿怒的烈火,掀动了全民族为独立解放而抗战的高潮。

今天,七年后的今天,正是我们和敌人拼死决斗的第三期抗战的紧急关头,在长江,目前正展开着保卫大武汉的激烈恶战,同时华北广大的地区里,在配合大武汉的保卫战中,游击战争飞速地发展,许多抗日根据地不断扩大与巩固起来。今天整个中华民族，在抗日民族统一战线之下，正在进行着无限英勇坚决的反侵略的自卫的战争，以维护世界的和平，争取自身的独立解放，驱逐日本法西斯强盗出中国！

为着要胜利地挣脱奴隶的命运，争取自由的生活，为着要胜利地消灭国际法西斯强盗，保卫世界的和平，我们全中国的人民，在"九一八"七周年的今天，必须用最大最善的努力，在中央政府和□□□□正确的统一的领导之下，充裕全民族抗战的力量，实现抗战建国的全部纲领，加紧团结国际反侵略的一切力量，反对一切离间、分裂、动摇、投降的汉奸托匪的无耻言论与行为，臻进全民族更紧密的团结，坚持抗战到底，以完成历史赋予我们的最严重的任务。而我们处在敌人远后方的晋察冀边区一千二百余万的同胞，在"九一八"七周年的今天，更要在边区政府和军区司令部的正确的统一的领导之下，用最坚强的决心与毅力，执行中央政府和□□□□已定的长期抗战的计划，扩大与巩固边区的抗日部队，推进边区的民主政治，反对一切破坏边区的阴谋与行动，普遍而平均地加强与提高全边区人民的组织力与战斗力，保卫边区，保卫大武汉，为争取抗战最后胜利而不懈地斗争！

只有用血肉斗争的代价，才能彻底挣脱奴隶的锁链，成为祖国的主人，只有用血肉斗争的代价，才能洗清四十年的耻辱，光复七年来失去的锦绣河山；也只有用血肉斗争的代价，才能换得民族的独立解放，换得世界人类真正的和平与幸福！

（原载一九三八年九月十八日《抗敌报》第一版社论）

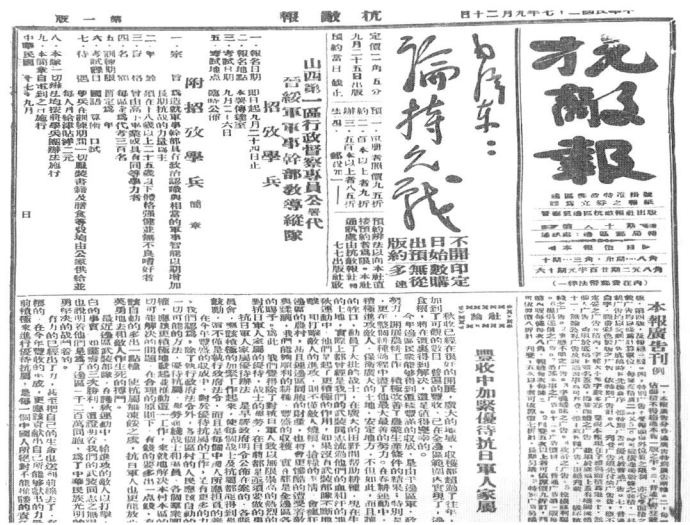

丰收中加紧优待抗日军人家属

秋收已经在很好的开展，广大的地域，收获都超过了往年，农产品增加到了可观的数目，普遍的丰收，已在全边区范围内实现了，边区一年的食粮，将在这里得到解决，这是值得庆幸的。

今年边区民众能够得到这样丰满的收成，是由于边区军、政、民各界努力。开展农耕工作，积极改善了农业生产条件的结果；特别是武装部队，更在整个耕种过程中尽了他最大最善的努力。在春耕运动中，武装部队积极进攻敌人。保卫广大的土地，安定地方，不但如此，而且让出了他们的牲口，动员了大批的战士，在广大的田野间帮助耕种，现在生产着五谷的土地，实际上都曾经是我们的武装同志流过他们的血和汗的地方，在护秋运动中，他们是起了更积极的作用，如果没有武装部队不断地向敌人袭击，和打击敌人的进攻，则不仅敌人烧粮，抢粮的事情，会疯狂地侵害着边区的农村，甚至连边区同胞的财产，也将会更惨酷的遭受着敌人的掠夺与蹂躏，我们能够顺利的耕种，丰盛的收获，实在都是全边区各武装部队的赐予。为此，我们觉得除了对抗日军人致以无限崇高的热烈的敬礼外，对抗日军人家属的优待，战士的慰劳，在目前都是亟须要做的事情。

抗日军人家属优待办法，是早经政府明令公布在案的，各县的优抗委员会，应该积极的加紧工作起来，使每个战士及抗属都能得到慰安，受到鼓励。这不仅是执行政府法令，而且是每个中国人所应担负的义务。

在今年丰盛的收成中，对于优待抗属的工作中，是有更多的力量来作的，我们认为，除了执行行政法令外，各个区村的人民应该有自动的起来，用一切可能的方法，优待抗属，慰劳前线战士和伤员，各个群众团体区村政权，应该更积极地发起并推动这一工作，来就地解决本村本区的抗属的一切可能解决的问题，在合理原则下，有钱的要多出一点钱，有粮的也应该自动的多出一点粮，使抗属无冻馁之虞，抗日军人也更能放心乐意地，英勇地去和敌人作生死的搏斗。

最近边区武装部队，在护秋运动中，给进攻的敌人以打击，这是很明白的事实，如灵寿的三次胜利，这证明着我们的武装同志之无限的英勇，也说明着他们是为了边区一千二百万同胞，为了中华民族光明的前途而英勇坚决的战斗着的。

有力的已经出了力，甚至把自己的生命也送到了前线去了，有钱的，有粮的，在今年丰收的年成，更应该贡献出自己所能够献出的力量来，在目前积极来进行优待抗属，是每一个中国人所绝对不能推诿的责任。

（原载一九三八年九月二十日《抗敌报》第一版社论）

读国民党"九一八"纪念告全国同胞书后

在沉痛的"九一八"七周年纪念日,中国国民党发表了告全国同胞书,在全民族抗战最激烈的时候,我们读到这一篇重要的宣言,不容我们不感到无限的兴奋,更增强了我们长期抗战的信念。

宣言内容,有许多重要之点,为全国同胞所应深刻了解,笃信不渝,而坚决从实践中予以响亮的回答的。

首先,宣言中一再着重地告全国同胞要"抗战必胜的信念",宣言缕述敌我力量的变化,说明"我们越打越强,敌人越打越弱"的"一年来抗战的事实"证明国民党总裁□□□□于"八一三"周年纪念"告沦陷区域民众书"中对于"抗战胜利最有把握"的正确的估计,这在我们和敌人拼死决斗的第三期抗战的紧急关头的今天，是有更严重的意义的，亡国论者和民族失败主义者今天还没有完全绝迹，在汉奸托匪造谣蛊惑之下，随时都还可能发生妥协的论调与倾向，这种论调与倾向，恐怕终战争之局也不会消灭的，政治上军事上，近视眼的人，在今天还都不少，因此，全国同胞必须确定地坚持抗战必胜的信念，坚持持久战争取最后胜利，为着达到这一目的，更须要具体的决定并实现第三期抗战的计划，坚决执行"对武汉的坚固保卫和各前线军队的反攻"的战略任务，同时更要彻底实现抗战建国的全部纲领，特别要如宣言所提示的加紧"政治上的努力"，以"刷新政治，调整机构"使政治更进一步的民主化，以适应第三期抗战的需要，配合国际有利形势以争取胜利，我们希望全国同胞在看到这一宣言之后，坚决抱持这一信念，作如上的努力！

宣言中又一再的告全国同胞"抗战之胜利不仅取决于兵力，而尤取决于民力""欲求抗战必胜，建国必成，尤须全国人民戮力同心，共同负担"，这是提示全国同胞加紧扩大与巩固统一战线，充裕全民族抗战力量的最恳切的号召，今日抗战已达最严重阶段，只有全国人民千百倍忠诚地结成一体，风雨同舟，共济艰危，坚决反对一切离间，分裂的汉奸托匪的无耻伎俩，一方面还要加紧出钱出力，提高战时生产，如宣言所示，"强化团结，严守纪律，各尽所能，各尽所有，克苦耐劳，加紧生产"，这样才足"以克日本，而得胜利"。我们希望全国同胞更加积极向这一方面努力。

最后，宣言还特别表示，"彻底关怀处于水深火热中的东北同胞及处于沦陷区域内的同胞"，而号召东北同胞及沦陷区域同胞，从今和全国同胞"加强团结、在日寇的后方前方，宁死周旋"。这对于我们处在敌人远后方的晋察冀边区和其他游击区的人民，更是极大的兴奋。我们希望政府和全国同胞，今后能够用更大的力量，帮助"沦陷区域"的工作，帮助在敌人后方已建立的各抗日根据地在军事上与政治上的进步，同时我们处于寇人后方的同胞，更必须不辜负全国同胞的期望，更要加倍努力，团结自己，在军政领袖和机关的统一的领导之下,用最坚强的决心与毅力,配合全国主力抗战到底!

(原载一九三八年九月二十二日《抗敌报》第一版社论)

加紧战争动员粉碎敌人围攻

我们晋察冀军区，自从成立以来，不断在战斗中消耗敌人，歼灭敌人，提高了在国内和国际的政治影响，从敌人手里夺回了广大的地区，一直挺进到敌伪统治的腹部——冀察热宁去了，最近在配合保卫大武汉的主力战中，军区的部队，更空前英勇地出动，向各线的敌军作猛烈的袭击，尤其在八九两月份中，平汉线方面不断传来许多胜利的战斗，而且得到了大批在敌人压迫下的武装同胞的起义响应，与我军配合，更给予了敌人以极严重的威胁。

处于动摇崩溃中的日寇，为了企图解除它在华北统治覆亡的危险，为了企图减少我们对它的致命的威胁，无时无刻不在计划着调动它可能调动的力量，向我们作最后挣扎的进攻，加以目前武汉争夺战紧张的时候，敌人急于要打通晋南冀南，稳定其后方，使其在华北的军力，安全渡过黄河，更要企图向我军区进攻；同时，在今年军区丰盛的秋收之后，感到粮食恐慌的敌人，越加要向军区作一番抢粮，烧粮的劫掠，这是我们早已预料到的。

果然，最近敌人在军区的东、西、南、北各方面，又开始了新的围攻的军事行动了。据本报前方连日的电讯，我们已经知道敌人从定县、望都、保定方面，已经开始进攻了，在易县、蔚县、广灵、浑源、代县、崞县、忻县、定襄和盂县、平山各地，也都开始进攻的布置了。

对于敌人的这一新的进攻，完全没有什么可惊怪的，同时更没有什么可以惧怕的，我们军区的部队，已经准备着随时予敌人以打击。去年当我们军区才成立，各方面力量都很薄弱的时候，我们就曾经打败了初期正在得意的敌人的八路进攻，今天我们军区各方面的力量较前已有极大的进步，对于现在锐气颓挫的敌军，将更有把握在战斗中最后粉碎它的进攻！

但是我们更必须指出：我们要胜利地粉碎敌人的进攻，必须千百倍的加紧战争的动员。全边区的人民，应立即普遍进行战斗时期的准备，彻底肃清太平观念。我们曾经不断的指出，边区各地普遍存在着的太平观念，是极端有害而危险的，我们必须充分认识今天所处的战争的环境，随时都要有迅速的积极的战斗的准备，因此我们要求边区各界同胞，立即彻底克服一切太平观念，迅速加紧战争的动员，用最充分的准备，与敌人作残酷的周旋。

首先，我们要求军政当局和群众团体，立即帮助接近敌区和敌人进路沿途的乡村人民，实行彻底的坚壁清野的工作，所有已成熟的全部谷物，应立刻收获，留着秸杆，保持着青纱帐，给游击队活动，收获后的谷物，尽数收藏妥当地点，轻贵财物，迅速整理，可以随时随身带走，不许留下一点让敌人抢夺和利用，以围困敌人。各处通行大道，敌人易于行进的地方，立即发动广大人民，毫无留恋地勇敢加以破坏，堵塞险要路口，使敌军前进感受重大困难，以利于游击队埋伏，袭击和消灭他们。

其次，各地自卫队，青年抗日先锋队，儿童团，要加紧严格的站岗，放哨，盘查，巡逻的工作，侦察敌情，对敌人封锁消息，肃清汉奸托匪。遇到敌人进攻的时候，自卫队，青年抗日先锋队为了保卫家乡，必须勇猛的帮助部队，袭扰敌人，配合作战。各群众团体，更要积极发动新的群众武装，参加战斗。

同时，更须发动广大的人民，热烈地参加一切战时的劳动，广泛地组织担架队，输送队，通信队，救护和慰劳伤病员，帮助抗战军人家属；普遍地参加防空防毒演习，协助维持地方秩序，拆毁一切可能被敌人进占而利用为据点之一切城寨。

在军政民各界紧密的团结与合作之下，十百倍紧张地从事战争的动员，我们就必然能够在任何时期，任何地方，任何条件下胜利地粉碎敌人的进攻！

（原载一九三八年九月二十六日《抗敌报》第一版社论）

怎样进行坚壁清野

上期本报社论曾要求军政当局和群众团体立即帮助民众实行坚壁清野的工作。我们知道坚壁清野是保护群众生命财物，困毙敌人最有效的方法。运用这个方法，能使敌人陷于不可解救的困境，而便于我们的武装部队去消灭他们。在今天敌人重新向边区进攻的时候，我们应以过去的痛苦经验来教训我们自己，切实进行坚壁清野的工作。

进行坚壁清野必须先有广泛的政治动员。政府同群众团体应该普遍的向群众宣传坚壁清野的意义和办法。使群众深切了解并热烈地进行这个工作。有了政治上的动员，我们就能进行各种实际的办法了，这里主要的办法是：第一，人口的移匿。在接到敌人侵入消息后，立即有计划的移匿人口，青年的壮丁尽可能的全加入游击队自卫队或其他临时组织，参加战斗或帮助军队作战；其余能走动的尽数移至后方村庄去；老弱妇女儿童和临时不及走的，全到预先准备好的作战区域以外的附近山谷中躲避，必定要使得村庄里一个人也没有，使敌人来了无人可杀，也得不到半点消息。第二，物质的运藏。对于一切物质的隐藏都应该有很好的准备，在敌人来时，能把所有的东西很快的隐藏起来，不致受到损失。大批的粮食用品，应预先分开藏在预先选定的秘密的地洞等处。所有日用的粮食用具应全部随人口搬运。不能搬的必须烧毁或埋好。在没有河流或河流不经过的地方，水井须用石板盖起来，盖上沙土，使敌人得不到一滴水，一粒米，使敌人饥饿疲惫，停留不住，便于我军消灭之；第三，交通的破坏。凡敌人行进必经的道路，桥梁都应该不顾惜的破坏掉。障碍敌前进便利我军袭击；第四，危险物的设置。在敌人必经的道路不易破坏的地方，埋放地雷，铁蒺藜和其他爆炸物，以炸敌军。第五，工事的毁除，在我军准备退出的地方的工事和堡垒城寨，应尽量施以破坏，使敌人占领后也不能盘踞，而利于我军的游击。以上都是急需进行的坚壁清野的有效办法，只有实行这些办法我军才能收到最大的胜利战果。但是仅仅向群众提出坚壁清野的办法还是不够的，因为这些办法的执行，处处都需要组织的力量。实际上，坚壁清野工作中的许多繁重工作，绝不是一般无组织的群众能做到的，乡村群众，在私有的保守观念和散漫习惯支配之下，如果任他们自己自动去执行，往往不易实现。因此，坚壁清野工作中的组织工作就非常重要了。

当然，组织工作中，首先就包含政治教育与说服工作，政权机关和群众团体，在领导工作的开始，就能动员整个力量对群众进行宣传说服工作，克服他们的散漫习惯，私有与保守观念。务使群众了解只有在集体行动中才能促使个人的利益。来保证集体的有组织的坚壁清野工作的彻底执行。

因此，群众团体必须按照各地群众抗战情绪与特殊习惯进行宣传教育，领导群众积极的参加坚壁清野的各种组织，这些组织依据上述的必要工作项目，至少应有下面的几种：（一）运输队：由各村住户中平均选拔五十至一百五十人组织之。分为若干组，组有组长，队有队长，平日由村公所及群众团体教育与训练。在得敌人侵入的消息时，负担一切运藏工作。（二）破坏队：由各村抽选勇敢敏捷的群众组织之，每五村为一队，一队分若干分队，在接到坚壁清野命令时帮助自卫破坏交通，埋爆炸物，毁除有利于敌，而不利于我的工事。（三）纠察队：负责指挥人口移匿，担任劝促居民撤退及领导老弱妇孺至预定匿藏处所，督促检查运输破坏队的工作。我们希望各地政权机关和群众团体能够按照当地情形，规定更具体的办法，动员群众，迅速建立这些组织。平日加紧对这些组织与一般群众及自卫队的坚壁清野的教育与训练，使这些组织真正能够切实担负起彻底的坚壁清野的任务。

（原载一九三八年九月二十八日《抗敌报》第一版社论）

揭破敌伪汉奸无耻的欺骗宣传

日本帝国主义强盗对于我们的进攻，从来是由多方面着手的：军事的，政治的，经济的，文化的，而且不惜用了最险诈的手段，凡可以帮助它进行强盗侵略计划的一切卑劣无耻的阴谋诡计，它都无所不用其极，这是日本强盗及其鹰犬爪牙——托匪汉奸一脉相传的敌技。

因此，日寇在进攻我们的每一时期，在每一地区配合着它的军事计划，它必定要毫无例外的施展它的各种阴谋特别是政治的阴谋，利用伪组织托匪汉奸，进行各种挑拨离间，诬蔑中伤，散布谣言，捏造是非，从事无耻的欺骗宣传，企图分化抗日的力量，以达到它灭亡中国的目的。

最近，日寇在对我晋察冀边区进行新的疯狂进攻的时候，又在施展着它的故技，进行无耻的欺骗宣传，利用了汉奸托匪，用各种花样，造谣中伤，挑拨离间，层出不穷，企图实现其政治阴谋。

首先，它们在进攻边区的开始就扬言"只打八路军"，对于边区其他抗日部队，故意表示虚伪的所谓"互不侵犯"的"亲善"态度，企图分化边区各抗日部队的团结，以达到它的"各个击破"的目的，但是，我们边区各抗日部队的全体指战员，始终都知道他们自己是中华民族的忠实儿女，都明白认清了谁是朋友，谁是敌人，他们今天都站在一条战线上，为驱逐日本强盗，争取中华民族的独立解放而奋斗，日寇的无耻的分化政策，事实上已全部粉碎无所施其技了。

但是愚蠢可怜的日寇，却有更愚笨的想头，它甚且用了无耻的烂言，"劝"阎司令长官和傅作义将军"投降"这更完全是公开诬蔑我抗日高级将领的一种最无耻的同时也是最可笑的技俩，谁都知道阎司令长官和傅将军都是坚决领导抗日的英明的军事领袖，阎司令长官领导第二战区各部队英勇抗战了一年，得到了广大的抗日人民的拥护，日寇的这一无耻诬蔑，只是表示它的心劳日拙罢了。

同时日寇因为看到它过去一贯的烧杀奸淫抢掠政策，遭受了边区人民无限的愤恨与反抗，为了遮盖它那到处烧杀奸淫抢掠的野蛮强盗行为，于是，它在这一次进攻边区时，扬言只烧"□八路军"的老百姓的房子，企图减轻边区人民对它的仇恨，离间边区军民的关系，欺骗落后的民众，以达到它奴役边区人民，使边区人民驯服地去当亡国奴。但是，它的这一无耻宣传，广大的边区人民，都看的非常清楚，日本强盗已往在边区各地的屠杀奸淫抢掠的行为，还非常深刻而鲜明地印在边区每一个人民的脑海里，敌人今天这种笑里藏刀的无耻宣传是瞒不了聪明的边区人民的。

至于日寇用飞机散发的传单，满纸荒唐无稽的不通的词句，更欺骗不了人的"参看本期本报第四版转载的□篇文件）。

卑劣无耻的日寇托匪汉奸，目前正在用尽一切卑劣无耻的方法进行它们的欺骗宣传,我们要揭破敌伪汉奸这一无耻的欺骗宣传,不仅仅是在口头上文字上,而且要在行动上予以彻底的粉碎,我们要用□久的流血的武装战斗来回答敌伪汉奸的一切无耻的造谣诬蔑挑拨离间的欺骗宣传!

(原载一九三八年十月二十日《抗敌报》第一版社论)

认清边区当前抗战的形势与任务

今天摆在全边区人民面前的最严重的任务,是要动员全边区的一切力量,粉碎敌人的新进攻!

敌人这次大举进攻我晋察冀边区的原因,主要的是由于:第一,边区在全国及全世界的政治影响空前的提高了,全国抗日的人民和全世界爱好和平的人士,都热切地注视并积极地帮助我们边区的发展,在边区军事政治各方面突飞猛进的努力之下,从敌伪手中夺回了广大的版图,使敌伪在华北的政权无法普遍建立与巩固,甚且它们多年盘据的巢穴——平津、冀东,在军区部队挺进突击之下,也已感到动摇,有岌岌不可终日之势,我们的抗日根据地,正在不断的扩大,一直扩大到冀察热宁边境去了,这使得日寇深切感到生死的严重威胁，不得不抽调大部兵力来进攻我们的边区；第二，日寇目前正企图集中全力夺取武汉，而我们边区的抗日部队，为配合主力作战，却不断积极地进攻它的侧后，使它在华北的后方，遭受重大的牵制与损失，大大增加了它夺取武汉的困难，因此它为了稳定后方，把华北兵力移渡大河以南，集中于主力战场以夺取武汉，就不得不首先急切地抽调兵力来进攻我们。

敌人费了几个月的筹划准备，抽调了大部份的军队围攻我们边区，这一件事实本身，实际上就是我们很大的胜利，我们为着要配合主力作战，保卫大武汉，正需要牵制消耗和歼灭敌人更多的力量，在边区险峻的山地中，开展残酷的游击战争，和敌人作长期的周旋，这正是我们的夙愿，正是我们一年来艰苦缔造，不懈奋斗的目的。

当然，敌人这次大举进攻，它的企图，是要摧毁我们边区的抗日政权，消灭我们的抗日武装力量的。因此，我们必须加紧巩固我们的政权，更加努力健全各级政权的机构，特别是区村政权的机构，使之真正适合于游击战争的环境，完成游击政权的任务，不许有丝毫泛散与解体的现象，更不许自己放弃政权的任务，松懈政权的机构，客观上帮助敌人来瓦解自己，我们必须使边区的抗日政权在残酷的长期的游击战争环境里，更加锻炼得像钢铁一样的坚强，像海燕一样的灵活英勇！

至于我们边区的抗日武装力量，必须更加紧密地团结起来，一致坚定地和敌人开展残酷的长期的游击战争，粉碎敌人各个击破的阴谋诡计，克服自己的一切弱点，抓紧我们有利的条件，进攻敌人不可克服的困难与弱点，坚持游击战争，以达到最后粉碎敌人的围攻，把进攻的敌人全部消灭在边区之内，取得最后的胜利，完成保卫边区，保卫大武汉的伟大任务！

（原载一九三八年十月二十一日《抗敌报》第一版社论）

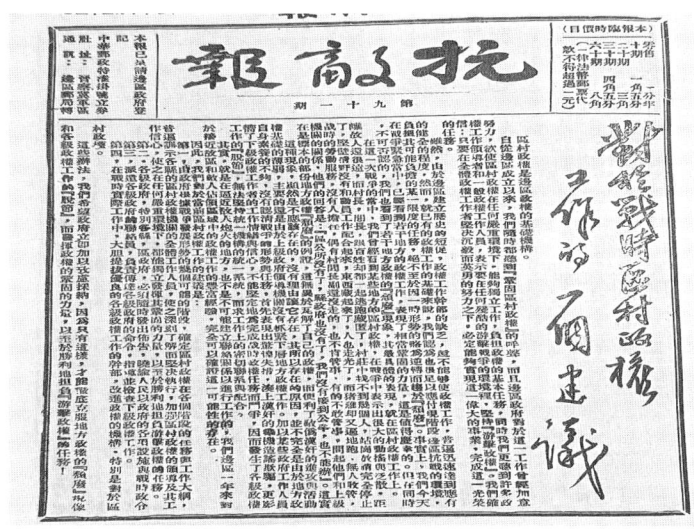

对于战时区村政权工作的一个建议

区村政权是边区政权的基础机构。

自从边区成立以来，我们随时都听到"巩固区村政权"的呼声，而且边区政府对于这一工作曾经加意努力，欲使区村政权在任何严重环境下，能够独立工作，负担政权的基本任务，同时我们更听到许多政权工作领导者和一般政权工作人员，表示要在任何残酷的游击战争的环境里，坚持"游击政权"。我们确信：只要在全体政权工作者坚决沉毅而英勇的努力之下，必定能够实现这一伟大的事业，完成这一光荣的任务。

虽然，由于边区建立历史的短促，政权工作干部的缺乏，这不能够使政权工作，普遍迅速达到应有的健全的程度，然而，就已有的政权工作的基础来说，我们认为也很足以应付现阶段边区抗战的环境，负担其可能负担的某一限度的任务，绝不至于因一时形势的略为逆转而趋于"颓废"。事实上，我们今天在战争紧急当中，已经看到若干地方的政权工作，表现了相当巩固的力量，这是值得庆幸的。但在同时，不可否认的，我们也看到了若干地方政权的"颓废"现象，其最具体的表现，就在区村政权工作上。

在这一次战争的当中，我们曾经看到某些地方的区村政权，在战争中表示出很大的动摇与泛散，距离敌人还很远，而村长，闾长，跟百姓却都一起逃跑藏匿了，村庄中找不到几个人，站岗放哨完全停止了，坚壁清野没有和动员工作配合起来，东西藏起来了，人也走光了，而猪鸡却又遍地跑，无人收管，战时的劳动服务，没有人担任，偶有村闾长副还没走的，也不肯管事，有的不敢管事，问起他们和上级机关的关系，他们的回答是："区公所没有了，县政府也没有了，我们没有接到公□，也不能办"。这实在是标本的部份地方政权"颓废"的例证，这无异于瓦解了自己的政权，而便利了敌伪汉奸的进攻与活动。

这种现象，显然是不应该存在的，没有理由让它存在，其所以存在的原因，并不完全是由于地方政权基础的薄弱，主要的还是由于上级政府领导机关没有抓紧下层地方政权工作。加以某些政府工作人员自身素养的不够，没有认清战争的形势与任务，首先表现出惊惶失措，凑上汉奸的乘机造谣欺骗，更影响了下级政权工作者的工作情绪与信心，不能坚定地为完成战时政权任务而斗争，因而发生了各级政权工作的"脱节"，无法坚持统一机构的统一系统，而求工作上的密切联系与配合。

其实，就是在逼近敌人炮火的地方，也不是不可能建立联络关系以进行工作的，我们边区一年来对于接近敌区和敌人占领区域中的政权工作的丰富经验，完全可以确证这一可能性的存在。

因此，我们对于当前区村政权工作的建议是：

第一，由政府根据战争发展形势的几个可能的阶段，确定区村政权在各个阶段的任务与工作大纲，普遍训示各县的区村政权机关的全体工作人员，使之深刻了解而坚决执行，加强区村政权的领导及其工作信心，使之在任何严重环境下，都能独立发挥其巩固的力量，以至于胜利地担负游击政权的任务。

第二，各级政府，特别各县，区政府，必须随时发出布告，晓谕人民以政府的各项设施与战时政令。

第三，派遣各级政府的联络员，负责传达各级政府的命令，指导并检查下级政权工作。

第四，在战时实际工作中，大胆提拔优良的各级政权工作的干部，改进政权的机构，特别是对于区村政权。

这些办法，我们希望政府立即加以考虑采纳，因为只有这样，才能彻底克服地方政权的"颓废"现象和各级政权工作的"脱节"，而发挥政权的巩固的力量，以至于胜利地担负"游击政权"的任务！

（原载一九三八年十月二十二日《抗敌报》第一版社论）

论战争动员工作中的组织形式问题

本报早在第八十六期的社论上，就已经提出了"当前战争动员中的一个紧迫问题"，我们主张：立即普遍召集各级政权机关和群众团体的紧急联席会议，具体讨论地方战时动员工作，公布并执行粉碎敌人进攻的各项具体办法。由政府和群众团体协同组织战时动员委员会，配合军政民各界所组织的各种工作团，帮助政府实现各种动员计划。

这一提议我们认为是帮助和配合地方政权，增强和促进战时民运和战时政权工作，实行全面动员，粉碎敌人进攻的一个有效办法，而且在有些地方，我们已经逐渐看到了相当的成效。

然而在整个的边区来说，对于这一工作，一般还是注意不够，而忽视了它。我们认为目前在粉碎日寇对于边区新的围攻的过程中，战争动员工作，必须成为，事实上也已经成为每日重要的课题。但是，这一动员工作必须是真正全面的动员，民众和政府军队打成一片。这在我们边区，虽然已经有了显著的成绩，可是这种打成一片的程度，目前还须要更加倍地增强起来。特别是民众和政府（最主要的是区村两级）在战争紧急时期高度的密切联系关系，更有严重的意义。但是目前还有许多人对于上述各种组织形式，感到紊乱，不了解其相互关系，而迟疑执行，因此我们觉得有再一度说明这一问题的必要。

首先，各级的"政民紧急联席会议"，是确定各级地方政民共同的动员计划和粉碎敌人进攻的具体办法的临时会议，由政权机关和群众团体代表参加协议，政权机关负责召集。

其次，"战时动员委员会"，可以由紧急联席会上产生，主要是由各级群众团体各派代表协同政权机关代表组成之，它是战时协助政府执行动员工作的惟一有力机构，它是纯粹站在帮助政府的群众立场的一种群众机关，不得干涉政权工作。

至于各种工作团，它只是由军政民各界各团体自由建立的战时突击的组织。它是站在帮助工作的地位，它不能单独直接处理任何地方问题，这些工作团要接受它们原来所隶属的各机关团体的领导，它们也保持有自己的独立组织系统，其他任何权力机关，不得干涉它们的内部组织与生活。

这些战时的各种组织，能够互相配合，就可以共同完成战争动员中的各项基本工作，而达到粉碎敌人进攻的胜利的目的。

（原载一九三八年十月二十三日《抗敌报》第一版社论）

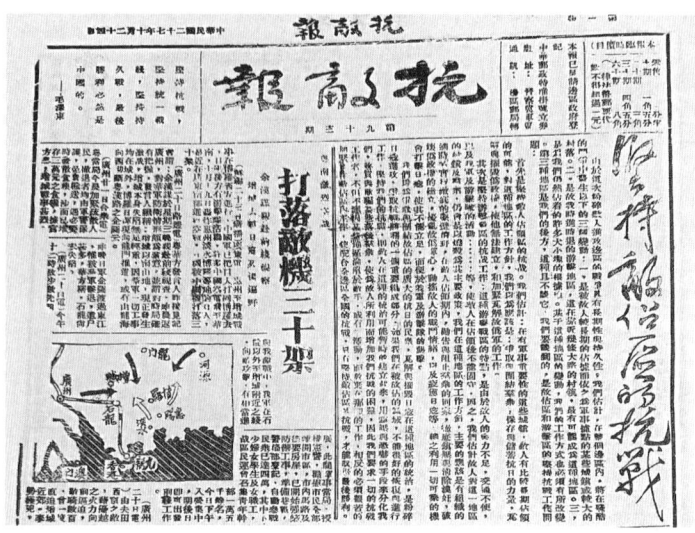

坚持敌占区的抗战

由于这次粉碎敌人进攻边区的战争具有长期性与持久性，我们估计，在整个边区内，将在残酷的斗争中发生以下的三种变动：一、是被敌人较长期的占据而依之为军事据点的某些城镇或较大的村落。二、是敌我时进时退的游击地区，这在靠近几条大路的村镇，最有可能成为这种地区。三、是为我们仍然占着的许多大小块的根据地。基于这种地区的变动，我们的工作方式也必须有所改变。第三种地区是我们的后方，这种且不谈它，我们要谈到的，是敌占区和游击区的坚持抗战工作问题：

首先是坚持敌人占领区的抗战。我们估计：在有军事重要性的这些城镇，敌人有比较长期占领的可能，对这种地区的工作方针,我们以为应该是:争取与团结群众,保存与储蓄抗日的力量,瓦解与摧毁伪政权,使他无法建立,和加紧瓦解敌伪军的工作。

其次是坚持游击战区的抗战工作,这种游击战区的特点,是由于敌人的兵力不足,交通不便,以及我军及游击队的活动……等,使敌人在占领后不能固守,因之,我们估计敌人对这一地区的村镇及群众,仍会是以烧杀为其主要政策,我们在这种地区的工作方针,主要的应该是有组织的适时□实行彻底的坚壁清野,在敌人占领期内,劝告与阻止群众的回家,彻底镇压与清除汉奸,破坏伪政权的建立,扰乱敌伪军心,动摇敌人的战斗情绪,以及疲惫日寇等,总之利用一切可乘的机会打击日寇,使其不能立足,而便于我军及游击队的袭击。

我们以为争取与团结敌占区的广大的抗日的民众,瓦解与摧毁日寇在这种地区的统治,是粉碎日寇进攻,争取抗战胜利的一个重要组成部分,如果我们在被敌占的区域,不能很好的恢复与进行工作,坚持我们的抗战,则敌人在这里的统治可能暂时的建立起来,用镇压与恐吓的手段来分化我们,收买与欺骗某些落后群众,使为敌人所利用而增加我们抗战的困难,因此我们要求一切的抗战工作者,不但不应因某些地区沦陷于敌手,或有活动,而放弃在那里的工作,相反的必须艰苦的加紧在敌占区内工作,使配合全边区全国的抗战,只有坚持敌占区□抗战,才能取得最后胜利。

(原载一九三八年十月二十四日《抗敌报》第一版社论)

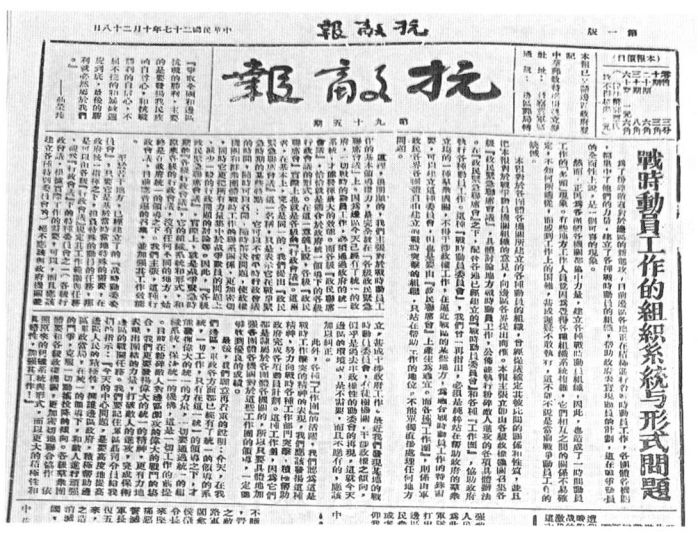

战时动员工作的组织系统与形式问题

为了粉碎敌寇对于边区的新进攻,目前边区各地正在积极进行着战时动员工作,各团体各机关,都集中了他们的力量,建立了各种战时动员的组织,帮助政府去实现动员的计划,这在战争动员的全面性上说,是一个可喜的现象。

然而,正因为各团体各机关都集中力量,建立各种战时动员组织,因此,也造成了一时间动员工作的"多头"现象。有些地方工作人员竟因为觉得各种组织系统复杂,它们相互之间的关系不易确定,不知何所适从,而感到工作上的困难,甚或迟疑不敢执行,这不能不说是当前战争动员工作的缺憾。

本报对于各团体各机关所建立的各种动员的组织,曾经提议确定其彼此间的关系和性质，并且把本报对于战争动员机关组织的意见，向边区各界提出商榷。本报主张立即由各级政权机关召集各级"政民紧急联席会议"，具体讨论地方战时动员工作，公布并执行粉碎敌人进攻的各项具体办法。在"政民紧急联席会议"之下，配合各地已经建立的"战时动员委员会"和各种"工作团"，协助政府执行各种动员工作。这种"战时动员委员会"，我们曾一再指出，必须是纯粹站在帮助政府的群众立场的一种群众机关，不得干涉政权工作，在逼近战区的某些地方，为适合战时动员工作的特殊需要，可以建立这种委员会，但也是要由"政民联席会"上产生为适宜。而各种"工作团"，则系由军政民各界各团体自由建立的战时突击的组织，只站在帮助工作的地位，不能单独直接处理任何地方问题。

这里，很明显的，我们主张对于战时动员工作的基本领导权力，是完全放在"各级政民紧急联席会议"上。因为边区今天已经有了统一的政府，一切战时的动员工作，必须通过政府的统一系统，才能发挥最大的效能。而各级"政民联席会议"，恰恰就是适合于政府统一领导下的各级行政会议的形式。在这一意义上说，各级"政民联席会"实际上也就是各级的"行政会议"。这两者，在基本上，完全是同一的，我们提出"政民紧急联席会议"这一名称，只是表示它在战争紧急时期的某些特点：它可以不按平时行政会议的时间，随时可以召开，随时解决问题，使政权机关有群众团体战时工作的联系关系，更加密切，同时它更把所有力量集中于战争动员的问题上，减少一般的行政问题的讨论等。因此，"各级政民紧急联席会议"，实际上，就是战争紧急时期的"各级行政会议"，它的组织系统和形式，和原来各级的行政会议，没有任何不同的地方，始终是在政府统一的领导之下。我们主张，这种行政会议，目前应普遍的召集，并加强其工作效能。

至于若干地方，已经建立了的"战时动委委员会"，只要它是基于当时当地特殊的需要，在政府统一指挥之下，担负特殊的动员的任务，那是可以由各级"行政会议"规定其工作范围与任务，视为"行政会议"下的特种委员会之一（各级行政会议，根据实际工作的需要，可以，而且应该建立各种特别委员会的）绝不应该与政府机关并立，甚或干涉政府工作。最近我们发现某地的战时动员委员会，有徒树机关，干涉政权之倾向，似乎是过去半政权性的动各会的再现，这就今天边区的环境说，是不需要，而且不应有的，应该加以纠正。

此外，各种"工作团"的活跃，我们认为这是战时工作击突的精神的表现，我们应该发扬这种精神，努力向战时各种工作部门突击，积极帮助政府完成各项动员计划。这种工作团，因为它们都是隶属于各团体各机关的，所以只要具体地加强各团体各机关对于这些工作团的领导，一定能够收到优良的成绩。

最后，我们愿意再着重的说明：今天，在我们边区，军政各方面都已经有了统一的领导的系统，一切工作，只有在这一统一的领导之下，才能发挥伟大的统一的力量，一切要通过统一的组织系统，保持统一的机构，这是一切工作的前提。目前在粉碎敌人对边区围攻的伟大的战斗的场合，我们更要发扬伟大的统一的精神，更有力地表现出团结的力量，打破敌人的进攻，完成保卫辖区的战斗任务。我们要记住军区聂司令员给我们的指示："今天的中心问题，是要高度地提高边区人民的积极性，拥护边区政府，积极帮助边边军政当局，在统一的领导下，和敌人进行顽强的斗争，克服一切动摇投降的倾向。各级群众团体要和各级政权机关，更加密切地联合协作，依照原来的组织系统与形式，而以更大的积极性和具体性，加强其工作！"

（原载一九三八年十月二十八日《抗敌报》第一版社论）

我们对于放弃武汉应有的认识与努力

根据本报本期新闻电讯,我们知道,我国中央政府最高军事当局已经决定有计划的放弃武汉了;这完全是基于持久抗战的战略需要而选择的正确而必要的步骤,我们应该坚决地拥护中央政府最高军事当局的这一正确的军事计划与行动。

首先,我们必须彻底深刻了解我军此次放弃武汉的意义。

这里,我们必须指出:日寇对于武汉进攻的原定计划,基本是企图用全力包围袭击我主力,使我主力集中于武汉,以使于它实行最后的总攻与歼灭,这是敌人的阴谋诡计。但是我军在过去五个月中,始终本着持久战与消耗战的方针，在武汉的外卫线，不断消耗了敌人巨大的兵力，使敌人动员了三十几个师团，伤亡达四十余万之多，遭受了严重的损失；而我军的主力，在暂时不利的条件下，又绝不作无谓的牺牲，却机动地有计划撤退，使敌人企图包围袭击我主力，消灭我主力的阴谋目的，完全归于失败。这在战略上显然是绝对必要的，这正如军事委员会发言人所说"我军半年来在武汉外卫坚强战斗，已使敌人死伤巨万，消耗敌人之目的已达"而同时我们有计划的自动放弃武汉，又能"在尽量消耗敌力中保持并增加我方继续抗战的力量。"况且在我军准备有计划撤退之前，武汉民众及所有壮丁，均已按预定步骤西移，市内一切较大建筑公共机关、车站、机场、桥梁，并经我军自动予以彻底破坏，敌人所能得到的，仅是空城，已无重大价值了。

所以我们绝不能把我军此次有计划放弃武汉，看做是军事上的溃退。恰恰相反，在这有计划□□之下，消耗了敌人，保全了我军主力，是更便于我军在新的有利条件下进行反攻，争取新的胜利。

同时，我们更不能把武汉的放弃，看做是抗战的最后失败，恰恰相反，在我中央军事当局和最高统帅□□□□的正确领导之下，我军有计划地自动放弃武汉，保存主力，正是表示了我国长期抗战的坚韧的决心，军委会发言人于二十五日接见中外记者时，即已说明："此后作战，已重新决定战略，准备自动放弃武汉之核心，另作部署，以与暴敌周旋"并且一再指出，"此项决定，乃军事战略上转移兵力所必须之步骤，决无消极退却之意义"。同时更着重宣言："我国抗战方针为持久抗战，亦为全面战争，故军事看重者不在一地之得失……亦不在一时之进退，而当作持久之打算"，而且事实上，照广播消息：我军"仍在武汉外卫之有利地形，严密布置，与敌周旋"。极明显的，今天我全国上下，绝不因放弃武汉而中止抗战，恰恰相反，正因为是要作长期持久抗战的打算，才暂时放弃武汉。我们确切地相信：今天国共及其他各抗日党派与全国人民和最高统帅□□□□，都是始终一贯地抱定主张，坚决领导全国人民抗战到底，这是毫无可疑的。

虽然，今后我国的抗战，将转入新的更艰苦的阶段，在这一阶段中，我们将遇到更大的困难，但是敌人的困难，也必然要随着它的冒险深入而愈益增加，而我国争取最后胜利的基本条件却依然存在。首先，是我国本身仍然具备着胜利的基本因素：我们全民族力量的坚强团结，国共和一切抗日党派与人民，结成了坚强的抗日民族统一战线，成为不可摧毁的力量，同时，全国统一的政府，由于它坚决领导抗日，愈益为全国人民所热烈拥护，全国数百万统一的军队和民众武装也愈打愈强，愈益扩大，加以我国有极广大的人口，在后方许多省份和许多游击区的广大领土，也还在我们中国人手里，而且还有丰富的物产资源，足以支持长期的抗战；其次，敌人方面，反而日益暴露了它的弱点；财政经济更趋枯竭与破产，国内反战反法西运动愈形高涨，统治阶级内部矛盾更加激烈，战线再延长，兵力将更无法分配，军队作战情绪动摇，战斗力日见薄弱，而东北华北抗日游击战争的发展，和台湾朝鲜革命危机的加深，将更使它的后方，感受严重威胁，而有覆殁的危险，这更有利于我国在长期持久抗战中取得最后的胜利；至于国际上苏联一贯积极的援助我国和各民主国家广大人民对我的同情声援，基本上都还是有利于我国的，只要我们在今后长期抗战过程中，继续克复我们自身的弱点，最后的胜利，必然属于我们！目前虽然临到一个最紧急的关头，但是，正如聂司令员所说的，"这是走向新的胜利的途中所必须要经过的困难阶段"，我们绝不必因此而惊惶失措，"仍然要本着长期抗战争取最后胜利的信心，继续十百倍英勇的加紧抗战"！

因此，我们全体人民，在今天，必须坚决拥护中央最高军事当局这一正确的战略的决定，坚定抗战胜利的信心，发扬民族的自尊心，加紧动员一切力量，坚持长期的持久的抗战，反对并克复一切悲观失望动摇妥协的民族失败主义的情绪，彻底肃清托匪汉奸的阴谋活动，粉碎敌伪汉奸托派匪徒的"反蒋""反共"的无耻挑拨动摇□□□欺骗宣传。继续扩大与巩固抗日民族统一战线，加紧执行抗战建国的全部纲领，改善人民生活，普遍发动民众武装，在中央政府和最高统帅□□□□的坚决领导之下，进行长期持久的神圣的民族自卫战争，以争取最后的胜利。

在我们边区，我们全体人民，今天更要积极拥护边区政府和军区司令部，动员全边区的一切力量粉碎敌人的围攻，加紧发动群众武装，开展游击战争，发扬阜平驱敌的胜利，继续争取新的不断的胜利，把进攻的日寇从边区里赶出去，消灭敌人于边区的境内和边境上，用我们武装的示威，来回答敌人侵入武汉和对于边区的进攻与暴行；用我们胜利的流血的战斗来兴奋和慰问全国抗战的将士和全体同胞。我们更要到处用群众的示威，来反抗日本强盗的疯狂进攻，让日本鬼子知道：中国抗战的堡垒，还坚固地存在着，中国还有无数的"武汉"！

（原载一九三八年十月二十九日《抗敌报》第一版社论）

广泛开展游击战争与加强地方武装

　　发动广泛的群众游击战争，配合主力部队行动，来粉碎敌人的新进攻，是边区人民当前的中心任务，但是广泛的群众游击战争，怎样才能发动与开展？这就需要有大量的完全脱离生产或暂时脱离生产的游击队为主干，配合着无数的不脱离生产的地方游击小组和地方自卫队，广泛而积极地增加战斗和配合作战。本报在战争最初阶段中所出版的《抗敌外报》第二号上，就曾经号召全边区的同胞，"开展群众游击战争"，当时我们提出了关于群众游击队的组织和自卫队参加作战等问题的初步的意见，我们认为群众游击队的建立是重要的，而加强地方自卫队更是当前开展广泛的群众武斗争中的基本的重要工作。

但是，就目前边区的情形说，各地方在发展群众武装的工作中，却往往很容易只偏重于游击队的建立，反而忽视了加强自卫队的工作，结果可能会使发展游击队的工作，变成了表面的形式的，而自卫队的工作却放慢了，甚至可能会使自卫队根本废弛了，这是必须防止的错误现象。

游击队的组织，在今天最主要的，是要使他精干灵活，武装要有相当的配备，参加游击队的队员更必须坚决，勇敢，忠实，纯洁，而能负起战斗的任务。依据目前边区的条件来说，如果只是一般的要求普遍的大量的组织游击队，结果将会使游击队的组织，庞大而松懈，不见得真正能够起战斗的作用，而且因为要求普遍大量组织游击队的结果，反而会放弃了地方上现有的普遍武装组织——自卫队的教育与训练。因此，各地方在进行组织游击队的时候，必须具体地考虑各地方特殊的条件，民众武装斗争的情绪和觉悟程度。而不应机械地一般地去进行。对于距敌较远，接近敌人和敌军进退无定的地区，发动游击队组织的方式，数量等，都应该有不同。

同时，这种游击队，绝对不应该和基干自卫队相混同，基干自卫队，在指挥调动上是隶属于政府的，不过在战时，可以配合和领导着游击队行动，尤其是在游击队不健全，还不敢积极活动的时候。目前对于基干自卫队的教育训练，特别是政治教育，需要积极的加强，更要建立起模范的严格的政治纪律，使它真正能够成为地方自卫武装的"基干"，成为群众武装的坚强支柱，这在今天，更有严重的意义。

目前，在地方上，许多游击小组，已经建立起来了。这种游击小组，则是潜在的地方武装力量，一般地，它是采取秘密的不脱离生产的方式而组织起来的。我们要求，各地已经组织起来的这些游击小组，必须能够在群众的掩护之下，积极进行秘密的侦察，联络报信，破坏交通，除奸，捉拿敌探，扰乱敌人等工作，以配合部队的活动。同时，这种游击小组，也必须加紧自身的训练与教育，并且要在它的规范的行动上，去影响地方的装自卫队。目前，自卫队的教育和训练更应该十百倍的加紧起来，尤其是政治教育，克服队员的保守落后的意识，认真地执行除奸警戒，调整武装等任务，配合部队及游击队的行动，定期的集合，训练，演习。我们要求政府要在各地方的自卫队中，立即设法配备较强的军事政治干部，认真地检查各区村自卫队的工作和自卫队干部的工作情形，因为自卫队是地方武装组织的广泛的基础。这一基础健全与否，对于整个地方武装的建立与巩固，将有很大的影响。所以，必须付予最大的注意和努力。

此外，由于我们抗战的长期性与持久性，我们边区的部队，在英勇抗战的过程中，得到了许多伟大的胜利，但是胜利不是无代价可以取得的，因此，部队的消耗，就必须予以积极不断的补充与扩大，才能坚持抗战争取最后的胜利。在目前积极开展游击战争中，需要我们发动广大的不愿当亡国奴的青年壮丁，踊跃加入部队，特别是发动一个地方的青年壮丁，组织保卫地方的军队，如灵寿号召建立"灵寿营"就是一个很好的榜样。当然要号召广大的青年壮丁，必须依靠政治上的广泛而深入的动员，使一般青年壮丁在完全自愿的原则下，潮涌入伍，真正造成一个为保卫家乡和国土而参加部队的热潮，这样才能保证长期游击战争不断的开展和巩固的地方武装！

（原载一九三八年十月三十日《抗敌报》第一版社论）

论民族自尊心与抗战胜利的自信心

我们中华民族,是世界人类历史上屈指可数的崇高伟大的优秀民族,我们有着四千余年悠久的光荣的文化,我们的祖宗和先烈所创造的无数可歌可泣的雄浑悲壮的史绩,曾经在全人类的历史上写下了无数光辉灿烂的史页,而整个中华民族,今天更在努力写着更光辉伟大的历史的一页。历来除了狼心狗肺,灭绝人道,毁灭历史的万恶强盗,和不忠不孝忘本背义的人类蟊贼,如日本强盗军阀及汉奸托匪之流,敢于抹杀史实,污辱诬蔑我民族者外,任何稍有人道正义之心,不昧于真理的人,都没有不敬重和尊崇我中华民族的伟大卓越的德性的。而我中华民族的踏实优秀的英雄儿女,也从没有不尊重我们的前代祖先所遗留给我们的悠久光荣的历史与文化，没有不知道"堂堂华胄""黄帝子孙"是人世的光荣，而继承我民族的优良德性与伟大传统的。

我中华民族的优良德性与伟大传统是什么呢？展开我民族的历史，就可以知道，我们的民族，是最坚苦卓绝，临难不惧，不屈不挠，酷爱和平，维护正义，追求真理，而富有伟大的牺牲的精神。历史上多少英雄豪杰，志士仁人，杀身成仁，舍生取义，轰轰烈烈，发扬了至高无上的民族精神！发挥了我中华民族的优良德性与伟大传统。他们所以能够"临危不动""威武不屈"，造成伟大的事业，就因为他们始终抱持着民族伟大的精神，没有忘了祖先所遗留的优良德性与伟大传统，一句话，他们有着至高无上的"民族自尊心"，不甘于屈辱，不甘于落后，因此，他们在历史上，不断地成就了的千秋不朽的功业。这些英雄豪杰，志士仁人的无数伟大的故事，充满了我们民族的全部历史，越勾践的卧薪尝胆，伍子胥的复仇雪耻。岳武穆的精忠报国，文天祥的正气千秋……无一不是流传千古，永世不渝的壮烈的民族精神的伟大表现。

就以近代的民族革命历史来说，这中间，正不知有多少前仆后继，不屈不挠的英勇的伟大民族战士！这里，伟大的孙中山先生就是最好的模范。孙中山先生的伟大，就在于他的四十年如一日的艰苦奋斗，不挠不屈，不怕任何失败与牺牲而再接再厉的革命毅力与革命精神，他终始为他的三民主义纲领和统一战线的政策而不懈的斗争，最高度地发挥了中华民族固有的优良德性与伟大传统。孙中山先生在四十年革命过程中，经过了多少艰难曲折，然而他总是愈挫愈奋，不屈不挠，再接再厉；当着多少追随者，在困难与诱惑面前表现了灰心丧志甚至投降变节的时候，孙中山先生总是坚定的，表现了伟大革命家的模范。近十年间，中国无数的革命者，为了民族的社会的事业，在极端苦难中艰苦奋斗，不灰心，不退却，不屈服，鞠躬尽瘁，视死如归，造成了许多旷古未有的史迹，以及八路军全部奋斗的历史，同样也都是民族伟大精神的表现。

我们民族的这一伟大的传统与精神，今天必须把它最大限度地发挥出来，发扬民族的自尊心，不屈不挠，争取民族的独立自由解放，这在抗战紧急关头的今日，实有非常重要的意义。

但是，过去由于客观的与主观的各种原因，这种民族精神的赞扬，还非常不够，民族自尊心，没有普遍的培育与提高。譬如，在客观上，由于民族教育的不普及与狭隘性，无形中限制了国民的民族思想的发展，甚至民族固有的反抗斗争的精神，反而遭受了某种压抑；同时，我国近代社会经济发展的落后，和半殖民地半封建的剥削制度下的社会意识的不健全的影响，和帝国主义对华的文化侵略，奴化教育的实施，麻醉了一部份国民思想，使他们忘记历史，忘记祖国，忘记民族，忘记复仇，更严重地损害了我国民的民族精神，戕贼其民族自尊心，甚至于某些帝国主义，主要是日本强盗，更用其毒化政策，猛烈摧残中华国民的体力与精神，使之失却民族的健康，而流入痿靡不振的麻痹状态，这更给予我民族以无限的损害。而在主观上，由于我国过去的官僚，政客，军阀，买办，依附于帝国主义而生活，更不惜谄媚外人，自甘卑下，助长奴隶思想，自私自利，忘记了民族的利益，同时，少数落后的社会政治集团，宥于偏见，进行各种歪曲的宣传，也影响了人民思想正当的发扬。

由于这些客观的原因与主观的弱点，使得一般国民没有能够充分保持着坚强的民族自尊心，以致有的受了虚伪的宣传欺骗而不自觉，遇到危险困难，不自禁地就动摇起来，甚至在敌人的威逼利诱与无耻的鼓动煽惑之下，竟中其圈套，被其利用。日本帝国主义军阀，历年对于我国所进行的"以华制华"的无耻伎俩，就是抓住了我们的这一弱点的。

因此，我们今天，不仅仅是要指出这一弱点，而且要积极地普遍加强民族的教育，提高一般国民对于民族固有文化与历史的认识，高度发扬我民族不屈不挠，坚苦卓绝的精神，以担负当前捍卫民族与国家的神圣伟大的历史战斗的任务。

只有发扬民族的自尊心，发挥民族伟大雄浑的气魄，加强民族斗争的思想，提高全民族伟大的斗争力量，才能争取民族光荣的胜利。有了不屈不挠，再接再厉，坚苦卓绝的民族自尊心，就有了最大的斗争的勇气和力量，就能够发挥最大的聪明才智，同时，也就必然有了克服一切困难，争取最后胜利的坚强的自信心；在高度的自尊心的发扬之下，提高和坚定了胜利的信心，就必然能够集中一切力量，发扬一切有利的条件，而争取伟大的胜利，宁死不辱，最利胜利终属终我们。

目前，在民族抗战紧急的关头，必须充分发挥我中华民族的坚韧不拔的伟大精神，发扬民族的自尊心，从而坚定抗战最后胜利的信心。我们希望在部队中，在广大群众中，广泛地进行民族的教育，深入民族思想，加强民族战斗意识的锻炼，使每一个战士和每一个群众，都能深切了解当前民族抗战的严重任务，那么，不管抗战临到何种困难的阶段，处于任何艰苦的环境，都可以为我所克复，而取得最后的胜利。

（原载一九三八年十一月二日《抗敌报》第一版社论）

为维护中华民族与全人类的历史文化的创造而斗争

具有悠久历史的伟大的中华民族,曾经在其四千余年的艰苦斗争中使中华民族不断地从愚昧的历史与自然底和社会底制压中逐渐地解放出来,以致在历史上给全人类制造了不朽的美丽而灿烂的文化,这不仅对于我中华民族自身是一种光荣的创造,而且就是对于整个人类也是一件伟大的供献,因此我酷爱人类历史的建设事业与文化创造的中华民族与一切世界上爱护人类文化的国家和人士,都努力拥护着这一历史底创造。

然而为无耻的兽欲所冲动与损害人类之恶念所驱使着的疯狂的日本法西斯军阀,却不顾一切人类底唾弃肆无忌惮地进行着毁灭人类文化的野蛮行为，企图强奸历史底意旨而把不断地向着未来的光明激剧发展和迈进着的世界推到黑暗的地狱里去，"九一八"事变以来，日本法西斯军阀即在这一卑污无耻的企图下开始向中国积极地进行着残暴的掠夺与屠杀，到今天为止这一野蛮无耻的企图不但没有丝毫停止，而且相反地，日本法西斯强盗侵略的野心更进而变本加厉，以其凭借现世科学文化成果底积累所用以制造的损害人类的自私，野蛮，无耻的法西斯暴徒们底"智慧"更加残酷地向我从来爱好和平主张正义的中华民族开始了罪恶血腥的侵略与屠杀，在这一违反民族尊严与国际正义的法西斯暴徒面前，作为优秀的历史底创造者的伟大的中华民族，为了保卫自己的文化与悠久的历史底一切创造和成果，决不甘向卑劣的强盗们低头使其任意污辱我中华民族底光荣历史，一年来英勇抗战的铁的事实，已经向全人类光荣地证明了这点和有力地回答了日本法西斯强盗，这正是我中华民族底伟大表现，是的，中华民族是决不屈服于强暴的，为了他们祖国底独立，自由和幸福以及未来历史文化底创造，他们将准备流尽自己最后的一滴血，这一为人间底正义与世界底和平而勇敢奋斗的惊人表现，正是主宰了中华民族底无上的民族人格与道德，虽然罪恶无耻的日本法西斯军阀也在高喊"礼义""道德"，但是今天的事实已完全揭穿了它们真正的丑恶面目，不可讳言的，今天日寇底残无人道的野蛮行为已经在全世界人类底面前证明了它们底道德底坠落。

首先，日本法西斯强盗进攻中国的企图在于亡我国家灭我种族，使我中国领土变为日本强盗底殖民地，以便奴役压迫与剥削我同胞，使我中华民族永远忍受非人的奴隶底悲凄生活，就从这一思想底出发点讲，日本法西斯强盗之意识底反动性已暴露无余，而日寇为达到这一卑污的目的，不惜以最残毒的手段杀害我无辜同胞，到处杀人放火，奸淫掳掠，更为了从其死亡的冒险战争中苟延其残喘，而不断地施放毒瓦斯和向我不设防地区民众施行轰炸，最近在武汉更对我避难区同胞施以令人不忍目睹的惨杀，而在我边区的五台及其他地区同样对我无辜同胞大批地杀害,毒瓦斯底施放更加普遍,无视国际公法。此外在政治上更尽其挑拨离间之能事,收买托匪汉奸,企图破坏我全民族的抗日民族统一战线,利用奴化中国民众的"新民会"汉奸匪徒底老巢,制造汉奸,施行奴化教育麻醉群众,同时制造毒品毒害我国同胞底生命与健康……一切这些事实,都已证明日本法西斯强盗底人格道德已全部破产,人类几千年历史的文化已经被日寇完全破坏和污辱了,这正是没落的法西斯帝国主义垂死与行将崩溃的经济的与政治底反动性所造成的法西斯道德底破产与坠落的必然结果。

当毁坏人类底道德与世界和平的残毒的日寇疯狂蹂躏东亚的时际,虽然世界上一般爱好和平与拥护世界正义人类文化的国家和人士曾经积极地起来抗议和抨击,然而国际法西斯侵略集团底狂焰向世界的不幸的角落更加酷烈地燃烧与英法政府底政策之错误,四国协议底成立等,更加鼓励了日寇在中国的狂妄行为,这对于人类底文化底发展上,不能不说是一件极大的损失,我伟大的中华民族为了守护我悠久的文化遗产底成果与民族人格和道德,为了独立,自由,幸福的新中国底建设以及为了整个世界人类正义底胜利,我们要坚决用自己底头颅和热血粉碎日寇底疯狂野蛮的侵略战争,我们要号召全人类起来担负当前紧急之神圣光荣的历史任务,彻底拥护和平正义,积极地制裁侵略者,反对与消灭这一人类底公敌日本法西斯败类!

(原载一九三八年十一月九日《抗敌报》第一版社论)

粉碎日寇阴谋与巩固全国抗战堡垒

过去的经验，使我们曾经而且直到现在也依然相信着，在我们抗战过程中开始了新的转变，展开了新的抗战形势，特别是在抗战过程中我们战略上一定历史阶段底变化到来的时候，从来为无耻反动的国际法西斯野兽底非文化的野蛮败坏的精神传统所育养起来的与德意法西斯盗匪有着血缘关系的日本法西斯军阀，将在政治上利用和动员其豢养的奴才及其警犬，特别是具有反动恶魔的文化教养与早已丧失任何政治立场的国际法西斯败类底踏实走狗——没落垂死的托洛斯基盗匪流寇底徒子徒孙们向我们底堡垒大肆狂吠，到处进行其挑拨离间企图我抗战力量效忠于日本法西斯军阀以博得其主人底欢心。自我为战略上底必要与争取最后胜利的持久战这一基本指导战略方针之胜利的实现而自动与有计划地退出武汉以主动地消灭与打击敌人以来，我们曾经预料到敌人将利用这一机会，在国内外进行其各种政治与欺骗破坏我全民族的抗战力量，以达到灭亡中国的目的与挽救其因战争底继续与处长终将到来的为侵略的冒险战争所制造的自身底危机，事实证明了我们对日本法西斯军阀的这一估计是正确的。这是法西斯盗匪们行动底必然的逻辑与公式，每个从日本法西军阀残酷的侵略炮火底震荡中清醒过来的中国人民，都能够听到今天日本强盗及其走狗狂烈的吠声是如何向着我们统一战线底堡垒呼啸着。而这中间，尤其以为日本特务机关所亲手直接豢养的托洛斯基匪徒底吠声更为狂妄无耻。

最近出卖其祖宗的中国托洛斯基匪徒，更借我退出武汉的机会秉承日本特务机关底意旨以"感谢我们的领袖，拥护我们的领袖"为烟幕进行各种欺骗与挑拨的丑恶宣传，到处造谣中伤散播"和平""停战"空气，并且假借我坚决抗战，为中华民族底解放与独立自由幸福的三民主义的新中国而斗争的伟大的中国国民党底名义反对我国各党派与全民族的团结抗战与我亲如兄弟的国共合作。在我最高领袖□□□□早已发表取消国民党内一切小组织的今天，更妄造各种谣言，企图破坏我□□□□领导之下的国民党底团结。同时利用其伪人道主义向我坚决为真正的世界和平而战的中国同胞进行其欺骗宣传，高呼"反对人类底残酷战争，我们需要和平，抗战的结果是焦土，打倒抗战的蒋介石"，这就是今天敌人的主要的企图，他们反对的战争是中国底抗战不是日本军阀底侵略战争，他们感谢的领袖和拥护的领袖不是我坚决领导抗战的□□□□，而是他们自己底主人日本法西斯军阀及其特务机关，因为他们底主人曾经把他们豢养起来。但是这还不够，无耻的匪徒们更利用一切报纸大载其"性史"与"春宫图"向我沦陷区域少数落后同胞进行其精神底麻醉使其堕落到黑暗的生涯中死去。除此以外日寇更公然宣布在占领我武汉后，将南北两伪政府合并而重新建立一伪中央政府，否认我国民政府及全国领袖□□□□为谈判对象，同时在国际间进行其阴谋活动，企图取得国际间对其"既成事实"之承认。一切这些就是日本法西斯军阀及其走狗汉奸托匪今天在政治上实施着无耻的破坏手段。虽然日寇有采用了各种不同的方式，但是最后的目的却是相同的，这就是挑拨离间，破坏我抗日民族统一战线的坚强武器，我国抗战力量以完成其灭亡中国的目的。

然而我们已经拿事实有力地回答了敌人底这一企图，退出武汉后我全国最高领袖□□□□告全国国民书，及各抗战党派与领袖的宣言谈话，全国的和国际的舆论都已经一致地表示了中国坚持抗战的决心，武汉的放弃并不能证明中国的失败，相反的我们将更处于主动的地位在持久战的过程中不断地给日寇以致命的打击以至最后的消灭日寇在中国的踪迹。我们反对侵略者的野蛮无耻的战争，我们要用神圣光荣的民族自卫战来回答日寇的侵略战争，为着中华民族的自由解放，我们要更加巩固我们统战线的胜利的堡垒，把握我们统一战线的武器，不迟疑，不动摇，不妥协而一直坚定地去粉碎日本法西斯强盗的侵略战争！我们坚决反对伪人道主义者的欺骗狂言，而用革命的民族自卫战争来争取世界的真正和平！同时更要反对一切动摇，妥协，投降等民族失败主义者的卑劣无耻的活动与任何企图出卖中国领土主权和牺牲中华民族的国家的"调解"！我们坚决拥护抗日的国民政府与领导抗日的□□□□。我们要用一切力量巩固抗日民族统一战线和拥护国共两党亲密的长期合作，彻底反对伪中央政府的出现与一切制造和平妥协空气的亲日派汉奸托匪的亡国论调及一切具有这些化身的动摇份子，我们要坚定地站在统一战线的堡垒上给敌人以最无情的打击，在被压迫蹂躏的中华民族没有把他们的奴隶的锁链摆脱以前，没有和平！

（原载一九三八年十一月十一日《抗敌报》第一版社论）

为澈底粉碎日寇的围攻而斗争

我晋察冀边区，自从九月间日寇开始新的围攻和我们为了粉碎日寇的新围攻而积极战斗以来，已经有两个多月的时间了，在这两个多月当中，由于军区部队在全边区人民的积极帮助下的英勇作战，和边区周围我们的兄弟部队在战略上配合我们，牵制敌人，加以日寇本身兵力不足，挺进深入遭遇种种的困难，不但使日寇进攻边区腹地，肃清边区的企图，没有实现，甚且就是日寇第一步企图打通边区东西交通路线的计划，也都因为不断遭受我军的坚强抵抗与严重的打击而归于失败，仅仅只能占据着几个城镇据点。

两月以来，为了保卫我们晋察冀边区，为了保卫抗日的根据地，为了粉碎日寇的进攻，坚持华北的游击战争，坚持抗战，我军的英勇牺牲，全体民众的积极参加抗战，群众游击战争的开展，大量地杀伤和消耗了敌人，我们统计自从此次战争以来，日寇直接伤于几个大的战斗中，几个主要的战场上的足有三千人以上，而据路透社的电讯，则日寇此次进攻边区的伤亡总数已达七千人之多，至于日寇的弹药辎重军用品等的消耗与损失，更不在少数，日寇进攻边区的高级指挥官，如常冈旅团长，清水部队长归森大尉，山寄少佐，都在战斗中被我军击毙，日寇的日日新闻报和汉奸的庸报等，也都无法掩饰地用大字标题登载了这些消息，这更显然是日寇进攻边区中的重大损失。

在这样大量的杀伤与消耗之下，日寇进攻边区的战略上的第一步计划，终于遭受了严重的阻碍而未能实现，而且，我军在不断的胜利中，已经开始粉碎日寇的进攻，在粉碎日贼进攻的斗争中，得到了初步的胜利。

虽然，这一初步的胜利，还没有能够彻底地粉碎日贼的进攻，这一初步的胜利，还不是粉碎日寇此次围攻的最后的胜利。但是在两个月来不断的战斗与胜利中，锻炼了全边区的民众，提高了胜利的信心，部队的战斗力更加强了。民众的积极性也更加提高了，群众的游击战争日益广泛地开展起来，已经成为不可征服的伟大的力量，必然最后要彻底粉碎日寇的进攻，坚持华北的抗战而取得最后的胜利的。

最近，日寇由于遭受我军不断的坚强抵抗与严重打击，以及挺进深入后兵力不足和接触联络的困难，不得不改变其开始进攻时所采取的多路围攻深入腹地的战略计划，而采取扼守据点，不时出击扰乱以待机消灭我军的新的战略计划。而且目前日寇更有一方面以现有的据点为根据牵制我军，另一方面抽调兵力向我冀中区进攻，俟消灭冀中区成乘我军往援的时候趁虚突入边区之企图。日寇的这一企图，我们姑不论它将在我华北广大民众游击战争的坚持与发展之下被打击粉碎，而事实上目前深入边区的日寇，却已日益陷于被动与不利的局势中了。

但是，由于我们边区的存在与发展，使日贼感受致命的威胁，因此，它为了要消灭边区，已经准备而且已经实行了长期的"讨伐"的计划，日贼把我们边区看得和武汉一样重要，而在它夺取武汉，准备进攻陕甘之际，为了肃清其后方的威胁，更有随时抽调兵力，以它现有的据点为根据继续深入边区的可能。特别在目前，日寇利用我军退出武汉后，某些落后动摇份子的悲观失望，利用我们工作中的某些弱点，及某些部队的群众纪律欠佳底个别现象等，极力进行挑拨离间造谣污蔑，威迫利诱，阴谋被坏，想尽一切方法，从政治上作有计划的进攻，以与其军事行动相配合。如在日贼此次围攻边区中，对某些区域的落后群众实行收买，派遣汉奸伪军等冒充八路军烧杀民众，在他占据的地方建立伪组织；派托匪特务汉奸潜伏各处活动等，所有这一切事实，都说明了日贼为了达到其肃清边区的目的，处心积虑，无所不用其极，除了它最后被我们驱逐或消灭之外，他是不会一刻放松对我们的进攻的。

因此，我们在目前，一方面要认清击破日寇围攻边区的战争的长期性和残酷性，绝不要因为初步的胜利或敌人在战略上的暂时撤退而过低的估计了敌人，错误地以为敌人无力进攻边区或已被我们彻底粉碎，而放松了彻底击破日贼围攻的长期的艰苦的斗争；同时在另一方面，我们更要细心研究两月战斗以来的经验与教训，克复在战斗动员中所发现的错误与缺点，加紧团结全边区的抗日力量，加紧，广泛的宣传教育，揭破敌伪汉奸的一切欺骗与阴谋，严厉肃清汉奸托匪，更加紧提高部队的群众纪律，更加紧军政民的密切合作，打成一片，发扬胜利的精神，继续争取新的更大的胜利，为彻底粉碎日寇的围攻而斗争！

（原载一九三八年十一月十五日《抗敌报》第一版社论）

加紧自卫队的整理与训练

为了发动开展广泛的群众游击战争,争取彻底的粉碎日寇的进攻,除各地应加紧组织脱离生产的游击队与不脱离生产的游击小组外,关于自卫队的加紧整理与训练,更成为目前边区战争动员中,中心工作之一。自卫队不但已成为边区最普遍的民众武装组织,这一武装力量,在过去一年来的抗战中,曾经收到很大的光荣成绩;在目前的战争环境中,更负着维持治安,戒严放哨,除奸侦察破坏交通,扰乱敌人,配合部队游击队作战的种种任务。

自日寇进攻边区以来,各地自卫队在执行各种战时勤务上,特别是担架运输,固然尽了积极作用,表现了极大成绩;但同时也暴露出很多缺点,说明各地自卫队的工作,还不能完全适合今天的战争要求。

首先是由于各级队部组织与领导的不健全；教育训练的只重形式与表面，缺乏深入与实际的内容；宣传鼓动政治动员的不够；坚壁清野的无组织性等；所以当敌人尚未进攻或离战区较远时，自卫队一般的尚能执行站岗放哨担架运输等后方勤务。及至敌人进攻或接近战场时，有些地方的自卫队竟逃避一空，站岗放哨取消了，担架运输没人了，侦察消息，除奸扰敌等，几乎没起丝毫作用，给予了我军作战上以莫大困难。甚至在离敌人较远的地区，时常发现破坏我们的电线，散布种种谣言的汉奸活动。所有这些现象，我们不但应严重的加以警惕，更要刻不容缓毫不敷衍的加紧各地自卫军的整理与训练工作。

在加紧自卫军的整理与训练的工作中，吾人特提出以下几点意见，希各地工作同志采纳施行。

一、健全各级队部组织，特别是大队中队分队的组织，各级政府与各级队部，应经常的严格的认真的督促检查，并给下级组织以具体的帮助。建立经常的检查巡视制度。加派各级队部的得力干部，对不称职的人员，应予以训练或调换。

二、每一自卫队员，必须保证有一件能够使用足以自卫和杀敌的武器，并要熟练武器的使用，火枪土炮等应立即修理配备好，准备足用的火药铁砂，不能自己制造时，可按合理负担的办法，由各村筹款购买。

三、现农忙已过，应立即加紧训练，每一区最低限度要做到按期合操，每一村做到每日会操。训练内容，应以使用武器，爬山，紧急集合，防空，侦查，夜间行军袭击等实际动作为主。立正稍息步伐等动作应尽量减少，甚至可以不要。

四、除加紧学习各种军事动作外，更要加紧政治训练，只有加强政治上的教育，才能发挥队员的积极性保证一切动员工作之完成。各县总队部应编印通俗简要的各种教材课本图书，歌曲；如日寇的残暴，欺骗，我们坚持持久抗战，散发民众积极参加战斗，提高胜利信心，自卫军怎样进行侦查，除奸，怎样查路条，检查可疑的人，捉拿造谣份子及敌探等等。一方面要各村必须立即建立起救亡室或夜校，利用此农闲时间，有计划的进行经常的上课听讲开讨论会等；同时要不断的演习，使每一队员均能积极的自觉的担任起战时任务，而不视为"应付公事"与"麻烦"。

五、关于坚壁清野应做到有组织的进退，特别是靠近敌人的地方，要规定各种警号，做到闻警集合，避难，扰敌报信等。同时要做到能随调随动，短期的离家，配合部队或游击队行动。

六、关于站岗查路条，要切实认真，不仅要做到无路条的不准通过，即有路条的，必须认清真假，加以盘查，遇有可疑之人，要实行检查扣留，绝不可认为敷衍公事，可以随便马虎，更要做到夜间查路巡逻会哨，保护我们的交通，清查汉奸活动。

七、各县各区应于最近举行一次自卫军总检阅，定出检阅项目，办法，奖惩，竞赛等办法，以资鼓励。

八、为了使以上各项工作，能顺利完成，各县应在可能范围内，举行自卫队教练人员训练班，培养一批得力干部，分派各部队工作。

九、各级队部负责人员及自卫军工作同志，对于队员务要和蔼耐心，与之打成一片，了解其痛苦。解决其困难，严禁对队员的打骂压迫等行为。

十、以上各项工作的推进，不但各级队部应直接负责，各地驻军，政府，群众团体等均应切实的认真的帮助与推动，以期这一任务之完成。

（原载一九三八年十一月十七日《抗敌报》第一版社论）

为了猛烈的扩大抗日部队而斗争

卢沟桥事变,把中国人民从过去非武装的反日斗争,提高到用武装斗争的方式,反对日本强盗侵略的新阶段。毫无疑问的,在整个抗日阶段中,谁要扮演反日的重要作用,谁就应该手执着武器,参加抗日的武装部队。

抗战爆发以来,在华北广大人民反日斗争的怒潮中,产生了和壮大了我们边区现有的抗日部队;它是我中华民族最优秀的最勇敢的男儿的行列,它是我们在华北以武装斗争的方式反对日本强盗侵略的骨干。正因为在华北广大群众斗争的基础上,生长和壮大了这一支抗日的武装力量,才能够在敌人的后方创造出广大而巩固的抗日根据地——晋察冀边区;才保卫了我们的家乡,保障了我们的祖宗坟墓,父母妻子，生命财产，不受日寇的蹂躏，摧残，侮辱，屠杀和劫掠。

晋察冀边区是华北抗战的堡垒，全国抗战的一个重要支点；它的巩固与扩大，尤其是边区部队一年来不断的积极活动，给了日寇以极大的威胁和打击。它曾经在而且还正在全国抗战的政治军事上起着伟大的作用。在日寇看来，边区的存在和发展，确实是它一个心腹大患。所以当着日寇积极进攻武汉之时，即尽可能的抽调数万兵力，实行对我边区大举围攻，企图肃清其后方，确实建立它在华北的统治。日寇此次对我边区疯狂残暴的进攻，在我边区军政长官坚强领导之下，在边区军政民密切合作，坚持游击战争，尤其是在我边区抗日部队艰苦奋斗英勇杀敌的斗争中，已遭受到许多次的挫折和打击，而开始被粉碎着。

谁都知道：日寇早已确定了它灭亡整个中国的侵略政策，在它没有遭受到最后致命的打击以前它是不会停止对于中国的进攻的，因之，在日寇占领武汉之后，对我边区，将会更加紧它的进攻。我们将会遇到一个更艰苦更紧张的战斗环境。同时，我们也正准备着迎接这一时期的到来。

所以我们目前的中心任务，应该是坚持游击战争，坚持华北抗战到底，动员一切力量，实行积极的反攻广泛的开展游击战争，彻底的最后的粉碎日寇的新进攻，以驱逐和消灭深入边区之敌，保卫边区，并进而巩固扩大边区；配合全国军政民，持久抗战，以战胜日寇更残酷的进攻，争取最后胜利。

为了完成上述的中心任务，猛烈的扩大抗日部队，应该成为我全边区军政民今天的中心工作。

我们怎样才能完成这一中心工作，实现持久抗战，争取最后胜利的伟大神圣的任务呢？

首先，我们应该把猛烈扩大部队的问题，采用各种方式，利用一切机会，在各地群众中进行广泛而深入的政治动员，说明好男儿应该武装上前线，号召和发动广大的青年壮丁参加部队，造成一种极高度的武装上前线的热潮。为了造成参加部队的热潮，我们可以采取组织音乐队，群众团体以及广群来欢送新战士武装上前线，给参加部队的抗日军人家属送"抗日英雄"之类荣誉匾额，发动儿童团向抗属致敬礼，以及物质上的慰劳，切实执行优待抗日军人家属条例，代替抗属做杂活，挑水打柴。只要我们广大部队的政治动员做得深入，自然会造成父送子，妻劝夫，大家踊跃参加部队热潮。

其次，扩大部队的问题，应该经过各种群众团体——工会、农会青救会，妇救会……来热烈的具体的讨论和计划，在自愿的原则之下动员和组织自卫队，抗先队以及自愿参加部队的群众，在召开群众大会时，影响号召，自动报名参加部队。

第三，应该广泛的在各地进行归队运动，使过去因伤，病，请假及其他各种原因而回家的战士，立即实行归队。要使这一工作做得有成效，各地政府以及各群众团体，应很好的组织和领导这一工作，使之变成一种广泛的群众运动。

第四，为了能够很好的很迅速的完成这一扩大部队的工作任务，军队，政府与群众团体，都应该有计划的去进行工作，从组织上去推动工作，经常的督促和检查工作，并应不断的检讨工作中的经验教训，而立即运用到继续扩大部队工作的实际中去。

第五，为了便利于扩大部队工作，而且有时能大量的补充部队，在开始不妨采取组织地方武器的形式。按照其历史环境，可与某一部分正规部队发生连系制度——互相联欢，参观，学习，帮助。像这样的地方武装，在某种必要与可能的条件之下，就可以经过深入的政治动员，有组织的整体的把它补充到与之发生经常关系的正规部队里去。

最后，我们必须指出，在扩大部队工作中，无论采取任何形式，均须依靠政治上的深入动员，宣传，教育，解释，说服。反对任何方式的强迫以及欺骗，诱惑的方法。

为了保家□乡，保卫边区，为了彻底的最后粉碎敌人的进攻，巩固与扩大边区，为了持久抗战，争取最后胜利，猛烈的扩大抗日部队，是我们今天最战斗的工作任务。只有把我们千百万的广大人民很好的武装起来，才足以战胜"武装到牙齿"的最凶恶的敌人——日本帝国主义！到了今天，我们需要"人人做勇士，个个当英雄"。广大的青年群众，应该像海潮一般地参加到抗日的部队里去，为争取抗战最后胜利而努力，为中华民族的独立自由解放而奋斗到底！

（原载一九三八年十一月十九日《抗敌报》第一版社论）

坚持华北抗战要加紧锄奸工作

　　中国底抗日战争今天已经逐渐地走到更艰苦的阶段了，敌人对于我们的进攻将更加残酷，更加疯狂，事实告诉我们，在敌人惨败和死亡的日子愈接近和中华民族底最后解放与胜利愈临近的时候，日本法西斯强盗也将加倍残酷地对付我们，特别是在敌人后方进行持久抗战的我们晋察冀边区，将遭遇到更多的困难，这是毫无疑问的，摆在我们面前的事实，已经证明了这点，今天敌人对于边区的围攻，这只不过是一个开始，此后，敌人将不断地继续着向我们边区进行长期的进攻，因此为了彻底粉碎日本强盗底这种残暴的进攻，我们全边区民众必须加紧动员我们底一切力量配合全边区武装部队去打击和消灭敌人，以巩固我们晋察冀边区这一华北抗战堡垒，使华北抗日战争坚持到底，直到最后的战胜敌人。

在粉碎敌人围攻坚持华北抗战的总的任务下，今天我们边区民众必须将除奸工作当作自己主要的中心工作之一，这对于保卫边区粉碎日本法西斯强盗底围攻是有着极大的作用和意义的，因此我们今天特别强调地把除奸问题提出讨论。

显然我们边区的除奸工作在今天，一般地说是作得不充分的，尤其是在敌人今天动员了大批汉奸到处进行破坏活动的形势下，我们底除奸工作是远落在客观需要的后面，譬如，除奸工作还没成为广泛的群众运动，秘密的除奸网还不够健全，如除奸工作部门的联系不够。在许多地方站岗放哨的工作表现了敷衍了事不认真的现象，某些地方站岗的位置不适当，不是来往行人必经的地方，结果汉奸敌探依然能够绕过岗位进到我们的地区和村庄，甚至有些地方儿童团站岗只顾了自己玩耍；而对通行的人不加任何检查和讯问，结果是弄成来往无阻挡的情形，致使汉奸敌探很容易地跑到我们地区自由活动，这是非常危险的事，我们必须认为汉奸在我们地区的活动，是我们工作上的耻辱，我们必须高度地提高我们全边区民众底政治警惕性，时刻地注意和提防汉奸的活动，每个边区的民众应该把除奸工作当作自己底责任，经常督促和监视自己区域的除奸工作，并且更要实际地去参加和帮助这种工作。在目□特别需要我们积极加紧纠正我们除奸工作的弱点，使它真正能够发挥它应有的作用。为了做到这点，我们认为有注意和进行以下几件事情的必要：

（一）各村自卫队儿童团应加强对除奸工作的教育与训练，使无个队员或团员从政治上彻底了解除奸工作的意义及其重要性，□教以起码的工作方法与技术，务使每个队员或团员作到认真站岗检查行人的程度。

（二）自卫队儿童团负责同志应指定适当的站岗位置，使任何来往行人都不得绕过岗位通行。

（三）各自卫队负责干部应加强自己底检查督促工作，经常地出去到岗哨位置去检查该工作同志的工作情形，并予以鼓励和确际的帮助。

（四）对于自卫队儿童团的工作，各群众团体如工会，农会，妇救会，青救会都应尽可能地给与帮助和督促，经常地指示其工作上的弱点与提供改善的方法，并在工作上和他们取得密切的联系。

（五）自卫队总的领导机关应经常派人检查，所属各自卫队的工作情形，帮助其解决困难问题，特别是某些工作落后和薄弱的地区，更应加强其领导克服工作中的弱点。

（六）在有武装部队驻防的地区和村庄，地方自卫队应与该驻防部队取得密切联系，共同协作进行除奸工作，以取得工作上的更大效果。

（七）除奸工作在接近敌区的地方，更应特别严格执行，接近敌区的地区是汉奸深入边区的主要门户，因此为了加强这些区域的除奸工作，各政权机关与部队，和群众团体的除奸部门应结合起来集中力量，有计划地进行这一工作，这种地区的除奸工作对于整个边区的除奸工作有着决定的意义，如果这些地区的工作作不好，整个边区的工作都要遭受极大的影响，所以在汉奸出入的门户，除奸工作是更应该加强的。

但是这还不够，我们上面已经说过，除奸工作单靠某些专门机关和群众团体进行是不能杜绝汉奸的活动的，它还需要我们全边民众底共同努力与帮助才能使汉奸无法活动，因此，我们必须使除奸工作广泛地开展成为一个群众的运动，使每个边区民众真正了解除奸工作的重要性，了解它是抗日工作中的不可忽视的主要任务之一。汉奸是日本强盗底耳目，如果我们能够胜利地执行这一任务，使汉奸在边区不能立脚，那么即使日本法西斯强盗们有天大能耐，单靠闭着眼睛乱撞也绝难取得任何胜利的，于是在这里，除奸运动底广泛深入的宣传就成为必要的了，我们必须使群众把除奸工作与自己切身的利益联系起来积极地自动参加这一工作。

然而在这里我们同样不应该忘记秘密除奸工作□□□□，"建立秘密除奸网"，无疑这才是今天除奸工作中最重要的一部份，我们必须为实现这一口号而斗争,务使我们底这一秘密除奸网真正成为一个有机的组织网,不让一个汉奸托匪逃出去,□□□□才能□□□汉奸底活动和粉碎日本法西斯强盗底进攻。

(原载一九三八年十一月二十一日《抗敌报》第一版社论)

巩固边区金融的当前问题

日寇为着要消灭我华北抗日根据地——晋察冀边区，除实行其军事的围攻外，更配合着政治上的挑拨离间造谣欺骗，经济上的封锁扰乱；以达到其消灭我边区之企图。于是日寇自九月间向我边区大举进攻以来，利用汉奸匪徒散布谣言，破坏我边区银行钞票的信用，同时在敌军所到之处，将汉奸政府发行的伪钞，强迫和欺骗我边区民众行使。有些地区的奸商，乘敌进攻之际，利用边区部份群众政治上之落后，减低边钞之价格，收藏零票，阻滞市面整票之兑换与流通，故意抬高物价，制造金融恐慌，以从中取利。在接近敌人的某些地区，敌伪钞票可以自由流通，甚至伪政权的钞票在某些县区的贸易局，能自由使用而超过边钞的价格。这些奸商的行为完全是帮助敌人，破坏了我们的抗战。近来随着我们在粉碎日寇进攻中的不断胜利，边区民众对边区政府的信任与拥护；以及边区银行基金的充足与雄厚，日寇汉奸与奸商的阴谋破坏；虽然未能得逞，但我们为了彻底粉碎日寇的进攻；为了揭破日寇汉奸扰乱边区金融，企图增加我抗日部队，政府经费，给养的困难之阴谋；为了彻底消灭奸商的操纵等现象；为了使边区金融更加巩固而增加战胜日寇的力量。我们特提出下列办法，希我边区军政当局及全体民众采纳实行：

（一）在群众中进行广从的宣传与解释，一方面揭穿日伪汉奸奸商的扰乱破坏操纵之阴谋，另一方面使每一群众认识：巩固边区金融与粉碎敌人进攻有重要之关系；边区金融之巩固，是争取抗战胜利决定条件之一；使民众了解巩固边区金融与其切身利害及抗战之胜败有着密切的联系，鼓励与发扬民众的爱国精神，边区人民使用边区票，中国人不花日本及汉奸政府票。更要使民众知道：边区钞票的发行是有充足与雄厚的基金，有田赋与税收的固定收入，绝不是随意滥发，相反的，汉奸政府所发行的钞票，是既无充足基金，更无固定收入，完全是日寇用以吸收中国人民血汗灭亡中国的一种毒辣手段，我们必须严厉反对与抵制。

（二）希望由政府颁发布告，并通令各级政权机关及贸易税收等机关，严禁伪币之行使与流通，严厉执行以前边区政府所颁布关于禁止伪票入境法令。如发现行使日伪边票之人，应无条件的予以没收，如发现使用伪造之边票，则除没收其伪边票外，更应严追其来源。

（三）对于破坏边票信用，造谣扰乱边区金融，降低边票价格故意抬高物价的汉奸，奸商以及贸易机关中的个别坏份子，政府应严格的认真的经常检查，发现时，应严厉的按紧急治罪法处罚。政权更应鼓励人民出首举发扰乱破坏边票之份子。

（四）希望各县县政府召开战时物价评定会议。由商民贸易机关各派代表参加，根据当地情形，制定公平物价，颁布全县人民周知，政府与人民严查抬高物价之份子，予以严惩。

（五）我们向边区银行建议调整并保持五元一元及角票一定比例数量之发行，在零票不足市面流通阻滞之地区，县政府一方面应彻查奸商之操纵与屯积居奇。一方面可商请上级批准暂印发相当数量的以五分或一角为单位的临时兑换券，于县区设兑换处，以资市面金融之周转。于边区银行零票在该地足以流通时，即限期将该临时兑换券取回作废。

（六）希望边区政府财政处，应尽可能的在各主要县份设立边区银行办事处，以便尽可能的帮助人民解决一些经济上之困难问题，使边区银行的信仰与地位，在边区民众中更臻巩固。

（七）在各主要村镇应提倡建立合作社，一切合作社及贸易局，应向民众宣布欢迎边钞，并应尽可能的组织流通的货担子，到各村贩卖货物，这些货担子更要利用下乡机会，向民众宣传敌人破坏边区金融之阴谋，鼓励民众拥护边票，严禁伪票。

（八）各政权机关，群众团体以及各部队之人员，除宣传民众拥护边区巩固边区金融外，自己必须以身作则，使用边票，坚决拒绝敌伪票之行使。

所有以上这些办法，如能实行，我们相信边区金融会更加巩固，边票在人民中信仰而日益利增加。

（原载一九三八年十一月二十五日《抗敌报》第一版社论）

坚持抗战与赈济问题

最近我国民政府服务委员会为了赈济我战区被灾民众，特派调查专员携带赈款到我边区调查被灾情形并施行放赈救济我边区遭受灾害的同胞，这在敌寇汉奸到处进行其挑拨离间散布欺骗谣言的今天，实在是有着极其重大的意义的。

事实是铁的证明，虽然日寇汉奸在我军退出武汉广州以后到处疯狂地进行了和继续加紧进行着各种各样的政治阴谋，企图挑拨与离间我全国各党派和全国抗日民众底团结与统一，公然侮蔑我全国抗日最高的领袖□□□□并否认我抗日的国民政府而组织伪汉奸中央政府，但是目前的事实已有力地回答了敌人底这种无耻的企图和粉碎了日寇底阴谋诡计。近来我江南武汉广州一带反攻，与我边区粉碎敌人围攻底不断胜利，与全国各党派团体及全国民众一致竭诚拥护我国民政府及蒋委员长持久抗战方针的宣言通电，都证明了我国团结的巩固与坚持抗战的决心，而就在敌人围攻我边区的期间，我中央曾派飞机一度飞我边区涞源一带向我边区民众散发慰问鼓励传单，今天则更派赈灾调查专员来我边区调查我被敌蹂躏烧杀同胞的灾情与以赈济，这更证明了我国民政府及□□□□对我处在敌人后方艰苦斗争的边区民众的亲切与关怀，虽然敌人疯狂地向我全国普遍地朝廷着残酷的进攻，但是我中央政府并不因敌人底这种进攻与隔绝而对我沦陷区域的广大同胞稍减其殷切关怀之情，相反地我中央政府对于沦陷区域的军政民的关系则更加密切更加关怀起来，尤其是中央对于五台一带被难僧众的关心，更说明了中央对于我少数民族同胞和宗教信徒的休戚相关的殷切的怀念！一切这些事实，无疑地对于野蛮无耻的日寇汉奸托匪的挑拨离间造谣中伤等阴谋诡计是一个最无情的打击和有力的回答，我们全边区以及全中国的民众都相信，在伟大的抗日民族自卫战争的旗帜下，中华民族永远是团结一致的。

对于中央赈务委员会这次对边区灾民的放赈，我们希望能够彻底调查边区被灾同胞的确数及其灾情的轻重，以便能够使蒙受灾害的同胞普遍平等地得到政府底赈济并分别轻重给予适当的分配，切实克服历来在放赈工作中所发生的缺点与疏忽，不使发生需拯者不得拯，不需拯者得拯或应多拯者少拯与应少拯者多拯的现象，而在拯济过程中，我们还希望地方民众团体更要配合着对灾民进行广泛而深入的政治的宣传解释以至于组织工作，特别是对于遭受敌人烧杀残害的同胞，应给予同情的慰问与政治的深入的解释和鼓励，使我同胞从敌人所加于自己的痛苦的经验中，进一步地了解和认识日寇汉奸的野蛮与残暴而积极地起来参加抗战争取自己与全民族底彻底解放。同时我们更要求我中央政府能够扩大其救济范围并尽速对于我英勇为民族为国家坚决战斗而牺牲负伤的战士给与应有的救济与慰问，这些光荣的牺牲自己与负伤的英勇坚强的战士，他们是为了祖国底独立自由和民族的神圣的解放事业而流干自己底血，他们底这种伟大的自我牺牲的精神是值得我们敬佩的，因此我们应该给与这些英雄的民族战士们以应有的抚恤和慰问，以表示我们对他们的敬意与关怀。

最后，我们认为对于救济受灾同胞与抗日军人及其家属的慰问与救济工作，应该扩展成为一种广泛的群众运动，单靠政府底救助是不够的，每个边区民众对于这些同胞都有拿出自己所有的力量参加这一救济慰问工作的责任和义务，这是我们爱国同胞间应有的友爱与互助精神，今天我们边区民众虽然在这方面已经有了相当进步，但是还作得不充分，因此我们号召全边区同胞起来发扬我们祖先遗留给我们的友爱互助的光荣的传统精神，克服狭隘的自私思想和冷淡的态度，自动地起来时刻关怀我们被灾死难同胞与抗日军人及其家属并积极慷慨地为他们募捐救济，彻底自动地实行并督促各级政府实行中央所颁布的优待抗日军人家属条例热烈优待援助和慰问抗日军人家属，义务地帮助他们解决一切困难问题，对抗日军人家属应给与崇高的尊敬与爱护，亲切地关怀他们，把他们的利害与痛苦与自己密切地联系起来，这样也就算是尽了我们自己底义务，同时也就是在抗战中尽了自己底一份力量，我们必须把所有这些事情与争取抗战的最后胜利与中华民族底最后解放密切地联系起来，只有这样才能保证我们抗战任务的胜利地完成，也只有这样我们才配称为优秀的中华民族底儿女。

（原载一九三八年十一月二十七日《抗敌报》第一版社论）

完成募集救国公粮计划

关于募集救国公粮的问题，边区行政委员会曾经发出了动员十六万石救国公粮的号召，这一号召，目前已经得到了各方面底拥护和热烈的响应，这是一个可喜的现象。

的确，在今天敌人极度疯狂地进行侵略掠夺战争而我国抗战将近进到更艰苦的第二阶段的形势下，为了坚持持久抗战方针，争取抗战最后胜利，所有一切保证这一伟大任务完成的动员工作，都是必要的。晋察冀边区是坚持华北抗战与全国抗战胜利的堡垒之一，因而保证边区持久抗战方针胜利地执行，是保证全国长期抗战胜利底一部份。但是为要完成这一任务，首先必须彻底保证边区军队给养的经常供给与解决边区抗日军人家属及灾民底生活问题，否则，坚持抗战的方针就不易顺利的实现。边区行政委员有见于此，遂发起动员十六万石救国公粮的号召，无疑地，这对于边区坚持长期抗战上说是完全必要的。

不过在实际执行这一工作的过程中，我们相信还存在着不少的困难。劈头可能遇到的困难，就是由于一般群众对此要求的不了解，因而在动员的工作中可能会增加一些不可避免的困难。然而这些困难是不是可能克服的呢？可能的，完全可能的，这首先就要注意到对群众的宣传解释工作，使每个民众彻底了解这一号召底意义，并将它和坚持抗战争取最后胜利的问题密切地联系起来，只有这样才能使民众自动地将自己底粮食捐纳出来。因此这一动员工作底成功与否，政治的宣传解释动员工作有决定的意义，这一工作作得好，则救国公粮动员的工作就有保证，反之，就不会有好的成绩。所以为了使这一工作能够胜利地完成，这里我们愿意提供下列几点意见：

（一）各机关团体在动员前和动员过程中应广泛地进行宣传解释工作，说明募集救国公粮的真实意义。尽可能地召开各种民众大会或制发各种传单标语，深入地宣传解释。特别是在接近敌区的地方，更应抓紧这一工作，并要提高政治警觉防止敌寇汉奸底从中破坏，及时地向群众揭穿汉奸底欺骗宣传。

（二）对于执行这一工作的各级政权机关，我们希望能够有计划地定出具体的募集办法，并召开评议会，依照会理负担的原则，评定居民应捐的额数，以便避免发生应多捐者少捐，应少捐者多捐等不良现象。

（三）接近敌区的地区，或易受敌人扰乱的地区，应随时将募集到的粮食转运到比较安全稳定的地区，交付该地政权机关负责保存，以便防止敌寇汉奸底抢劫。

（四）曾经遭受战争和敌人烧杀的地区，以及其他灾区，应详细调查其受灾情形，分别按照灾情轻重，分配募集额数，灾情较重者，可以免捐，否则如不按照实际情况合理分配，则将影响民众底生活。

（五）在募集过程中，对于民众应耐心地解释说服和鼓励，必须避免采用强迫命令的方式。同时对于慷慨捐纳的民众，应在群众大会上，报纸上报出，指明其爱国热忱给与奖励，以鼓励民众自愿地捐纳其粮食。

（六）各机关团体在募集过程中应注意防止分配不公，贪污，受贿等不良现象，如发现工作人员有非法行为时，应及时提出，通过政权机关实行制裁。

（七）发动民众积极自动地捐纳公粮，各机关团体工作人员及一切热心救亡工作者，应以身作则，慷慨捐出公粮，以激励民众效法自己热忱爱国的精神。

（八）最后为了使这一工作迅速而有效地完成，在执行过程中，应发动各地区与各工作人员间底突击竞赛，这样不仅能够激发工作人员底工作热情，而且更能够使工作收到伟大的成效，最后获得百分之百的完成甚至超过。因此突击竞赛的方式，是应该尽量采用的。同时对于突击竞赛工作中的优胜者，应给与应有的奖励。

（原载一九三八年十二月二日《抗敌报》第一版社论）

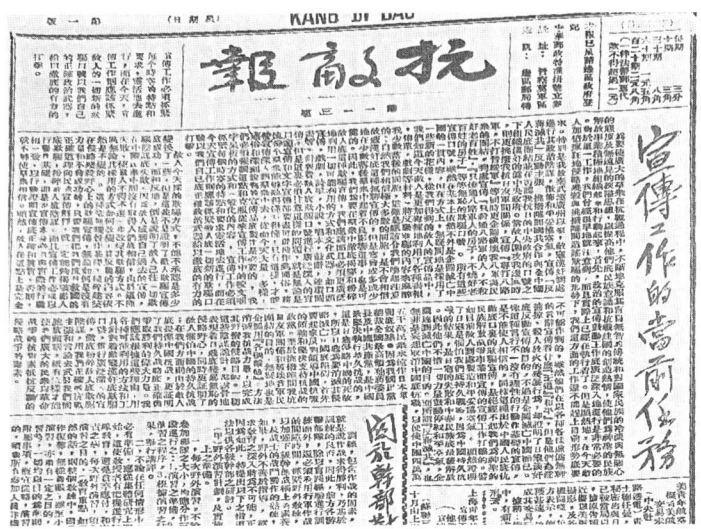

宣传工作的当前任务

为要使广大的群众在抗战过程中，不断地克服其盲目无智的传统和对国家民族的冷淡与无关心的态度及无远见的狭隘思想，以提高他们底民族意识和抗战建国的创造热情，使他们为神圣的民族解放事业积极地组织起来和行动起来，首先，政治的宣传鼓动工作底广泛深入地进行是非常必要的。对于这一工作，我们曾经很早地就注意到，而且实际上已经在执行着了。但是显然地，在今天敌人加倍疯狂地侵略残杀与挑拨离间造谣欺骗的形势下，我们这方面的工作还不能赶上目前形势底要求。特别是我放弃武汉广州以来，敌寇汉奸到处朝廷其政治阴谋，散布和平妥协空气，宣传"反蒋灭共"反动主张，挑拨离间国共合作与全中国人民底团结并在否认我抗日的中央政府的口号之下组织汉奸的伪中央政府。当敌人围攻我边区时，则更挑拨我抗日友军间关系，宣传"专打八路军，不打晋绥军"等同时更企图破坏我八路军与民众的团结，到处宣传"只杀通八路军的人，不杀好老百姓"，"只烧通八路军人的房子，不烧好老百姓的房子"等等无耻的欺骗口号。所有这些宣传口号，虽然在基本上依然不外是企图灭亡中国的一贯内容，但在方式上，无疑问地是采用了一些新的花样，从我们得到的敌人的宣传品中，我们知道今天敌人是更加毒辣地利用了各种画报，传单，戏剧等材料，将反动欺骗的内容来麻醉我少数落后的同胞，这确是应该令我们唤起注意的，自然我们相信极大多数的同胞，是不会相信敌寇汉奸底这种无聊宣传的，但是它会或多或少地在少数落后群众中起着不良影响这事，也是可能的。因此，我们为要在群众中彻底揭穿和粉碎敌人底这种欺骗宣传，我们应该而且必须更广泛地利用一切可能利用的方式和文化武器，如口头宣传，戏剧，诗歌，小说，唱本，鼓辞，连环图书等，针对着敌人底欺骗口号进行广泛深入的宣传，但是这里必须注意这样的问题，就是无论是口头宣传和文字宣传都要尽可能地作到通俗，务使每个群众能够听得懂看得懂，只有这样，才能使宣传深入到群众中去，从而今天大量，多样，通俗和深刻锐利的宣传品底制作是必要的，我们必须强调这点和克服从来宣传工作中的咬文嚼字呆板的方式和一般化的内容，宣传工作必须抓紧每个时空的特点和要求灵活地去进行，而在今天宣传工作则应该抓紧敌人底一切新的欺骗口号以我们自己底正确政治武器给以彻底的有力的打击。

敌人今天采的欺骗方式，不能不承认是多少变换了一些，但是这并不是证明了敌人欺骗宣传底成功，而相反地，倒是说明了敌人已往一切欺骗阴谋底失败。因为敌人感到自己过去的宣传，在中国民众中间没有取得人们底相信，由于这种失败，使敌人不得不进一步改变其欺骗方式。不过无论其采用的方式如何改变，其反动的内容依然是不变的。这种毫无理性作基础，纯粹建筑在侵略残杀野心上的欺骗宣传，无论如何是没有力量和不会成功的，只要我们把我们抗日救国的正确道理向民众宣传解释，就一定能够揭破敌人底欺骗，粉碎敌人底阴谋。而且宣传工作必须以行动为基础，即是说宣传本身必须与实际的行动相一致，以行动证明宣传底正确和真实，否则，就不够使群众相信。显然，敌人在这点上是完全不可能作到的，虽然他们在以各种各样虚伪无聊的言辞宣传着什么"王道""和平"，但是他们奸淫掳掠，杀人放火的残暴行为，却证明了日寇汉奸底反动宣传的目的，不过是企图灭亡中国而已。像这种言行不一没有理性的行动作基础的宣传，是不能使人相信的，同样这种出于中国人民底仇敌底口里的欺骗宣传，是绝经不起我们为神圣的民族解放战争事业而宣传的宣传工作打击的。譬如目前敌人到处制造和平妥协空气。显然证明了日寇是惧怕我们底持久战略，因为中国持久抗战的结果，是日寇的失败和中华民族底最后解放。因此他们不惜一切力量鼓动停战和平空气，企图达到灭亡中国的目的。而所谓"反蒋灭共"，也无非是妄想取消中国底抗战，以便使中国四万万五千万民众永远作日本军阀底奴隶。因为我国民党总裁全国最高领袖□□□及中国共产党，是中国最坚决执行持久抗战的，这是日寇侵略中国的死敌，所以日寇为要消灭其侵略灭亡中国底阻碍，首先要起来反对领导中国抗战的领袖和坚决支持抗战的政党。至于挑拨离间我抗日友军关系和破坏我军民团结的目的，无疑地也是企图用"各个击破"的方法消灭我抗战力量，以完成其野蛮的侵略目的。一切这些阴谋诡计，都露骨地表现着日寇底残暴无耻的侵略野心，同时更证明了敌人惧怕中国的持久抗战；在我们方面则由于敌人底畏惧中国抗战，更证明了我们持久战略底正确与争取胜利的伟大力量。我们应该根据这些理由，用各种可能利用的方法和工具针对着敌寇汉奸底欺骗口号，进行广泛深入的宣传，彻底粉碎敌人底欺骗阴谋，用我们正确的抗战主张和言论去武装我们同胞底头脑，只有这样才能使我们广大的民众以革命战争的抗青素抵抗反动的侵略战争的毒素。

（原载一九三八年十二月四日《抗敌报》第一版社论）

保证长期抗战胜利的政治任务

坚持抗战，坚持持久战，巩固因扩大抗日民族统一战线，克服当前抗战中的一切困难，停止敌人的进攻，准备力量实行全国大反攻，争取最后胜利，驱逐日寇出中国，这是全中国人民当前最紧急的任务。为了实行这一任务，我全国同胞，必须拥护政府，在各级政府领导之下，动员全民族的力量，加紧抗战工作。

可是，目前在新的抗战形势底下，有一部份人，只看到目前我国抗战的困难与不利的条件，因而就发生着对于抗战前途悲观失望的情绪，予日寇汉奸托匪以可乘之机，来鼓动和平妥协的空气，企图动摇我国民抗战的决心。这是我们坚持抗战的当前第一个危险。为了克服这个危险，就必须高度地发扬我民族不屈不挠，宁死不辱的伟大的民族自尊心和抗战必胜建国必成的坚强的自信心，提高民族的觉悟，彻底克服一切悲观失望的情绪，坚决拥护政府继续长期抗战的方针，严格反对任何投降妥协的企图，以坚持抗战到底。

目前敌人正在集中一切量，挑拨离间，企图分化我国内部的团结，积极煽动"反蒋反共"，建立全国性的汉奸政府，企图推翻我国民政府，破坏国共合作与全国人民的团结。因此我全国人民，必须特别加紧内部的精诚团结，一心一德，竭诚拥护全国最高统帅□□□□，拥护国民政府，拥护国共合作，拥护全国团结，粉碎敌寇汉奸"反蒋反共""推翻国民政府"，破坏国共合作与全国团结的一切阴谋诡计与无耻行为，坚决反对任何形式的汉奸伪政权。为了达到这一目的，必须特别加紧调节国共两党的关系，调节中央与地方及政府与人民的关系，调节各抗日部队的关系。高度发扬互助友爱的精神，减少摩擦与分歧的现象，严厉打击汉奸托匪亲日派在我们内部挑拨离间，制造不满与纷歧，鼓动摩擦的各种阴谋鬼计。厉行除奸运动，巩固前线与后方，巩固□□□□与国民政府的威信，巩固国共合作与全国团结，树立在困难环境中继续坚持抗战的坚固重心，用以对抗敌寇与汉奸政府，克服困难，准备全国大反攻。

同时，为了达到此目的，在政治制度方面，需要更进一步的改进，使全国各地政府与人民发生更密切的联系。这里，中心的问题就是要实行集中领导下的民主制度。如果没有这一方面的改进，要最后战胜日寇也是不可能的。关于这点，应从各方面切实实施。首先在全国，要使国民参政会公开顺利地进行工作，将该会决定事项全部付诸实施，并依据该会已决定的方案，认真建立各省各区域的各级地方参政会，积极推进民主政治。同时要切实保证抗战建国纲领所规定的人民的民主自由权利，在全国范围内充分的实现，保证中央法令在各地方充分的实施而不受地方之随意的限制与折扣。除了不利于抗战建国的汉奸托匪亲日派的反革命的自由之外，其他人民的任何自由都不应加以限制。在各战区和敌人远后方的抗日根据地，应开始实行多量的民主制，其各级政府组织采民主集权的委员制，建立并加强各级人民代表机关，增设某些特殊的必要工作部门，彻底广泛清除贪污腐化无能份子，大量吸收抗日积极份子，提倡艰苦的生活。只要倚靠这些改革与进步，才能密切政府与人民的关系，增加并发挥抗日政权的最大能力，而支持长期艰苦的抗日战争。当然，全国任何地方，都应集中于中央政府的领导之下，不因应行政区域在地域上被敌人分割而有任何不尊重中央领导的表现。全国必须依照中央法令而推行民主制度，而全国必须统一于中央。

对于各种民众运动，在新的环境下，要使它更迅速地扩大并统一起来，以全力援助战争，动员民众有效地克服各种困难。必须要求切实作到保障一切抗日民众团体与抗日民众运动的自由及保障一切救亡工作人员的安全，确立民众团体在法律上的地位，并保持这一地位。政府要在物质上积极帮助民众团体，始终尊重抗日的民众团体的独立性。各地群众团体，除了工农妇女，青年儿童之外，更要广泛建立商人，自由职业者与文化人的各种救国会，并使之依照地域与职业两种原则建立联合的组织，最广泛地发动民众更积极地参加各方面的抗战工作，援助政府与军队。同时，更要在一切可能的范围内，积极改良民众生活，激发民众抗战热忱与生产热忱，使国家战时财政和一般社会经济生活都能够得到基本的改善。

这些，都是我们为了完成全国抗战的总任务所必须执行的具体的政治的任务。这些政治的任务的执行与完成，是保证长期抗战胜利的重要条件。

（原载一九三八年十二月二十三日《抗敌报》第一版社论）

英美借款与争取外援

　　随着我国长期坚持抗战大量消耗敌人与歼灭敌人的结果，使敌寇在应付对中国的侵略冒险战争中不断地增加了和增加着他本身底困难和危机，特别是在我退出武汉广州以来，由于我逐渐地转向主动与战线底延长，以及全国庞大领土内游击战争底广泛开展，使敌寇在这一威胁之下，更感到了应付目前战争的兵力不足与兵力分散的困难，因此为了更进一步向我西安，宜昌，长沙，衢州，梧州，北海，南昌，汕头，福州等地进攻以亟最后灭亡中国的缘故。便一方面采取了更残酷野蛮的手段屠杀我国同胞，另一方面则更无耻地收买汉奸托匪进行阴谋挑拨，企图破坏我全民族底统一战线与国共两党底合作和团结以利其侵略灭亡中国的暴行。

但是事实却给了敌人以有力的回答,首先是在敌人疯狂的进攻与无耻的阴谋面前,我国更坚定地表示了坚持抗战的决心与胜利的信念,统一战线与国共两党底合作,不仅不因敌寇汉奸底挑拨破坏而有所动摇,相反地则更表现进一步的巩固与团结。十七个月的残酷的战争,锻炼了我们自己底力量,使我们无论在军事上,政治上和文化上都有了新的进步,而且这些将随着战争底发展与延长由于我全民族底努力而不断地取得更多的进步。同时在国际方面;则敌寇日趋孤立,而我却逐渐获得更广大的援助,这就是我们能够和必然战胜敌人的原因。

抗战以来各国政府与人民对我国的同情与援助底不断增强都已经证明了这点。而最近中美信用借款底成立,美建设营业公司以某银行二千五百万美金借与我国从事建设事业,以及中英信用贷款协议在原则上底成立,英愿以一千万金磅贷与我国等事实,都已证明了英美对我国之援助日趋积极。据伦敦二十日路透电谓:"英对华信用担保,并非仅此数而已……日后如一旦有所必需,中国仍可获得财政上援助。"这无疑地对日寇在我国的侵略行动是一个严重的打击,因此日寇政府对英美借款援助我国极端表示不满,最近在日寇汉奸报纸上则咬牙切齿痛斥英美,对英美援华的举动异常愤恨;而日寇外相有田则更以"此项借款虽以贸易性出之,但结果实为战事延长,同时使□三国之侨民,在华愈不便利"等语威胁英美,但如上海十九日字林西报评论中所说"日本不满此事,或有采取报复手段之可能,但报复事变方惧可为,如日本真采报复手段,英美两国力量较日本更大,当可对日本作更有效之报复"。

日寇之所以对英美借款援助我国举动的激烈反对,显然是由于日寇人力,物力,财力底日渐枯竭而惧怕战争延长的缘故,因为日寇估计到目前他本身的力量是难以应付和支持长期战争的,而英美对中国的借款,正是对我国底持久抗战有利对敌寇的侵略冒险战争不利的,特别是在战争延长到将近一年半而我国抗战将近走入第二阶段敌人将无力进行战略进攻的今天，使日寇更感到了自身底不安与恐慌，因而对英美给我国的援助则更感觉到极大的焦虑和畏惧，不得不起来反对，然而这种无耻的狂喊，除了日本法西斯强盗底同盟者德意法西斯盟友及国际法西斯底刽子手托洛斯基匪徒外，是不会得到任何底政府与人民底同情和怜惜的。

英美对我国的经济援助，在目前可以说是国际反对侵略的和平阵线的民主国家携手共同打击侵略者的进一步的表现，同时也是英美对远东问题进一步的认识与对我国准备实行积极援助的具体表现。无疑地，这种国际底援助将继续不断地增强和扩大。目前我国抗战正处在由抗战的第一阶段过渡到敌我相持的第二阶段的期间，我们为了争取第二阶段的迅速到来准备我之反攻力量，固然基本上应根据我自力更生的抗战建国方针加紧努力，克服我们底弱点，针对着敌人目前进攻的企图执行战略的运动防御战，以极大的努力进行坚持的战斗，继续大量地消耗敌人而又不为敌人所算，以至逼使敌人停止其战略进攻，把战局过渡到敌我相持的有利形势，以便准备我们最后的战略反攻驱逐日寇出中国，同时从长期抗战与集中力量反日本帝国主义的原则出发，组织一切可能的外援也是不可忽视的。因此我们目前应该力争各反侵略的和平主国家与苏联对我物质援助底增加，并尽力促成各国实行国联制裁日寇的决议。我们要反对放弃争取正当的国际援助和对这种争取工作无持久性的急性病与□热病的现象，无论各国助我之程度如何暂时地没有增加或甚至可能部份地减少，也无论国联决议可能依然是一张空头支票，我们都还是应该继续耐心地努力争取。根据长期抗战的方针，外交方针也应该是有长期性和持久性的，不应着重在眼前的利益，眼光应该放大，为争取未来的外援而争斗，只有这样才能取得更多和更大的国际援助。同时为了争取国际援助的迅速增强，更应该广泛地动员与组织国民外交，我们相信我们底努力会获得广大的国际援助的。

（原载一九三八年十二月二十五日《抗敌报》第一版社论）

《抗敌报》

一九三九

YI JIU SAN JIU

一九三九

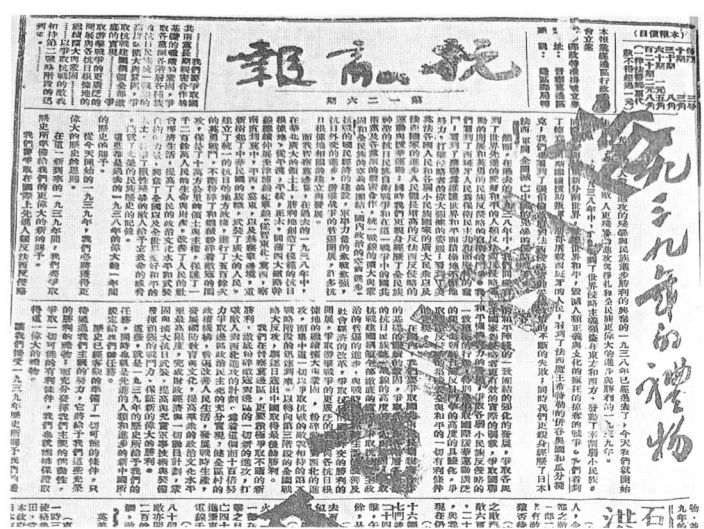

一九三九年的礼物

充□敌人杀□进攻的残暴与民族进步胜利的兴奋的一九三八年已经过去了,今天我们就开始走进□□,□□□敌人更残暴的进攻与挣扎和全民族更伟大的进步与胜利的一九三九年。

一九三八年中,□□□到了世界侵略主义强盗在东方和西方,发动了宰割弱小民族,同时要□□□重新分割世界,破坏世界和平,毁灭人类正义与文化的疯狂的掠夺的战争。我们看到了德意法西斯继续援助叛军□□哥屠杀西班牙的人民;看到了法西魔王希特勒的并吞奥国和瓜分捷克;我们也看到了张伯伦政府对法西侵略者的妥协政府的不断的失败;同时我们更亲身经历了日本法西,军阀企图灭亡中国的凶暴的侵略战争。

然而，在过去的一九三八年中，我们同样看到了世界先进的爱好和平的人类反法西反侵略运动的开展和英勇的民族反侵略的自卫的斗争。我们看到了西班牙人民为保卫民主共和而坚持的奋斗；看到了苏联为维护世界和平而积极地不懈地努力，打击侵略者的伟大强健的姿态；看到了美英法各国人民和各弱小民族国家的广大民众以及法西国家的进步人民继长增高的反法西反侵略的运动与援华运动；同时我们更亲身经历了全民族神圣的抗日民族自卫战争和在这一战争中的国共两党及各党派的亲密合作，统一战线的扩大与巩固和全民族的空前的团结，国内政治的空前进步，抗战的国民经济的建设，军事力量的愈战愈强，抗日外交的进步，游击战争的普遍开展，许多抗日根据地相继的建立与发展。

而我晋察冀边区，在过去的一九三八年中，在华北广大的领土上，胜利地创造了模范的抗日根据地，从平汉，平绥，正太，同蒲四大铁路干线继续伸展至津浦线北宁线，从晋东北，冀西，察南直到冀中，平西，冀东，以及热察宁边境，重新树起了中华民国的旗帜，武装了广大的人民，建立了统一的抗日的地方政权，朝廷了五百余次的英勇战斗，不断粉碎了和继续粉碎着敌寇的围攻，保持了十万方公里的领土与主权，保护了一千二百余万人民的生命与财产，改善了人民的社会经济生活，提高了人民的政治文化水平和武装自卫的力量，兴奋了全国以及全世界爱好和平的人士，打击了兽性残暴的敌人给予它致命的威胁。造就了光荣的民族历史的记录。

这些都是过去的一九三八年的伟大的一年间的历史的赐予。

从今天开始的一九三九年，我们必将获得更伟大的历史的恩赐。

在这一新到来的一九三九年间，我们要争取历史所准备给我们的更伟大的新的赐予。

我们要争取在国际上先进人类反法西反侵略的和平阵线的一致团结的强化的发展，争取各民主国家对侵略者更有效的实际的制裁，争取国联和平机构尽力的发扬，争取各弱小民族反侵略的一致积极的行动，特别是争取国际援华运动广泛的深入□朝鲜台湾反日斗争的高度的具体化，争取国际反侵略的集体安全与和平的一切有利条件的出现。

在国内，我们要争取国共两党长期亲密合作的基础的继续的巩固，争取□□的抗日民族统一战线的高度的□□与巩固，争取抗战建国纲领全部彻底的实现，争取抗日民主政治的普遍的进步，与战时□□经济生活的改善及社会经济的改革，争取抗战的□□交的胜利的开展，争取游击战争的更广泛的□□与各抗日根据地的继续扩大与巩固，粉碎敌寇对西北的进攻，而集中这一切以争取抗战的敌我相持的第二战略阶段的迅速到来。以转向第三阶段的全国战略大反攻，驱逐日寇出中国取得最后的胜利。

我们在晋察冀边区，更要积极争取不断的新胜利，彻底粉碎敌寇对边区的一切新的进攻，打破敌人对西北进攻的计划。为着这个而十百倍努力争取边区政治民主化的充分实现，健全区村的政权机构，普遍改善人民生活，发展战时生产，发展国防教育与文化，提高群众的政治文化水平至最高限度，完成财政经济与一切动员计划，巩固与扩大抗日武装，提高与充实军事技术与装备发挥顽强的战斗力，保证新的伟大的胜利。

这些，就是一九三九年的历史所给予我们的任务，同时也就是先进的人类和进步的新中国所规定给我们的任务。

历史已经客观的准备了一切可能的条件，只待通过我们主观的努力，它将给予我们这些光荣的胜利的礼物；而充分发挥我们主观的能动性，争取一切可能的有利条件，我们也就能够保证取得这一伟大的礼物。

让我们接受一九三九年历史所赐予我们的礼物，并以一切努力去争取它作为我们迎接一九三九年的礼物！

（原载一九三九年一月一日《抗敌报》第一版社论）

对于敌近卫内阁总辞职应有的认识

在我国长期持久抗战从第一阶段转向第二阶段的过渡时期，我国内团结愈加巩固，抗战力量愈加坚强，英美对我借款，国际形势对我愈趋有利的时候，日本国内发生了近卫内阁总辞职的政变，这一政变的发生，固然一方面表示了敌人内部劫难的加深，而另一方面却又表示了敌人还要进行最后的挣扎，因此，我们更要继续加紧抗战工作，以加速敌人的死亡，争取我们的最后胜利。

据路透社及合众社三四两日的东京电讯，我们可以知道，敌近卫内阁的总辞职，完全是日本法西斯军阀对华冒险的侵略战争陷入困境的必然结果。

近卫文磨本来是以贵族出身，跟元老派和少壮派都有勾结，自他上台以来，外表以议会政治为招牌，骨子里，依然是忠实地仰军部的鼻息，而谋实现军部的法西政策。但是由于近卫在内政外交上的具体措施的步骤，还不能适合军阀的要求，而亦为"国民同盟"等极右派所不满，因为极右派体军部的意旨，标榜强化法西斯政治，主张彻底的"国防外交一元化"，近卫事实上无法从此苦境中打开一条血路，因此，其内部政治上的纠纷，必将因时局的演进与战争之延长而益趋猛烈。

特别是目前由于我国坚持抗战，敌人无法结束战争陷入长期战争的苦境中，各方面的困难，日益严重。而极右派份子，以内相末次为代表，遵奉军阀的意旨，却要立即彻底实行法西斯的所谓"全国总动员计划"，要实行"统一政党及其他独裁之办法"，要解散阻碍计划实施之国会，要实现所谓"全能政府"，这一举措，首先要使近卫内阁的六十万万元的新预算案无法通过，这当然会使近卫感到"事不可为"的悲观，同时，日本由于对华侵略战争的暴行的结果，致国际关系日趋恶劣孤立，新的对华战费超过旧预算二万万五千万元，对华战争无力推进，而在其占领区域，由于我国广泛游击战争发展的结果，资源无法开辟，而又无法在国际上获得信用借款，经济来源枯竭，这各方面的原因，都逼迫近卫内阁不得不走向失败而提出总辞职。

这一辞总职完全暴露了日本内在的不可挽救的危机，而这一危机，只有日益加深，最后将给予日寇以致命的创伤。在这里，越是敌人的弱点暴露，劫难加深，就越证明我国抗战的最后胜利日益接近，愈有把握。

但是，在另一方面，我们也绝不要忽略了。近卫内阁的总辞职所表现的敌人对华侵略战争的最后挣扎性。很明显的，近卫内阁的总辞职，是证明了日本法西斯军阀要进一涉实现其法西独裁的"□元化"的"全能政府"的计划，以便继续其对华的长期侵略战争。近卫内阁在今天已经不适合于做日本法西军阀的工具了，日本法西军阀在今天需要另换一个在它的统一权力下的"强力内阁"，以应付对华侵略战争的新阶段与新环境。这一点，近卫也完全招认了。所以他说："现对华战事已入新阶段……但为应付新环境起见，应有新的方法增进人民思想，余深信有此必要，故提出总辞职，俾新内阁□应付此新环境。"因此，我们可以断定继近卫内阁而建立的新内阁必然是更加强化的法西斯化的内阁，它将进一步地代表法西军阀的意旨继续其对华长期冒险的侵略战争，这也恰如近卫的声明所说："内阁之辞职，并不影响日本对华之作战政策，……应以全力促成'东亚新秩序'之建设。"换句话说，不管新内阁是谁，日本还是要继续挣扎下去，到它最后灭亡的一天为止。

当然，在这继续最后挣扎的过程中，日本广大的人民，将忍受更重负担，将遭到更悲惨的被剥削，被驱使当炮灰的命运，而他们也就将更积极地起来，朝廷反侵略反法西的革命斗争。

但是我们广大的中国人民，在这个时候，却不容丝毫忽略与放松自身的抗战工作，而期待敌人内部的崩溃，恰恰相反，我们却更要千百倍加紧努力更紧张地进行各方面工作，坚持抗战，抓住一切有利的条件，抓住敌人的一切弱点，坚决的打击敌人，消灭敌人，争取最后的胜利。我们必须严厉打击一切动摇妥协的化身，洗刷动摇妥协的亲日份子，同时预防一切幸灾乐祸，放松主观工作的各种倾向，巩固全国的团结，充实军事，政治，经济的一切力量，争取抗战第二阶段的迅速到来，而最后战胜日本帝国主义。

（原载一九三九年一月八日《抗敌报》第一版社论）

美国修改中立法及其影响

随着中日战争底延长,我国内部底团结更加紧密,个别投降妥协叛变祖国出卖民族利益的份子被刷洗出去,使持久抗战底阵地,更加巩固;战斗底步伐,更加统一。而在日本方面,长期战争的结果,造成了内部矛盾的尖锐和基本困难底增加,致使近卫内阁不得不宣告总辞职而由平沼镇一部出来支持难局。

在国际方面,由于中日战争形势底发展而引起的新的变化,亦更加有利于我国的抗战。这里主要应该指出的是英美对日态度的转向强硬与对我援助的日趋积极的具体表现。

不久以前,我们得到了英美对我借款的消息,这消息曾经引起了日本法西斯政府底极大嫉恨，但是这并不能影响英美援华态度的转变，相反地，这些和平民主国家底援华态度，却更加积极起来。

根据华盛顿五日哈瓦斯电，美总统罗斯福主张对西班牙共和政府撤消军火禁令，并修正中立法，一方不得以军火运往日本，一方面则可运往中国。罗斯福总统底这一外交政策，已在美国获得了舆论界与一般人士底拥护和支持，这确是值得我们注意的。

美总统对于修改中立法的提议，无疑地，是美政府对于处理国际问题态度的一个新的转变。本来在今天国际法西斯侵略阵线疯狂地进行着掠夺战争而威胁着整个世界的和平体系的时候，仅仅以消极的中立法作为处理当前国际严重纠纷的外交指导方针是不够的了。要想真正维护世界和平制度，不从基本上采取有效的办法而将侵略者与被侵略者当作同等地位看待的中立法案，企图从国际底链锁关系中孤立起来不在任何国际底战争纠纷中染指的态度，显然是不可能的，在客观上这种消极的态度必然会有利于侵略者和助长了侵略者的罪恶行为；同时由于国际集体安全底破坏，自身底安全亦将无法保证。美总统罗斯福看到了这种国际和平体系的整体性与不可分离性，因而感到有修改中立法案打击侵略者而谋维护国际和平制度和集体安全的必要。这种外交方针底改变。对于巩固世界和平打击侵略者特别是对于打击日本法西斯强盗在远东的军事冒险行动上说，是一个不可忽视的力量。我们应该热烈赞助美总统罗斯福底这种正确外交政策，这一政策底转变，在国际上是有着重要意义的，它将唤起全世界广大爱好和平的人士与国家底注意而团结更多的力量到和平阵线里来。

首先由于美国态度底转向积极，使英首相张伯伦氏感到了"深刻印象"。据五日伦敦哈瓦斯电，一般人就首相发表之书面谈话，认为"首相业已决定以较坚强态度对付各独裁国"。又消息灵通人士谓"英国对于日意德三国态度均当趋于强硬，对日，英国政府似当静待美国对于中立法修正问题有所决定后，始乃与之接洽。□在经济上联合，以压力加诸日本，英国方面提出主张谓：惟有着手反攻，始能维护英国利益者，已大有其人。"这些事实，都已证明了国际反侵略力量底日益加强与侵略者底日趋孤立。而英美态度底转向强硬，对于打击日本法西斯强盗对我国的侵略战争，更具有直接重要的意义。同样美国已经准备从二月一日开始举行的大规模的春季舰队操演是更值得我们细心玩味其意义的。

以上这些具体事实底表现都证明了目前国际关系底对我愈趋有利，和敌人愈趋孤立的形势，同时也就是进一步地证明了我国抗战必然胜利这一事实。我们应该正确地配合这一国际底有利条件，继续不断地争取新的外援并坚持持久抗战方针，与日本帝国主义进行英勇残酷的斗争，迅速争取敌我相持阶段底到来，准备最后胜利的反攻，彻底为粉碎日本法西强盗底侵略冒险战争与创造独立自由幸福的三民主义共和国而斗争到底！

（原载一九三九年一月十日《抗敌报》第一版社论）

纪念边区政府成立一周年

晋察冀边区政府从去年一月十日在阜平召开军政民代表大会中正式成立以来,到现在整整是一周年了。在这一年中,边区政府在□□□□战区司令长官领导之下,在敌人封锁围攻的艰苦环境中,全边区人民热烈拥护中,英勇奋斗不断地粉碎了和粉碎着敌伪政权,在敌后规复并保持了中华民国主权,成为我中央政府领导下闻名中外的模范抗日的地方政权,使敌后的三十万方里的土地仍为中华民国版图之一部,一千二百万的人民仍不为敌人之奴隶牛马,在此边区政府成立一周年的今天,我们愿以十二万分的热诚表示无限的庆祝之意。

边区政府成立一年来,首先,值得我们大书特书的是它保证了中央政府的一切法令在晋察冀边区这一广大的地域内完全的执行，同时更昭示了国际上一切人士说在敌人疯狂向我腹地进攻之际在敌人的后方还有这样一个坚强巩固在中央政府领导下的政权的存在，这一地区的主权是中国的主权，这一地区的领土是中国的领土，这一地区的广大人民是中华黄帝的子孙，这些事实粉碎了一切敌人在国际上的欺骗宣传，击破了敌人"以华制华"的毒计。

第二，由于边区政府的成立，所有的边区的人民在抗日的旗帜下获得了初步的民主的自由权利，这一点造成了边区一年来一切胜利的收获之基本条件，一切群众团体在边区政府的领导与协助之下，日臻发展与健全，刷新了政治机构，建立了行政上的廉洁的作风，总之边区政府一年来的努力在政治上已经建立了三民主义的新地方政治的初步基础。

第三，由于边区政府的成立后一年间的努力，初步改善了边区人民的生活，巩固了边区战时的财政经济。在敌人封锁的困难环境下，边区建立了战时的财政金融政策，完成了巨额的救国公债打下了边区的财政基础，发行了边区钞币，充裕了边区货币的流通，粉碎了伪钞的破坏作用，在贸易上禁绝一切不必要之敌货输入，促进土货输出，平衡物价，在农业方面为了改良农业生产废除苛杂，减租减息，成立农民合作社，举办低利农民借款，发动春耕及秋收运动，以增加农业生产，所有这些政策的实行，对于改善民生巩固边区经济，都尽了积极的作用。

第四，随着边区的不断扩大与巩固，民众教育及文化水平日渐提高，恢复并建立了若干学校及训练班，提倡并扶助群众教育的工作，无疑的，一年来边区人民的文化水平是相当的提高了，正由于边区人民文化水平之提高，所以他们在保卫边区的每一斗争中，发挥了很大积极性，而且这一种积极性，还在继续发挥着。

边区政权的巩固与发展是由于边区广大人民的热烈拥护与支持，尤其不可否认的，是由于军区的扩大以及无数次的军事上的胜利。在边区政府成立一周年的今天,我们全边区的同胞要更热烈的拥护与支持我们的边区政府;同时,为了更进一步的扩大与巩固边区,彻底粉碎敌人的围攻,保卫大西北,保卫华北。

我们还要推进边区的民主运动,首先普遍实行村区民选,巩固边区政权的基础——区村政府,同时要根据中央政府的法令正式建立各级民意机关。

其次,要更彻底的严格执行反贪污的斗争,肃清各级政权中少数的贪污腐化违犯抗战法令份子,保证各级行政人员普遍的奉公守法的作风。惟有如此,政治机构才能巩固与健全。

以上的几点,我们认为是巩固边区政治机构,推进抗日民主政治的基本条件,为了达到保卫边区粉碎敌人围攻这一任务,在边区政府成立一周年的今天,全边区的人民,更要以十百倍的努力以实现上述的要求。

最后,在庆祝边区政府成立的一周年,我们谨问一年来艰苦奋斗的边区政府各级工作同志臻以民族解放的最敬礼!

(原载一九三九年一月十六日《抗敌报》第一版社论)

争取相持阶段迅速到来

在进行了十八个月的抗日民族自卫战争中,我们曾经不断地打击了敌人和消耗了敌人,使敌人在长期的战争中继续不断地增加着困难。首先是敌人底冒险深入的进攻与战线底延长,招致了兵力不足与兵力分散的困难;特别是在敌人进攻武汉的战斗中,更使敌人付出了大量的消耗,致使敌人在占领武汉之后,兵力不足与兵力分散的弱点更加暴露了。

目前敌人正在开始朝廷进攻西北与夺取华南诸要市的最后冒险战争,无疑地,这个进攻,敌人兵力不足与兵力分散的弱点,将使日寇更遭遇到许多新的困难。敌人在进攻武汉当中,已经进一步地竭尽了他的力量,新的进攻在遭受到不断的严重打击与消耗之后，将使敌人底力量作更进一步的损伤以致力量衰颓达到进攻阶段底顶点，而最后不得不被逼停止与结束其战略进攻，转入保守其占领地的敌我相持的第二阶段。

事实证明敌人底力量在战争底不断消耗中将日渐减退而无法延长其战略进攻。就目前敌人内外的矛盾与弱点看来，敌人进攻的力量已接近顶点，敌我相持阶段不久将会到来。敌人目前的弱点，不仅是在中国战场上的兵力不足与兵力分散的困难增加，而且国内政府与人民底对立，前线长官与士兵底对立也都在不断地增长着。最近日首相近卫文磨底辞职与平沼新首相底悲观论调所表现的因财政经济底严重困难和国际关系底恶化与不利而对其战争前途的失望等现象，都显著地证明了这点。而日英日美间矛盾底强化与英美采取共同行动以压力加诸日本这一形势底发展，同样使日本侵略者感到极大威胁。

不过不应该否认，虽然目前敌存在着和发展着这许多弱点，但是在基本上和整个敌我力量底对比上说，敌强我弱敌优我劣的形势今天还未完全转变，敌人还有相当的余力足以继续一个短时期的进攻。暂时敌人还不会完全停止与结束其战略进攻。要使敌优我劣的形势基本转变而最后地战胜敌人，这只有在长期的相持阶段中靠我全民族底努力争取并配合国际的有利条件才能达到。目前我们正处在由第一阶段走向第二阶段的过渡时期，因此我们当前的主要任务在于争取敌我相持阶段底迅速到家。

今天敌人在战场上的兵力不足与兵力分散的弱点，在我正面主力军底顽抗防御与敌后庞大领土内我广泛开展着的游击战争底威胁下面，将给与敌人以极大的困难。我们应该抓住敌人底这些弱点，更多更大量地消耗敌人，使敌人底兵力更加分散，以便迅速结束第一阶段使战争形势胜利地转入敌我平衡相持的新阶段。

为要达到上述的要求，除了一般地有计划地部署各个战略地区的作战，部署敌后方广大地区内的游击战争与努力争取国际有利条件以外，在我晋察冀边区，则应该动员与组织一切力量，彻底粉碎敌对边区及冀中等地的进攻，配合正面主力作战，特别是要在保卫大西北的中心口号之下，给敌人以无情的打击，阻止敌人的进攻西北的疯狂行动，消耗敌人底力量以至停止敌人底战略进攻。只有充分把握这些有利条件进行主观的努力，才能迅速转变敌我力量之对比而促使相持阶段早日到来，希望等待战争自然发展和胜利自然到来的等待主义和机会主义的观点是不正确的。

（原载一九三九年一月十八日《抗敌报》第一版社论）

争取伪军与宽待伪军家属

敌人占领了武汉广州之后，它的兵力不足与兵力分散更加明显的暴露了。由于我国坚持持久抗战的结果，粉碎了敌人"速战速决"的迷梦，逼使敌人不得不陷于苦战的泥沼中而疯狂地乱闯。在进攻晋察冀边区与冀中区的冒险行动中，继续被我逐渐地粉碎着。同时，在企图由晋西渡河扰乱陕甘宁边区的进攻中，初次被我击溃之后，无疑地使我们可以认识这是敌人的余威表现。

不过，我们也得承认敌人毕竟还有一点余威，并且我们还要估计到它的这一点余威还相当的大，因此，还有充分的可能继续进攻我国各抗日根据地，特别是继续进攻我晋察冀边区。并且因为它的兵力不足，必定会而且早已经在朝廷着组织伪军，欺骗和强逼他们和祖国的同胞作战，我们早已针对着敌人的毒计，曾经作了不少争取伪军的工作，而且有许多深明大义的伪军皇协军已经杀敌归来了。

然而，有许多不明事理或抱有成见的人们，他们对于反正过来的伪军仍然有些不了解与隔膜的。有些对于伪军家属也采取不理甚或歧视的态度。这显然是错误的。敌人占领下的沦陷区如铁路沿线各县城，它强逼每村每月派出一个壮丁去当伪军，并且更利用汉奸威吓利诱，使善良而不愿投敌的村民和老百姓，在征求雇佣的名义下，强迫群众按月出钱，作为给被逼掳去当伪军的家属的安家费，而从中剥削群众。我们对于这些被敌人暴力逼迫驱使的伪军同胞及其家属，站在民族的友爱上，不但同情他们，并且应该积极的为他们——伪军家属设法解决一切生活上的困难，这样也就更能够使在敌人压迫下的失掉自由的伪军同胞了解祖国同胞的真正友爱，认识清楚真正的敌人，而回到我们的抗日阵线中来。所以，在目前我们晋察冀边区，提出宽待伪军家属的问题，对于巩固和扩大的部队工作上是有着不可忽视的意义的。因此，我们各分区、县、区、村的各级工作人员，应该摧动，把这工作深入敌区，使我们被敌人欺骗压迫的伪军同胞掉转枪头，回到祖国的怀抱之中，和我们共同进行神圣的抗日民族自卫战争。为了完成这一任务，我们必须执行下列几种工作：

第一，明确调查伪军家属状况，造具清册备列查考。

第二，具体规定各种宽待办法，通知各级政府群众团体及各地驻军共同施行。

我们应该努力执行这一项工作，争取被逼当伪军的同胞使他们知道和认识敌人的残暴无耻的侵略行为和灭亡中国的野心以及"以华制华"的毒计，而早日归正，加紧瓦解敌军工作，使敌人弱点与困难迅速增加。同时抓紧巩固扩大自己武装部队工作，加强自己抗战力量，更积极地给敌人以无情的打击，停止敌人进攻，准备和动员一切力量，争取更大更多的胜利，给敌人以更大量的消耗,以便迅速转变敌我力量之对比,准备我们胜利的全国总反攻而最后驱逐日寇出中国。

(原载一九三九年一月二十二日《抗敌报》第一版社论)

关于建立地方参议会的意见

在敌人内部底矛盾日益尖锐和政治机构日益动摇崩溃的形势下，我国在空前伟大的抗日民族自卫战争中却不断地获得了许多新的进步。这些进步，不但表现在经济方面，军事方面和文化事业等方面底建设与发展上，而且更主要的是表现在政治机构方面底不断革新等事实。所有这些，无疑地，都证明了我国抗战能够取得最后胜利这一估计底正确。

虽然敌人在以各种无耻的卑劣手段进行着挑拨离间，造谣中伤，分化我国抗战力量，破坏我国家的统一与全民族底团结的勾当，然而我国坚持抗战的决心，并不因敌人底破坏而有丝毫动摇，相反地，在我抗战建国的基本国策与我全国最高领袖□□□底正确的领导之下，全民族底团结却更加巩固，政治方面底建设更加完善进步。

首先，为了进一步地推动民主运动与建立民主政治以动员广大群众参加到抗战阵线中来，在去年七月正式召开了包含全国各界代表的国民参政会，当时，□□□□曾经指出参政会应"为国家建立一个永久的真正的民主政治的基础"，同时参政会并决定了建立地方民意机关。这种代表全国民意的国民参政会底建立与参政会关于建立地方民意机关的决定，不是没有根据的，这实在是全国广大人民大众底要求。因此在参政会提出"拟设省市县参议会推进行政完成自治"的决议后，我国防最高会议即根据这一决议制定了"省临时参议会条例"及"市临时参议会组织条例"，两送国府，而我国府终于在去年九月二十六日正式明令公布，其后复规定该两条例于去年十一月一日起施行。此外行政院并决议各省市临时参议会，限本年一月一日成立。

陕甘宁边区就遵照我国民政府底这一规定，在敌人集中力量进攻西北的形势下，于本年一月十七日在延安正式将筹备已久的陕甘宁边区参议会开幕了。这一会议底召集，曾得到了全陕甘宁边区近百万民众底热烈拥护与赞助。这无疑地是表示了陕甘宁边区广大民众对于政治生活的无限关怀与对抗战建国事业的巨大热忱和积极性，我们相信在陕甘宁边区参议会的推动下，将使陕甘宁边区进一步完成地方民主政治底建设，而团结和动员更广大的群众到抗日阵线中来充分发挥不可战胜的群众力量。

根据这些事实，我们可以知道中国民主政治在抗战中已有了进一步的开展，显然这种底建立，对于我国今天的坚持抗战与全国的统一团结，将有很大的帮助，它将更进一步地巩固和密切我政府与人民间的关系，因此我们认为这种省市县参议会在目前实有普遍迅速召集的必要。因为在抗战将近进入第二阶段的今天，我们预料到新的更多的困难将等待着我们进行更残酷的斗争。目前的抗战形势，已经真正发展到普遍全国进行战争的全面战的阶段,在不断地生长着新的困难面前,需要我们以伟大的努力动员全国更大量的人力,物力,财力才能克服,需要我们更加倍地巩固团结才能战胜。但是现在我们这些方面的动员工作和组织工作,还远不足应付当前抗战底需要;由于民主运动开展的不深入与不彻底,致使抗战政治动员工作未能顺利进行;民主政治的基础,还未能很好地普遍地建立起来;而各方面的关系,还未能达到应有的统一与团结,以致给与敌人以及一切亲日份子以挑拨离间和平妥协的活动机会。所以为了克服这些弱点与困难而猛烈开展各种动员组织工作,迅速建立地方参议会,实为当前最迫切主要任务。

晋察冀边区成立一年多来,经过军政民各方面底努力,不可否认地在政治方面曾经获得了不少的成绩,在敌人占领的广大地区内恢复了和建立了在我国民政府直接领导下的抗日民主政权,博得了广大边区民众的热烈拥护;而且已经初步地奠定了民主政治的基础,边区民众一般地得到了言论,集会,结社以及出版底自由与合法的保障,同时也相当地获得了合法的政治权利。但是,无容掩饰,边区民主政治底基础还很薄弱,它还不足以满足战争形势以及广大边区民众的要求。特别是边区人民的参政活动,还是边区民主政治生活中表现得相当薄弱的一环,虽然边区人民在法律上被承认而且也取得了他们的政治上的合法权利,然而在实际上还不能够充分地使他们发挥民主的精神,从而也就没有能够充分发挥抗战的积极性和自动性。在许多地方,尤其是落后的偏僻村庄,许多民众还不懂民主和不敢民主,因而某些区村政权还不能真正成为最高度适合于抗日要求与高度适合民众利益的行政组织。至于代表民意的机关到今天为止说未普遍建立,而已经建立的半民意机关(如边政会议县政会议等),仍尚未充分发挥其应有的力量。这些弱点底存在,对于今天抗战工作不能不说是一个大的损失。

因此为了充分给与人民以民主自由的权利,经过民主,发扬全边区人民积极参加抗战建国事业,我们希望边区能够依据我中央政府之规定与颁布之"省临时参议会条例"与"市临时参议会组织条例"迅速建立与中央统一之边区参议会，使边区各抗日党派，各民众团体及各界有威望人士参加并给与他们以合法权利以便使全边区上下团结与统一得以进一步地加强和巩固。只有这样才能推动民众和大量发动民众参加抗战，克服抗战过程中的许多新的困难，有力地奠定建国的基础。抗战与建国不可分离。中央政府认为抗战中要同时实行建国，才能战胜敌人，这完全是正确的。因此我们为要动员团结更多力量参加抗战，争取最后胜利，和"为国家建立一个永久的真正的民主政治的基础"，我们应该迅速建立边区参议会，更有效地集合全边区广大人民的力量完成抗战建国的大业。

（原载一九三九年一月二十六日《抗敌报》第一版社论）

纪念"一·二八"七周年

"一·二八"的淞沪抗战,到现在七周年了。

七年前的今天,敌人在上海进行了大规模的进攻,我英勇的十九路军及全上海满怀爱国热忱的广大民众,在局部抗战的情况下面,和敌人作了残酷的不屈的战斗。十九路军以他大无畏的果敢牺牲精神,配合了工人,学生,店员,商人……等的广泛动员,艰苦奋斗,给了进攻的日本法西斯军阀以严重的打击。我十九路军以少数的武装,和敌人海,陆,空,配合的部队,苦战达一个多月之久。这次抗战,向全世界人士昭示了中华民族的伟大力量,这次抗战,开始普遍的坚定了我民族的自信心,英勇的十九路军及上海的广大爱国民众,代表了全中国四万万五千万不愿做奴隶的人们，在全世界爱护和平与正义的人士面前，燃起了抗战的第一把火炬。

目前，全面抗战已将近十九个月，抗战形势，处在第一阶段走向第二阶段的过渡时期的时候，我们来回忆七年前松沪的血战，我们应该怎样的以事实和行动来纪念它呢？

第一，在总的抗战方针下：我们要巩固全民族的亲密团结与统一，高度发扬民族的自尊心与自信心，坚决抗战到底，克服悲观失望的情绪，反对一切妥协投降的烂调，粉碎敌伪汉奸的欺骗宣传，阴谋诡计，挑拨离间的分裂企图，竭诚的拥护□□□□，拥护□□政府，拥护国共两党及一切抗日党派的亲密合作，巩固扩大抗日民族统一战线，团结全边区中的少数民族，亲密地在抗日的路上，携手并进，严格铲除汉奸敌探活动，以巩固抗战的前线和后方。

第二，在军事上，我们要普遍提高和发扬抗日部队誓死抗战的英勇精神，普遍提高我各军的战斗力，推行征兵运动，扩大现有军队，创造新的军队，改进军队的技术装备和训练，更广泛的开展敌后游击战争，彻底粉碎在各个战线上向我晋察冀军区进攻的敌人，争取更多的新的胜利，巩固扩大我们的根据地，为保卫军区而战，为坚持华北抗战而战，为配合主力军作战而战，为直接保卫大西北而战，为在整个战略上停止敌之进攻而战。

第三，在政治上，彻底的实现边区的民主政治，更加改进政治机构，更加密切政府与人民的紧密联系，以发挥抗日政权的最大效能，坚决执行边区的财政经济政策，克服一切经济上的困难，实行国防教育政策，广泛推动社会教育，使教育能为民族自卫战争服务。同时，督促边区各地普遍的彻底的实行减租减息运动，适当的改善人民生活，以激发人民对抗战的和生产的热忱，并扩大民众运动发展群众团体，使民众运动能深入到每个偏僻小村庄的角落，以帮助政府动员更广大的民众，积极参加抗日战争，同时发动全边区的士绅，人民，教育界，响应□□□□最近的号召，广泛发展乡村的生产建设，以应抗战需要。

在纪念"一·二八"七周年纪念的今日，我们应该以这样的行动来纪念这鲜血写下的中华民族抗战史上伟大的日子，我们必需，应该，这样努力的做，也只有努力的完成这些任务，才能对得起"一·二八"死难的先烈，和继"一·二八"之后，为民族抗战而流血牺牲的无数英烈而争取中华民族抗战的最后胜利！

（原载一九三九年一月二十八日《抗敌报》第一版社论）

加紧宣传与推动村级普选运动

为了配合我们政府在二月底完成村级普选，全边区的群众团体，号召各级团体，把推行普选运动，作为二月份中心工作之一，这无疑是正确的，而且是应该加紧进行的，边区在胜利的战斗的一年来，村政权的开始走向健全；已成为巩固边区的堡垒；而村政权的积极作用，也就成为保证边区的一切政令，在村级政权机构的彻底施行。同时在配合战斗的任务上，也发挥了动员，组织和武装民众的领导作用。

然而由于在经济相当落后的基础上，边区一般群众的文化水平比较低落和保守，甚或有错误的观念的存在。使一年来的村政有某些缺陷和未能发挥它的政权效能，这样便做成政权机构的充实与改造，远远落后于抗战的需要，这是我们不可否认的。

所以在正当一年工作总结之后，政府提出村级普选的意义，就是要更进一步地改造村政机构，使它更能成为抗日民族统一战线的民主政权的基础机构，更能担负起战斗行动的任务，然而这样新选的村级政权机构，无论如何不应该让它停留在过去的阶段，更不能让一个施行政府政令的政权机构，依然在战斗中表现得相当的萎弱，甚至失了成为政权的关节效能；更不能让它残留着旧的官僚气味，以及贪污腐化的现象；以致可能地阻碍了和延宕了紧急时期的政治动员。

为了充实村级政权机构，改选村长的普选运动，便应该是一个广泛的深入的群众运动，首先我们要有很好的周详的准备，根据政府颁布的选举法，各级群众团体要召开会议，讨论具体办法，制定宣传大纲和总行办法，积极进行普选宣传运动，号召一切有选民资格的人，举行竞选演讲，并应请求上级政府，派人指导，解释选举的意义和重要性；严格预防任何贿选的违法行为，这样才能使全边区群众了解村级政权机构是他们自己的政权，而踊跃地参加这普选运动。

我们应该特别提出的，就是这次普选是为了充裕边区的村级政权机构，所以一切候选人或当选人，是不分党派，不分阶层，不分宗教和信仰，没有教育上性别上年龄上财产上等限制，只要是积极抗日份子，公平正直，廉洁刻苦，能主持村政，不是埋头公文书牍，而是能发扬自动性紧张性积极性的工作作风才能与创造新的工作方式和方法的人，一定受人尊重和拥护的。

为着响应□□□□的号召，我们的区县各上级政府和各级群众团体，应该配合着新的村级政权机构的普选，发动乡中父老士绅教育名流，加紧协助政府推行兵役制度，扩大抗日武装部队，以应抗战急需之兵员补充，同时积极开发地方经济，增加农村生产，充实长期抗战的资源供给，集中一切力量，发展游击战争，巩固边区这一抗日根据地，坚持持久抗战，停止敌人进攻，达到驱逐日本帝国主义出中国。

（原载一九三九年一月三十日《抗敌报》第一版社论）

敌人对晋南的进攻

自从敌人于去年十二月下旬以一一八师团之一部进扰晋西,未及匝月即遭我强烈之抵抗而粉碎其企图后,最近又开始进扰晋南了。据近几天来的电讯,敌人在晋南复大举进攻,调兵遣将,各据点同时增兵,平汉正太的敌人也向东南移动,据敌方宣称:"将调集四五万人到同蒲南段,于二月底肃清中条山,准备渡河。"而且,候马,中条山,解县,芮城等处,现在都已经发生激战了。

敌人对晋南的这一进攻,实际上仍是去年十二月对晋南进扰以及最近对晋西进扰的继续,进攻晋南失败,于是进攻晋西,进攻晋西失败,又复转向晋南,进攻的区域虽然不同,他的企图只有一个,就是要渡黄河,进攻大西北,夺取西安。

中国的抗日战争朝廷了十八个多月的结果，使敌人的力量天天在消耗缩减，直到目前，敌人的兵力不足与分散的弱点愈形暴露，然而在敌我力量的对比上，敌人还是占着优势，因而也还有一些余威，敌正要仗着这一点余威进攻大西北夺取西安。敌人不到把他的力量发挥到顶点是不会死心的，所以，敌人对进攻大西北的野心，不到敌人完全无力时，也是不会消灭的。

此外，在敌人战略的进攻上，进攻大西北也是一个必然的步骤，他不完成这一个步骤，是不会结束进攻的，冒着死命敌人也要望这条路上走，只要有一点余力，就不会放弃这一条路。

山西的敌人要进攻，必先渡黄河，要渡黄河，必先"扫荡"威胁其前进之我□武力以巩固其前进之路，吕梁山，中条山为晋西晋南我军之游击根据地，所以敌人便在这一方面首先开始其所谓"扫荡"的计划。

敌人在晋西南的行动，不过是敌人进攻大西北的一方面的表现，敌人另外还有进攻大西北的一条路线，就是沿平绥经包头临河宁夏，这两个路线的最终会合点是兰州，这是敌人进攻大西北的大包围的战略，我们说，这样的一个进攻，不但可能而且敌人已经和现在正在进行着企图实现这一贪婪的欲念，最近敌军和军火向绥远的积极的输送就是一个不可否认的事实。

在目前敌人积极进攻大西北的情势下，保卫大西北已成为当前的紧急任务。因此，我们要基于目前敌我势力的对比，以及抗战的新的局势，在军事上"针对敌人这种企图执行战略的运动防御战，用最大努力进行持久战斗，再行大量地消灭敌人而又不为敌人所算，使敌之进攻不得不停止，把战局过渡到敌我相持局面。"而我华北人民更应坚持华北游击战争，巩固与扩大华北的抗日根据地，破坏交通阻碍敌人，坚决反对汉奸敌探进行的挑拨行为以及散布的妥协论调，克服悲观丧气，反对妥协空气，巩固团结支持长期抗战以争取大小不断的胜利，使这一过渡阶段迅速完结而达到敌我相持阶段。

（原载一九三九年二月三日《抗敌报》第一版社论）

切实完成村级普选运动

彻底开展民主运动,高度发扬民众参政热情,建立巩固的民主政治基础以充分发挥民众抗战的积极性与自动性是保证抗战最后胜利与完成建国事业的主要条件。一年来边区区村政权,在边区行政委员会底领导之下,由于民众获得了相当的民主自由与村政权底不断革新和逐渐民主化,使民众在过去一年多的抗战中表现了伟大的力量,起了伟大的作用,致使我晋察冀边区在敌人不断的围攻下,逐渐地壮大巩固起来。所有这些,如果没有全边区千百万广大群众热烈的拥护和参加,如果没有边区民主运动初步的开展是不可获得这样的成绩的。

但是目前边区民主运动与民主政治底基础还相当薄弱,

因而也未能更高度地发挥其伟大作用。首先各机关与各团体底领导者和工作人员，还表现了对民主运动与区村政权工作的忽视，对于民主运动底开展与区村政权底民主与健全在巩固边区上所起的决定作用，还未深刻地了解，所以也就不够积极地领导民众过健全的民主生活和帮助区村政权迅速向前进步。在某些地方，区村政权仍未选举积极抗日的份子来担负领导工作，有些地方选了能够负责的村长，但由于不能得到各团体各机关的大量帮助，以致发生许多困难无法应付，影响工作底进展，使村政权不能健全起来。同时由于战时地方动员工作底不便与困难，致使有些地方的人民畏惧担任村长职务，而马虎地选举当地地痞流氓担任。这里充分表现了民众不了解政权工作的重要性与不愿负责的落后观念。由于这种错误观念底存在，及其所造成的不良现象，就必然地造成了民众对于政治生活的冷淡和对于选举运动的不热心，不负责，不认真的敷衍了事的态度。在今天抗战形势将进入新阶段，新的更大的困难横在我们面前的时期，我们决不能允许这种有害现象继续存在下去，为了坚持持久抗战争取抗战最后胜利，我们必须百倍地努力加紧克服这些弱点，才能保证我们战胜一切困难走向胜利的坦途。

因此为要彻底纠正过去在这一工作上存在的许多缺点使今后的区村政权真正健全起来，充分发挥其效能，最高度地适合今天抗战底要求，在这次村长改选期间，我们应该首先有计划有步骤地进行以下几项准备工作：

（一）各机关各群众团体应向其工作人员或会员指出民主底意义及民主对于抗战与民众自身的重要性，彻底纠正对民主运动与政权工作的无视和畏惧当村长的错误思想，使他们了解战时动员工作是村长应该担负的抗日工作中底重要工作之一，应该积极的去担负这个工作，不应逃避，各机关团体工作人员或会员应起模范作用，并动员他们向群众进行广泛深入地宣传解释工作，纠正群众对政治生活的冷淡态度但不正确的观念，使他们了解民主底意义及其重要性；并将民主与抗战以及对于他们本身底利害关系密切地联系起来，特别要利用这次选举运动向民众进行普遍的民主教育，以便在民众中造成一种竞选和参政的热潮，使民众真正能够选举出热心负责坚决抗日的份子来担任村长的职务。

（二）选举前，各村政权机关，群众团体以及全村民众应召开会议，检讨过去一年村政权工作中底优点与缺点，讨论与计划今后村政权底改进方针，并决定村长候选人，同时候选人应将自己对于改进村政权的计划，向全村民众进行广泛的宣传，实行竞选。

（三）各机关与群众团体工作人员及会员应在群众中帮助建立村政权底威信，经常帮助村政权底工作，特别是在战斗动员工作开始时，应积极配合政权机关帮助其完成各种动员工作，此外，政权机关底经常工作，如人民生活之改善，生产之改进，文化教育之推行，放脚禁烟之提倡等，都应尽量与以帮助。

（四）在选举开始前，各村政权机关与各群众团体应召开会议，或召开全村民众大会组织临时的选举委员会根据边区政府去年颁布之村民大会选举法实行选民登记并负责处理关于选举的各项工作。

以上各项工作，应有计划有步骤地进行，以便使民主运动迅速在边区开展起来，使村政权更进一步地走向健全而充分发挥其效能。这些工作必需有充分时间的准备，所以为了能够在这次改选运动中真正完成它底重大任务而获得美满的成绩，我们希望政府特别仔细指导并检查这一选举工作，纠正和克复选举中可能发生的一切弊病，在必要的条件下，无妨将这次改选期限尽可能地向后延长，以便能有充分的准备时间去完成这一工作。

（原载一九三九年二月五日《抗敌报》第一版社论）

对农运工作的几点意见

一年来，在边区的日渐巩固与扩大中，在不断的战斗与几次反围攻的斗争中，边区的广大的农民群众，是起了他伟大的作用，这些成绩的取得，那是由于农会的正确领导的结果。

我们从农会一年来的工作的经验看，我们觉得要展广大农民参加抗日民族自卫战争，一定要在统一战线的总方针下，在"抗战高于一切，一切为着抗战"的原则下，适当的解决农民群众的切身问题，适当的改善农民生活，实现民主运动，如反贪污，反对不合理负担……等，只有把抗战和民生民主的问题密切地联系起来，才能使农民在抗战中发挥其积极性与自动性而在抗战中起着重大的作用，也只有紧握住统一战线，把抗战，改善民生，争取民主适当的配合，不把民生与民主强调得过高，以致于影响抗战，也不放松民生与民主的工作，才能使抗战与农民切身的问题，都能适当的解决，发展。

一年来农会工作的成绩是不可磨灭的，在组织和工作的联系与推动工作上，在很多地方的中心村与模范村的建立上，在提拔干部上，在工作作风和工作方式，以及抓紧中心工作，而使一般工作围绕在中心工作的周围等等问题上，都收了很多的成绩；但在一年来的工作中，不可掩饰的，也有很多的缺点，如像过去有些地方计划工作的不够，不能抓紧中心工作，并使一般工作围绕着中心工作，在工作方式和作风上有些不能彻底的执行集体领导适当分工，有些在执行工作上表现了呆板与形式化，不能采取灵活的方式，竞赛突破的方法，使工作深入，干部的未能大过提拔，教育工作宣传工作的不普遍不深入，以及经费的困难，农会组织本身上不够健全，和上下级的联系不够密切等等都是。

根据我们对农会工作所见到的成绩和不够的地方我们对农会今后的工作有如下的几点希望。

第一，在工作方面我们认为在一切均为着抗战的总前提下，农会的工作任务，当然是和过去的基本方针一样，是发动广大农民参加战争，坚持持久战，要达到这个目的，我们觉得应做到几件事：

一、武装工作：过去农会在帮助巩固与扩大武装部队工作上，是有很多成绩的；在今后我们觉得不但是要帮助巩固扩大武装部队，而且要注意到群众武装的发展与健全，大量的组织农民的游击队，游击小组，并加紧帮助自卫队的教育与训练；

二、积极的进行改善生活运动：积极增加生产，注意到生产工具与生产技术的改良，开垦荒地和沟渠以增加生产面积和利于灌溉，普遍的组织合作社，优待抗日军人家属，领导农民遵照政府法令彻底的实行减租减息，及推行合理负担，解除农民的特殊痛苦，使农民能够积极的自觉的参加到抗日斗争中来；

三、推动民主运动：设法提高会员的政治认识，鼓励广大农民群众对于行政的注意，向广大农民宣传解释，以纠正他们对政权的漠不关心的态度，领导农民进行反贪污运动，并响应边区政府的民主运动的号召，在各级的选举中，发动广大农民参加；

四、改进军政民的关系，使军政民都能在互相帮助，互相督促之下工作，并充实加强各级的行政会议，以取得工作上的配合；

五、加紧战前动员，发动领导广大农民帮助军队作战，打击敌寇的进攻，坚决保卫边区巩固与扩大边区，配合主力保卫大西北。

第二，在组织方面，为了要达到上面的工作任务，我们觉得农会应该确实作到具体的领导，加强各级农会的领导机关，密切上下级的联系，改进工作方式与工作作风，在我们这个处于敌人后方的区域里，要使农会成为一个相继严密，富有战斗性的，不可摧毁的力量，要这样必定要做到：

一、加强教育工作：加强干部和会员的教育，训练和大量提拔干部，设法提高干部和广大农民的政治文化水平，以改进农民的政治生活和文化生活；

二、发扬会内的民主精神，反对少数人的包办，克服脱离群众的现象，把不负责任的，不能为广大农民群众谋利益和不坚决抗日的份子，从各级农会的领导机关里洗刷出去；

三、巩固农会基础：加强村农会的组织。肃清那些不忠实于抗战事业的不坚决和不顾农民群众利益的以及流氓地痞份子，正确的领导农民群众在抗战的前提下，根据政府抗战法令，适当的进行各种生活改善，民主运动等等。以便提高群众对抗战工作的自动性积极性。

四、团结广大农民，把所有的不愿做亡国奴的广大的农民群众，都吸收到农会里来，使农会成为团结农民的一个中心，使农会能成为抗日民族统一战线下的一个伟大的抗战组织力量。

上述的几个意见,是我们提出来,供给农会工作者的一个参政,我们相信,农会的工作,在新的抗战途程上,他必然会团结教育全边区广大的农民,形成更广泛,更伟大的农民抗日力量。

（原载一九三九年二月七日《抗敌报》第一版社论）

扩大宣传积极领导村级普选运动

　　村级政权的普选是走向三民主义民主政治的初步，是发挥民众抗战的积极性与自动性的必要条件，这已是天经地义无可置辩的事。然而由于民众被过去环境所造成之思想的落后，对政治的漠不关心，以及对村级政权的恐惧或厌恶的错误观念，以致造成了村级普选运动的相当困难。所以边区虽然已经实行了村级的民选，但事实上还未能达到所期望的结果，还存在着许多缺点，因而也就未能发挥他应有的高度的效能。在今天，村级普选正将开始之际，为了避免重复过去的错误，克服过去的以及当前的困难，补救过去已发生的缺点，纠正民众的不正确的观念，使村级普选得到圆满的成功，主要的关键是在于下列两项的工作：

一、宣传与鼓励的工作——宣传与鼓动的工作在这次普选运动上占有头等重要的意义。宣传的任务是：把全边区每个村落都造成普选运动的热潮，造成民众关心政治的空气，使每个具有选举资格的村民知道村级的普选是为了自己，为了抗战，为了民族国家，使每个具有选举资格的村民都能自觉的，积极的，热烈的参加普选。各级政府与各群众团体应互相配合进行宣传与鼓动的工作，利用各种方式宣传与鼓动，以启发民众对村级普选的正确认识。在普选之前，一切有关于普选运动的工作，均该含有宣传与鼓励的作用在内。宣传与鼓动的工作如做得不够，民众的积极性与自觉性仍旧不能发挥，则这次的普选仍旧难免重复过去所发生的不良现象。因此，全边区的各群众团体和政府应该在这仅有的时间内迅速的进行广泛的，深入的，热烈的宣传与鼓动工作。

二、政府和各群众团体的积极领导——民主政治的建立一方面固然要依靠民众自身的积极性与自觉性，然而在广大民众的政治觉悟尚未普遍之际，民主政治的提倡与推动必然要依赖于政府和群众团体，过去在这一点上做得不够充分，也是造成一般民众对于村级民选运动淡漠的原因之一。所以，在群众团体方面，第一，应该尽力支持帮助村级政权，建立村级政权的威信；第二，在普选前要动员所有会员朝廷热烈的讨论和准备工作；第三，在普选时要切实遵照政府公布之选举法进行选举。在政府方面，希望：第一，在选举时要派员监选指导，以示郑重并保证选举的合法；第二，严厉纠正选举时发生之一切不应有之现象——如贿选等；第三，对村级政权尽可能的加以爱护与扶助，并为之解决一切可能遭遇到的困难。

普选即将开始，我们希望政府以及各群众团体以突击的精神为切实的完成村级普选运动而奋斗！

（原载一九三九年二月九日《抗敌报》第一版社论）

抗日民族统一战线发展的道路

打日本要经过三个阶段,第一个阶段是日本打我们,我们抵抗日本,这时候因为我们没有很好的准备,国共两党的合作,刚刚开始,全国大多数的人民还都没有组织起来,统一战线的力量还不够大,日本千方百计来破坏统一战线,收买少数的卖国贼汉奸托派破坏抗日的勾当。世界上爱和平的人民和国家,对中国的帮助还不大,日本国里的人民和在他压迫下的朝鲜台湾等弱小民族反抗日本帝国主义的势力还很小,所以在抗战第一阶段里,中国很多的地方,大城市铁道海口等等会被日本强占了去。

可是这时候因为日本军队的野蛮残暴,烧杀奸淫,更激起全国人民对日本的仇恨,为了抗日而团结起来,国民政府和□□□□领导了全国抗战，得到全国各抗日党派和全国人民的拥护，全国统一了，共产党领导陕甘宁的苏维埃政府改为民主的地方政府，成为西北的一个重要抗日根据地，全国军队都参加了抗战，共产党领导下的红军也改编为国民革命军第八路军，开到华北敌人的后方打仗，在南方的红军，编为新四军，在江苏浙江安徽敌人的后方一带作战，这样一来，在日本占的地方，到处都起了游击战争，建立了很多的抗日根据地，人民热烈地参加游击队和各种打日本的工作。世界爱和平的人民和国家，纷纷帮助中国，特别是苏联，在精神上人力物力财力上给了中国更多的帮助。

在这一阶段，统一战线是大大发展了。

在第二个阶段，是日本因为兵少，在第一阶段受了我们的抵抗，损失很大，没有气力再进攻。我们也因为力量还不够大，没有力量反攻。所以在这个阶段的打仗是像拉锯似的，并且拉的时期一定很长，这时候日本打不了我们，我们也打不败日本。

在这个阶段的打仗，是很艰难困苦的。因为我们去了很多海口铁道大城市，外国对中国军火的接济，我们的财政，经济等等都要受到很大困难，这时候的日本更会利用汉奸托派等造谣，挑拨，收买，利诱，用尽方法来破坏统一战线，破坏国共合作，动摇我全国人民胜利的信心。少数没廉耻的亲日份子会投降日本。敌人后方的抗日根据地，日本更要调兵不断的围攻，想消灭这些地方，这些地方有的城镇会被敌人占去，增加我们许多打日本的困难。

可是，第二阶段统一战线是越发巩固越发强大了。国共两党更紧密的合作，全国更加团结了。打仗的军队，领导抗战的各级政府，全国人民的团体等等都越发的进步了。再加上日本国里的越打越穷，经济没办法，全国人民反对跟中国打仗，朝鲜台湾等国的人民也不断发生革命运动，世界爱好和平的人民和国家对中国有更大的帮助，所以在第二阶段里的困难，我们是能够克服的，有办法熬过来的。

第二阶段，是抗战胜败的关键，我们能够熬过这个阶段，克服这个阶段的一切困难，准备好反攻的力量，就可以得到胜利，不然就会被日本灭了，所以我们在这个阶段中，要用尽一切力量巩固与扩大统一战线，发展各党的组织，把没有组织起来的民众组织起来，各抗日党派和全国人民，更要减少磨擦精诚团结，只有这样，才能克服一切困难，熬过这个阶段，准备反攻力量，争取最后胜利。

第三个阶段，是日本打的筋疲力竭，国里起了革命，我们有了反攻力量实行反攻，把日本打出中国去，把丢的地方全夺回来，抗战得到了最后的胜利。

这时候中华民族得到了解放，人民得到了民主的自由，大家学会了管理国家大事，人民的生活也逐渐的改善，统一战线更有了新的发展，国家党和共产党，更受着全国人民的爱戴与拥护，这时候大家更要手牵手的来建设一个三民主义的民主共和国。

（原载一九三九年二月十三日《抗敌报》第一版社论）

加紧对敌伪军的宣传工作

　　战争底继续延长，使日本国内的矛盾一天天地尖锐起来了，这不但表现在日本国内底财政经济底空前困难和国际关系的不利这个事实上，而更重要的是表现在敌国内部人民与军阀政府，前线士兵与官长的矛盾方面。反之在我国方面，则由于全国坚持抗战和不断的进步，使抗战日渐向着胜利发展，日渐接近最后胜利，因而也使在敌人欺骗压迫下的伪军同胞逐渐觉悟，并不断地反正过来参加了神圣的抗日战争了。

　　从报纸上我们常常可以看到伪军同胞反正的消息。就最近本报所登载的新闻，临汾三百伪军起来抗日，苏北邳县徐衍岘部七百余伪军归正，晋东和顺王盛和部三千余杀敌起义，百灵庙伪军二千反正等事实，都证明了在敌人强迫下的武装同胞，已经渐渐觉悟，认清敌人"以华制华"的毒计，而掉转枪头对准了我中华民族的真正敌人，开始实行抗战了。

同时敌国内部与敌军内部的反战运动，目前也已经开始进一步地发展到积极地行动的阶段了。根据最近发生的事件，如东京民众跪天皇宫前，要求天皇下停战诏结束战争，由上海开天津的二千敌兵之拒绝登陆，敌特务要员小川底组织"反战大同盟"，驻江阴敌军五百余底反战□□，杀死司令官陆原焚烧火药库以及敌陆军省大部职员底参加"反战会"和汉口天津敌军士兵底企图暴动等等，都在□地指明了敌国内部反战浪潮底普遍深入发展现已趋向行动化这一事实，由此可知敌国内部底革命危机现在已更形尖锐了。

所有以上这些伪军不断反正与敌国人民和士兵底反战运动与武装叛乱斗争等事实，都指出了我被敌人欺骗压迫的武装同胞底日渐觉悟与敌国人民与士兵革命思想底发展，这无疑地对于我国抗战是一种客观的有利条件，我们必须充分利用这个机会针对着客观发展着的新的有利条件，对敌伪军加紧进行有效的瓦解敌军与争取伪军的工作，这里首先应该是在部队中印制大批对敌伪军宣传的极富有政治煽动性的简短明了的传单标语，漫画等宣传品向前线敌伪军进行大量广泛的散发，并普遍教给战士简短煽动的宣传口号在火在线进行喊话，向在敌人欺骗蒙蔽下，不知道祖国抗战形势的武装同胞们报告我方胜利的消息与伪军反正的事实，并指出敌人企图亡我国家灭我种族的暴行和"以华制华"的毒计以及其他欺骗口号，反对中国人打中国人等等；向被压迫的敌军下级官兵报告其国内财政经济困难人民生活的压迫与痛苦和战场失败的消息，同时更积极地揭穿日本法西斯军阀对他们的欺骗及其罪恶，指出日本国内反战运动的情形与革命战士底英勇反战的武装暴动的具体事实，并□被压迫者底高度的□情鼓励他们和煽动他们以反战的革命斗争回答日本法西斯统治阶级的帝国主义侵略战争。这一工作在目前战争的新阶段更显得是极端必要的，如果能够集中力量开展这一工作，我们相信一定会发生很大的作用和取得伟大的收获，显然我们目前在这方面的工作还未能赶上客观形势发展的要求，因此我们必须立刻动员和集中更大的力量来开展这一工作。

但是这一工作单靠部队来进行还是不够的，为了真正有效地达到争取伪军和瓦解敌军推动敌军革命力量底迅速前进与发展的目的，我们还须要广泛地在各机关，各团体，地方武装，游击小组和广大群众中同样认真地进行这一工作，首先向群众宣传争取伪军与瓦解敌军的重大意义，同时更尽可能地利用一切方法与机会有计划地发动群众将敌伪军宣传品经常散发到敌区和敌伪军士兵中去，并应时刻注意敌伪军士兵对于我方宣传品的反响，以便研究这些反响针对这些反响实时决定新的宣传方针与计划，只有这样才能真正达到争取伪军和瓦解敌军推动敌军士兵对其反动的统治阶级进行革命的反战武装斗争迅速发展的目的。

除上述办法之外，如有可能，则应派坚强有力的工作人员，或经过教育训练而具有被压迫者自觉的日军俘虏，参加或转回敌伪军部队中去进行秘密的宣传与组织工作，以达到争取伪军与瓦解敌军的目的。以上这些，都是今天应该和必须加紧进行工作，我们不应该放弃这一客观有利条件底利用，为了争取抗战胜利，我们只有尽量加强自己底力量和消弱瓦解敌人底力量；为了尽可能地争取胜利早日实现，我们只有努力争取一切有利条件，利用一切有利条件和造成一切有利条件，只有这样才能顺利完成抗战建国的伟大任务，因此我们要求加紧开展敌伪军工作，使其迅速赶上抗战形势底要求，我们要坚决克服忽视这一工作的一切错误倾向。

（原载一九三九年二月十五日《抗敌报》第一版社论）

开展今年的春耕运动

春天到了，春耕工作又摆在我们的面前了。今年边区的春耕是在抗战将要走进相持阶段我们在敌后方要准备支持更残酷的长期游击战争的环境下进行的，因此，保证今年春耕运动胜利的开展与完成，这一任务是更加严重了。我们要用这一运动，来发展战时农村经济，保证边区人民的粮食和抗日队伍的给养，充实并奠定长期战争的物质基础，以粉碎敌人一切封锁包围与新的不断的进攻。

去年边区的春耕运动，曾经得到了许多优良的成绩，垦荒三万余亩，十分之七八的棉田改种了粮食，增加了生产，积极解决了许多无地农民失业者和难民的生活问题，并且在工作中得到了许多宝贵的经验，这些都是今年开展春耕运动最好的条件和基础，我们要根据这些成绩和经验，纠正并克服过去曾经存在的各种缺点，更有把握地大规模开展今年的春耕运动。

因此，各地各级的政军民各机关团体，必须立即召集各种会议检讨去年的经验与教训，在过去已得成绩的基础上，克服一切弱点，更有计划地布置今年的春耕，动员一切力量，发动和领导春耕运动，使它真正成为全边区人民最广泛的一种运动，一个斗争。

各地政军民各机关各团体，首先要把"春耕委员会"普遍而健全地建立起来，根据去年的经验，切实确定委员会各部门的工作，在坚强的领导下，发动、扩大和完成春耕。这里，最基本的工作项目是：

第一，要动员所有民众团体，广泛组织春耕的宣传工作，利用一切可能的方法，从口头与文字宣传到化装表演，普遍到农村里解释今年春耕的重要性，根绝放弃或放松农耕的任何错误思想与行动；

第二，要切实解决农民春耕中的一切困难问题，民众团体要协同政府和部队积极设法解决耕地、农具、耕畜、种子、肥料、本金等问题；

第三，要根据各个农村中实际的情形，具体布置春耕中的各项实际工作，抓紧积极份子起模范作用，发扬互助协作的精神；

第四，要动员部队及民众团体直接参加和帮助农民春耕，发动地方武装，镇压和肃清破坏扰乱春耕的汉奸匪徒，配合部队积极的战斗行动，武装保卫春耕。

我们要使全边区农村的男女老少都了解今年春耕的重要意义，一致踊跃地参加这一运动，为自救救国而努力春耕，保证春耕运动胜利的完成。我们的口号是："多一颗粮食，就多一颗消灭敌人的枪弹！"

（原载一九三九年二月十九日《抗敌报》第一版社论）

今年春耕中的垦荒问题

今年的春耕运动,已经成为边区当前经济建设动员的紧急任务了。

为了在春耕中增加今年边区的粮食生产,保证全边区军民的给养,以应付长期残酷的战争起见,最基本的问题,就是要积极扩大耕地的面积。因此大量开垦荒地,就成为当前首要的工作。

去年边区的垦荒,曾经得到了相当的成绩,官私荒地被垦辟者约三万亩,增加了三万石左右的粮食生产。但是这些成绩显然还是非常不够的,因为我们知道我国土地利用的程度非常低下,而荒地之多,更是人所共知的事实。我们去年仅仅垦了三万亩的荒地,这数目显然是太少了。事实上，据我们所得材料，仅就灵寿、曲阳、来源、阜平、井陉五县二十六村可耕而未耕的粘土、黑土、壤土、砂土等荒地而言，已达一百八十三万七千七百四十亩之多，即使这些统计数字都不算十分可靠，但是我们总可以断定：边区荒地总数，决不下于数十倍的三万亩。如果都把这些荒地开垦起来，我们试想所增加的粮食生产额，将达到多么庞大的数目？

因此，我们希望在今年的春耕运动中，各地能够用十百倍的努力，加紧垦荒的突击和竞赛。我们要号召全边区的农民，努力"消灭荒地，增加今年二成的收获"，我们要把这一口号，当做战争动员的口号而坚决为着它的实现而斗争！

当然，在垦荒问题中，我们应该根据早先边区军政民代表大会所通过的战时经济计划中关于农业生产的决定，一方面要开垦官私荒地，另一方面要防止新荒，同时更要根据去年各地垦荒的经验来拟定新的垦荒计划。我们盼望政府能够切实指导，群众团体也能切实帮助各地的"春耕委员会"，具体调查实际情形，严格布置这一工作。

首先，我们希望各地群众团体，除了继续领导去年已成立的垦荒团，继续耕种已垦的荒地并参加新的荒地的垦殖工作外，更广泛发动组织灾民、难民、失业者及无地少地的农民，普遍成立无数新的垦荒团，以突击的精神和竞赛的方式，热烈开展新的垦荒运动，从积极方面提高战时生产劳动的热情，解决广大人口的生活问题，同时巩固长期抗战的物质基础。不过，这里有几件事应该注意：

第一，在开荒工作中，必须严格注意对于官有的荒地及私人或寺庙的荒地要采取和平协商的方式，经过当地政府的允许和帮助，征求土地所有人的同意，依合法手续承领垦耕。

第二，应有计划地分配荒地，最好是划分垦荒区，要防止因抢荒而引起的无谓争执与摩擦，已经发生者，应立即设法开解，迅速解决。

第三，要高度发扬生产劳动中，协和互助集体合作的精神，学习去年阜平西庄合作农场的模范，尽量采取耕作者与耕作者之间或耕作者与土地所有者之间的集股生产方式。

只有这样才能使今年的垦荒运动得到更大的成绩。

最后，我们再一度强调地提出：

"努力消灭荒地，增加今年二成的收获！"

（原载一九三年二月二十一日《抗敌报》第一版社论）

实行战时节省运动

抗日战争是长期的，是持久的，而战争又是交战者双方各种力量底总决赛，谁的力量雄厚，能够坚持到底，谁就能够胜利，反之，谁底力量薄弱，不能坚持到底，谁就一定要失败。因此，今天中国底抗战，不仅要动员全国的广大人力参加抗战，并且必须要动员全国广大的物力财力来供给抗战底需要，才能保证抗战底最后胜利。

正因为这样，所以我们从抗战以来不仅在动员着广大的人力参加抗战，而且也积极动员了和动员着所有的物力与财力供给抗战。抗战发动以来，我国国防工业底积极建立与发展，战时国民经济底加紧建设与国家财政底改造，以及对各种生产事业的提高生产底号召等事实，只有在上面所说的种种意义上才能了解。

但是显然地，我们单从积极方面从事各种抗战动员工作与建设工作还是不够的，同时为了充分正常地发挥我们底力量和充实我们底力量，还必须尽可能地避免不必要的浪费和消耗——特别是物力与财力底消耗。如果我们一方面在艰苦地动员着物力财力和提高着生产，而另一方面又无限制地浪费和消耗这些宝贵的物力与财力，削弱抗战的力量，这不但是一个严重的损失，而且对于抗战简直是一种不可容赦的罪恶！

在抗战将走入更艰苦更残酷的新阶段的今天，我们预料到在长期的相持阶段中，我们将在物质上遇到更多的困难；但是我们一定要渡过这个难关，一定要准备最后反攻的力量，因此我们必须消灭一切有害的浪费现象，准备足够的力量渡过这一难关，实行胜利的反攻。这在处在敌人后方进行抗战的晋察冀边区，由于被敌人重重的包围与封锁，使我们不能经常直接地得到我国总后方必要物质底供给，只得在自足自给的困难条件下独立地进行抗战这一事实，更指明了节省运动在边区的重要意义与必要。过去我们这方面注意得不够，许多不必要的浪费的支出还相当大，这种现象是不应该存在的，因此我们要号召全边区民众普遍地实行节省运动，反对一切不必要的浪费与消耗，以便将我们底力量充分地应用到抗战事业上，渡过长期的困难阶段，争取最后胜利。

为要实现上述的要求，我们认为在总的节省运动口号下，应做到下列几种工作：

（一）在部队中各级领导机关应根据最低限度的实际需要有计划地规定各级办公机关底费用，严格地禁止滥用公款，并号召全体指战员爱护和节省公家物品，特别要爱护武器节省弹药，在火在线尽可能地使每粒子弹命中一个敌人，同时，还要号召指战员节省自己底钱物，以充实抗战力量。

（二）各机关团体，除应根据实际的需要科学地预算各级办公机关底开支，紧缩各级办公机关减少消耗和号召各级工作人员节省公私用费外，并应广泛地发动民众实行战时节省运动，首先是向群众进行普遍深入的宣传解释工作；指出节省运动的重要意义，以便使群众能够在抗战的总的前提下自觉的实行节省运动。

（三）各村政权机关及群众团体，应召开各自的会议讨论具体执行的办法，动员自己底工作人员或会员为实施这一任务而斗争；发动他们领导群众推动群众底节省运动，并督促他们在群众中底节省运动中起模范作用。此外各村政权机关与群众团体应互相配合召集群众底节省运动大会，详细解释说明节省的意义与必要；同时更积极地组织节省委员会，经常调查村中节省运动的实际情形，尤其要注意各村民中的各种婚嫁丧事祝寿以及其他宗教迷信等类不必要的浪费，并努力说服他们节省这类不必要的开支而将它储蓄起来，用于生产事业上，或慷慨捐给政府作为抗日救国经费，这都是非常必要的。

总之，在今天抗战的时期，我们底生活应该力求简单朴素，以实际的需要为原则，不应过分苛求舒服享乐，奢侈浪费。

（原载一九三九年二月二十三日《抗敌报》第一版社论）

论敌人进攻海南岛

敌寇海军陆战队,于本月十日在海南岛登陆后,继续南犯,大肆进攻,企图作有计划之占领,沿途焚杀,抢掠,奸淫,逞其兽性淫威,无所不至,并以大批飞机,滥行轰炸我学校医院及文化机关,我岛上守备部队以及居民,正以英勇之姿态,对敌肉搏中。

海南岛位于香港安南新加坡三角地带之间,具有重要的战略意义。敌寇占领海南岛,与其说是具有进攻中国的战略意义,无宁说是具有海洋政策的战略意义,换句话说,日寇进攻海南岛,也是在实现其所谓"防共协议"和"建立东亚新秩序"的阴谋。

日本的大陆政策,包括了中国整个领土,以及苏联的西伯利亚，日本的海洋政策，则包括了菲律宾，暹罗，安南马来亚半岛，和荷兰东印度，企图隔离中国与外国的联系，独占西南太平洋。这两个政策是日本陆海军的代表政策，过去有人说日本的陆海军有矛盾，有对立，实质上，日本的北进或南进政策，无所谓矛盾和对立的问题，而只是迟早的问题罢了。由于我国的英勇抗战以及英美法等民主国家对我国的援助，以及广大人民的同情，日本帝国主义为了保证实现其大陆政策的迷梦，必定逐步遂行其海洋政策，以巩固其在中国之幻想的地位。所以，敌寇进攻海南岛是其灭亡全中国的迷梦之一部。

日本帝国主义的海洋政策是早已决定了，它对荷属东印度群岛和新几尼亚群岛的欲望，是人所共知的，对暹罗的积极侵略，使今日之暹罗几为日本帝国主义之保护国；日本帝国主义海军更曾声明过愿保证新建立的菲立宾共和国不受西方的侵略，新加坡的周围满布着日本帝国主义军事间谍，进攻海南岛是它的海洋政策的军事行动第一步。

日德意的防共协议是法西斯捣乱世界和平的合谋，近卫的"建设东亚新秩序"是日本帝国主义独霸东亚的强盗计划，如果相信防共协议的目的是在"反对共产主义"，"建设东亚新秩序"（？）是"毫无信领土野心"（？），那只有叛军的佛郎哥和中国的□□□！日德意法西斯蒂合谋协力压迫民主国家，进攻爱好和平的民族国家，是一脉相通的，德意在西方高呼重新分割殖民地，日本在东方步步向英美法进迫，德国在西方要侵略荷兰，日本在东方就要拿荷属东印度，致使荷兰不得不找英国帮忙。日本进攻海南岛，所以也就是所谓"防共协议"，和"建设东亚新秩序"的又一种军事行动。

至于日本帝国主义进占海南岛是破坏了一八九七年的中法换文，和一九〇七年的日法巴黎协议，这更是不用说的，一切国际协议条约早已不在法西斯的眼里了……日本帝国主义的答复法国的抗议，说是暂时的占领，这也是骗人的话，法西斯的信义是建筑在强盗的掠夺上面呵。

海南岛的占领和对于英美法的威胁是西方民主国家对于法西斯纵容政

策的一贯的结果。只有集体制裁，才能消灭战争，保证和平，这句话是个真理。

当然，敌人占领了海南岛，对于我国的海道交通上发生某些困难，对于外来的接济上发生某些不便，然而，实际上对于我国和国外的交通，并不能有多少影响。因为，现在主要的交通道路已不在海口而移往我国的西北及西南了。并且，我国十九月的抗战，已坚定了我国人民抗战必胜的信念，敌人进攻海南岛，不但不会使我们颓丧动摇，相反的，还会更坚决的持久抗战！

（原载一九三九年二月二十五日《抗敌报》第一版社论）

迅速组织春耕委员会

春耕运动在目前已经是极迫切的问题，要使春耕运动能够很顺利的开展。胜利的达到他的目的，则春耕运动的领导机关的建立，是有万分必要的，去年的春耕运动虽然收到了很多的成绩，但这些成绩是非常不够的，离开我们预期的目的，还是很远，这中间，主要原因之一就是因为没有健全与统一的领导组织的建立。去年的春耕运动当中虽然各地都有一些春耕运动的组织有个别地方建立了"春耕委员会"，很多宣传队，突击队，代耕团……都在积极的工作着，但整个边区的总领导机关是没有的。春耕中的步调不一致固不用说，其他宣传解释工作的不够，指导工作的不健全可能发生的某些困难没有得适当的解决，也都是事实，因而使春耕运动不能够广泛深入的进行，影响到生产的增加与全边区人民生活的积极改善，还未曾得到完满的结果。

过去的经验告诉了我们，如果这一运动没有一个统一的组织来领导与推动是不会收到很圆满的成绩的，而统一的领导机关，我们觉得"春耕委员会"是较好的组织形式。

"春耕委员会"的建立，我们以为应该由政府来积极领导，军民各界来协同推动，首先由边区政府召集军民各界代表成立边区总的春耕委员会，领导全边区的春耕运动，以下则各县亦召集驻军和群众团体代表，建立县的春耕委员会，具体的筹划推动全县工作，县以下再建立村的春耕委员会，使这一工作真的能深入到广大农村的每一个角落，使每一块荒地都能得到开发，每一个农民都来热烈参加这个运动，每一个农村的失业者都能藉此解决他们迫切的生活问题。

这样，组织系统是统一的，进行的步法也更能整齐不紊，一切问题方能很恰当的解决，将来的结果，也才会更加圆满。

至于各级春耕委员会组织的具体内容，我们以为可设主任一人，以下设指导、宣传、组织、经济、合作等部及其他特殊必须的部门，主任直接领导督促春耕委员会，处理对内对外的总的工作，指导部担任调查荒地调查农村经济情况，失业者，……改良生产技术，种子的选择，肥料的配备，以及作物的种植分配等，直接指导农民进行一切耕种时的工作；宣传部组织大量宣传队发动一切剧团，宣传机关，散发文字图书的各种宣传品在农村中作广泛深入的宣传，并发动一切文化团体出版机关。提供各种春耕的文字图书的宣传材料；组织部，把农村中无地少地的雇农贫农，失业者，组织到垦荒中来，划分垦荒区，建立垦荒村，进行集体的春耕工作，并组织代耕团代替抗日军人家属及不能自力耕种的工作人员，进行义务耕种；经济合作部，办理农本借贷，集募款项底利贷给贫农，免息贷给抗属，以及供给农具（借给或底价售给贫农），借用耕牛，供给种子等工作。除此以外如具体的客观环境还需要设立何种部门再行建立。总之，组织情形是活动的，以客观的需要为原则。

上述只是关于春耕运动领导机关建立的一个概略，若能很好的健全组织，春耕运动的领导积极推动的，则工作自可普遍深入的开展，各地进行的步调可一致而将来的工作成绩，也是可预期的。

（原载一九三九年二月二十七日《抗敌报》第一版社论）

论粉碎敌人围攻中的收获和教训

晋察冀边区的建立，巩固和扩大，不但给敌后方和主要交通干线以直接威胁，坚持了华北抗战，对全国起着战略上的配合作用，而且也正面地揭穿了敌人对全世界和它本国人民的欺骗。敌人时时不忘进攻边区，实意料中的事情。

敌人大举的进攻与企图

去年九月间开始的进攻，是有更大的规模，更严密的计划的新的进攻。敌人充分的准备，审慎的布置，调集五万精兵，配备新式武器，希图占据边区中心地带，达到它消灭边区，破坏边区的毒计，军事上用分进合击主要据点打通南北，东西交通要道的战术企图割裂边区，各个击破。政治上则造谣中伤挑拨离间，企图破坏我全体军政民的亲密团结，丧失我抗战信心。在经济上，则散播大量伪币，破坏粮食，农具，牲畜房屋等等，希图破坏边区财政经济，消灭我坚持长期战争的物质基础。

我们胜利地保卫了边区

然而，不管这一切的阴谋毒计，敌人这一进攻终告失败了。在我军政首长，聂司令，宋主任，正确领导和全边区军政民一致努力之下，我们已彻底地打击了敌人分裂边区，破坏边区的阴谋。虽然敌人还占据我们一些据点，但基本上，我们已粉碎了敌人的围攻，达到了胜利地保卫边区的目的。

伟大的收获

同时，这一残酷的斗争，还给了我们更大的收获：

第一，我们大大地扩大了边区在全中国以及在全世界的政治影响。同时，坚定了我们抗战胜利的信心。

第二，我们达到了消耗敌人，分散敌人，相当的阻止敌人前进，配合保卫大西北的战斗的目的。

第三，暴露了敌人兵力不足，兵力分散，士气不振，战斗力之减低的弱点。同时，也暴露了敌人的残暴更提高了我民众抗战的决心。

第四，这一次斗争，锻炼了我们的军队，人民，政权机关，群众团体，大大的加强我们的工作效率和战斗能力。创造了许多新的反对敌人的工作方法。同时，也暴露了我们工作中的弱点和错误。给我们今后工作，宝贵殷鉴。

这一次斗争教训了我们什么？

在这一次斗争中，给了我们什么经验教训呢？

第一，告诉我们：全体军民，各阶级，各阶层，各党派的亲密合作，团结一致，是粉碎敌人进攻的基础和前提。所以也就指示我们：巩固和扩大抗日民族统一战线是坚持持久战，争取最后胜利的唯一道路。

第二，告诉我们：群众的广泛组织，政权机构的民主改革，地方武装的普遍建立，在反围攻中，起了很大的作用。所以这次斗争给我们证明：

继续过去的成绩，更加往前进步，普遍的武装人民，广泛而深入的建立群众团体的下层堡垒，更加推进民主设施，是坚持敌后游击战争，保卫边区的唯一正确的道路。

第三，告诉我们：政治动员工作的伟大作用，使群众了解战争形势和战略方针，他一经进入斗争以后，就会表现出对斗争更坚决顽强与大胆。经过斗争生长和壮大起的力量才是最有把握的。

第四，告诉我们：各种组织要短小精干，机动灵活，才能在战争中运用自如，同时军政民各种工作的配合，必须坚决的密切的与步调的一致。

第五，它告诉我们：敌后方游击战争是能够坚持的。一切动摇，妥协，逃跑，退却的民族失败情绪，都是没根据的。所以这次斗争也证明了：依靠正确的政策和艰苦工作，依靠广大的乡村，是能够最后战胜敌人的。

最后，我们不要忘记了。今天还不是彻底的粉碎了敌人的围攻。而且冀中正在进行着激烈的战斗，敌人今后的进攻是连续性和长期性的。我们不要骄傲，更不要存一点太平的妄想。相反的，要虚心的研究这一次反围攻的经验教训，发扬我们的长处，克服我们的弱点，准备着随时粉碎敌人的阴谋毒计，坚决保卫晋察冀模范的抗日根据地。

（原载一九三九年三月三日、三月五日《抗敌报》第一版社论）

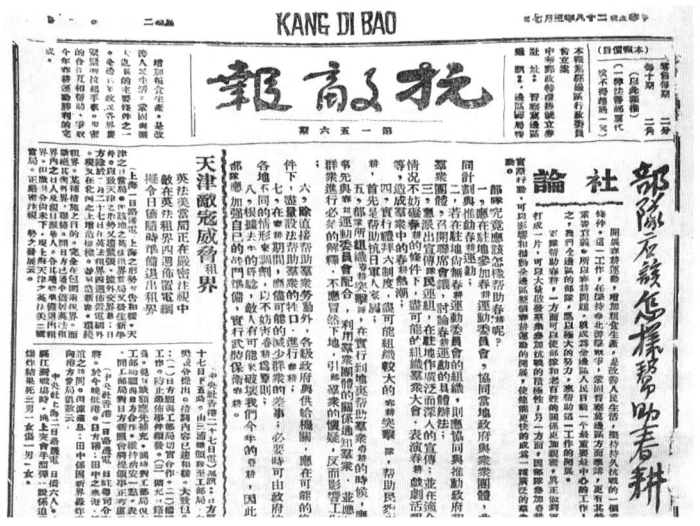

部队应该怎样帮助春耕

开展春耕运动,增加粮食生产,是改善人民生活,坚持持久抗战的一个重要条件。这一工作,在坚持华北游击战争,巩固晋察冀边区方面来讲,更有其特殊重要意义。所以春耕问题,就成为全边区人民目前一个最重要最中心的工作,因之,我们全边区的部队,应以极大的努力,来帮助这一工作的开展。

军队帮助春耕,一方面可以使部队和老百姓的关系更加亲密,真正做到军民打成一片,可以大量启发群众参加抗战的积极性;另一方面,因部队参加春耕的实际行动,可以影响和推动全边区整个春耕运动的开展,使他能更快的成为一种广泛的群众运动。

部队究竟应该怎样帮助春耕呢?

一、应在驻地参加春耕运动委员会,协同当地政府与群众团体,共同计划与推动春耕运动;

二、若在驻地尚无春耕运动委员会的组织,则应协同与推动政府和群众团体,召开联席会议,讨论春耕运动的具体办法;

三、应派出宣传队民运组,在驻地作广泛而深入的宣传;并在适合情况不妨碍春耕的条件下,尽可能的组织群众大会,表演春耕戏剧活报等,造成群众中的春耕热潮;

四、实行礼拜六制度,尽可能组织较大的春耕突击队,帮助民众春耕,首先是帮助抗日军人家属;

五、部队所组织春耕突击队,在实行到地里帮助群众春耕的时候,应事先与春耕运动委员会配合,利用群众团体的关系通知群众,并应向群众进行必须的解释,不应冒然下地,引起群众的怀疑,反而影响工作;

六、除直接帮助群众劳动外,各级政府与供给机关,应在可能的条件下,尽量设法帮助群众的牲口,进行春耕;

七、在春耕期间,应尽可能的减少群众的差事;必要时可由政府按各地不同的情形来调剂,以不妨害春耕为原则;

八、根据去年的经验,敌人有可能来破坏我们今年的春耕,因此部队应加强自己的战斗准备,实行武装保卫春耕。

(原载一九三九年三月七日《抗敌报》第一版社论)

加紧完成救国公粮

自从边区行政委员会发出了募集救国公粮的号召后,全边区的政权机关和群众团体,立刻响应了这一号召,各地驻军也热烈的拥护这一号召,帮助政府完成这一伟大动员工作。

由于全边区各机关团体的努力推动,广大民众的踊跃应捐,许多地方已经很好的执行了这一任务,收到了很好的成绩,这当中,平山县是提前完成了的最模范的一个。

平山虽然在敌人不断的进攻与阴谋破坏的困难环境下,可是因为平山军政民各机关团体的艰苦奋斗,工作计划的比较周密,以及群众动员工作的深入,终于使他们在群众的热烈响应与拥护下面,胜利的提前完成了,这原因,大概可归纳做为下列的三个方面。

（一）动员了军政民的大批干部为募集救国公粮而工作，这些干部，对这一工作都抱有很高的热情，和完成这一工作的自信，了解到工作中可能发生的困难，同时用最大的努力来克服了这些困难。

（二）有计划有步骤的布置了工作，进行了广泛的政治动员与组织动员，派专人负责计划与领导，并事先对工作的进行有了详细深入的讨论，特别是进行了竞赛突击的办法与发动教师等，切实推行了钱多的多出、钱少的少出的合理负担，进行当中上下级的联系密切，能及时纠正工作上的缺点等等。

（三）作了普遍深入的宣传解释工作，除了各干部亲身到群众中去外，并用剧社、《救国公粮报》等，针对着敌人的欺骗宣传，揭破敌寇阴谋，使群众了解到捐纳救国公粮的重大意义，能够自动的、积极的、互相监督的来踊跃捐纳。

这些在平山救国公粮募集运动中，都起了伟大的作用的。

救国公粮这一工作，它不但是保证部队给养，而且是用之于优待抗日军人家属及救济灾民难民的，是极为重要的工作，目前这工作虽然是有些地方已经完成了，但有一些地方还不能迅速完成，我们一定要加紧努力，要学习平山的工作精神与工作作风，用竞赛突击的办法，赶快作深入的广泛的动员，集中一切力量，克复一切困难，迅速的来完成这一伟大的任务。

（原载一九三九年三月九日《抗敌报》第一版社论）

敌据城市我据乡村乡村能战胜城市吗?

自从日寇大举侵略我国以来,敌占领城市以攻我,而我依据乡村以抗敌,乡村能战胜城市吗?

关于这个问题,照托派□□□的意见,认为不可能,□□□在其"青年向导"上着文说:"敌人占据城市,便可以支配全中国……如果妄想拿农村来支配城市,妄想拿农村来做抗日根据地,这是敌人求之不得之事……即使游击队满布了全国农村和小城市,甚至于避开敌人的势力在偏僻地方建立一些可怜的边区政府,仍然算是亡了国,没有大城市便没有国家。"

□□□这种托派的亡国论,与□□□□所昭示于同胞:"中国持久抗战,其最后胜利的中心,不但不在南京,抑且不在各大都市，而实寄于全国之乡村，与广大强固之民心。"的意见相背谬，与毛泽东先生所告诉于国人的意见相反，毛泽东先生在他"论新阶段"的报告中根据：

第一，中国是半殖民地；

第二，中国是大国；

第三，中国是进步的与所处国际形势是有利的今日的中国。

这三个特殊的条件，而给了全国人民一个正确的伟大的指示，这个指示是："总之，在今天半殖民地大国如中国，存在着许多优良条件，利于我们组织坚持的长期的广大的战争，去反对占领城市的敌人，用犬牙交错的战争，将城市包围起来，孤立城市从长期战争中逐渐生长自己的力量，变化敌我形势，同配合之以世界的变动，就能把敌人驱逐出去，而恢复城市，毫无疑义，乡村反对城市，就在今日的中国也是困难的，因为城市总是集中的，乡村总是分散的，敌人占领我主要的大城市与交通线之后，我之行政区域与作战阵地，就在地域上被分割，给了我们以很多困难，这就规定了抗日战争的长期性与残酷性，然而我们必须说：乡村能够战胜城市，因为有上述三位一体的条件。"

然而托派份子为了效忠于日本法西斯蒂，为了迎合日寇所好，用尽一切伎俩破坏我国的持久抗战，故意抹杀真理，企图用歪曲的滥调来迷惑国人，这种阴谋，急需我们把他及早揭穿。

至于城市对乡村，我们并不否认他有重大作用，然而今天半殖民地中国的城市乡村关系，与资本主义外国城市乡村的关系，是大有区别。在资本主义国家，城市对乡村是完全统制着，乡村的生产作品，城市工业的原料；乡村的用品，完全依赖于城市的供给，金融全被城市全部操纵，带着自足自给性质的封建经济，在乡村中已完全不存在。加之交通特别发达，又是便利于城市统制乡村的一种设备，总之，乡村中之国民经济与政治全被城市统制着。比如城市之头一断，乡村之四肢就不能生存了，所以资本主义国家乡村要战胜城市是为不可能,可是半殖民地的国家中则不然,乡村中具有许多的优良条件,蓄积大量的富源,尚保存着带有自足自给性质的状态,不完全受城市的支配。不过半殖民地若是小国,要想依据乡村战胜城市亦为不可能,就是半殖民地的大国如中国,若在敌十年前,(一)因没有进步的政党,(国民党共产党)军队与人民,这些战胜敌人必须具备的条件;(二)没有处在日本帝国主义临到衰老的时代;(三)没有处在有利于我们今日国际形势,要想以乡村战胜城市亦是很困难的。然而今天的中国已具备有这样许多的优良条件。和处在有利于我解放运动的时代,以乡村最后战胜敌占城市,是完全可能的。

处在敌人后方的边区,为了要充分利用我乡村中有利的条件,使能最后战胜占据城市的敌人,目前迫切的工作是:

(一)巩固统一战线和抗日根据地,缩小敌占区域,孤立与封锁敌占城市,破坏敌占交通线,厉行锄奸运动。

(二)尽量发挥乡村中之人力财力,要做到动员与组织广大群众到抗战中来,并实行新的战时财政经济政策,增加收入,节省支出,以支持长期抗战。

(三)积极发展乡村中的农业(加紧春耕开荒运动等)以及工商业经济,以加强乡村的独立性,并克服敌占城市对于我们所造成的困难。

(四)为了动员民众,提高生产热忱,坚持持久抗战,而发扬民主政治,是急不容缓的基本工作。现下边区政府正在领导村级普选,这一工作全边区的人民应迅速地努力彻底完成。

(原载一九三九年三月十一日《抗敌报》第一版社论)

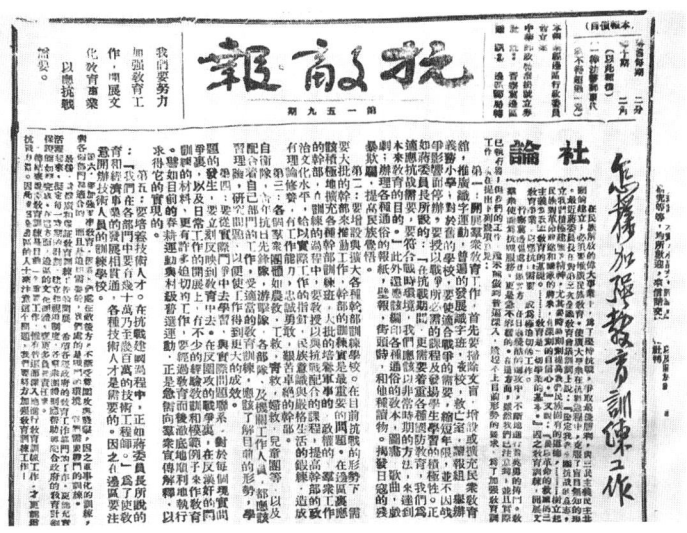

怎样加强教育训练工作

在民族解放的伟大事业上，为了坚持抗战，争取最后胜利，与三民主义民主共和国的建立；必须要推广民族教育。使广大群众在抗战过程中，克服了盲目无知的现象。最近□□□□在对第三次全国教育会议训词上说："坚定我们中国抗战的意志，建立我们积极建国的精神，尤其要时时刻刻提高我们民族固有的道德，……树立起全民族对革命前途和国家的将来，有深刻的自信心。"又说："要以革命的救国的三民主义为我国教育的基础。……教育是一切事业的基本。"因之教育训练，开展文化教育事业，以应抗日需要，成为极迫切的工作。

晋察冀边区处□□□□，在日寇残酷的进攻中，不断地进行着英勇的搏斗，教育群众使□为抗战服务，更是急不容缓的。在这方面，虽然我们已注意到，并且实际上已经执行着，但我们的工作，还未能做到普遍深入，远赶不上目前形势的要求，为了加强教育训练工作，现在提出下列几项意见：

第一，开展群众教育工作，首先要扫除文盲，增设或扩充民众教育馆，推广识字运动，普遍的发展识字班，夜校，救亡室，读报组，举办义务小学，对于旧的学校，要使适合战争的需要，缩短年限，并不因战争影响而停办，要授以战争所必需的课程及发扬学生学习的积极性。正如□□□□所说的："在抗战期间，更需要着重各种国防教育，我们为适应抗战需要，要符合战时环境，我们应该以非常时期的方法，来达到本来教育的目的。"此外还应该编印各种通俗的教本，图书，歌曲，戏剧；办理各种通俗的报纸，墙报，街头诗，和他种读物。揭发日寇的残暴欺骗，提高民族觉悟。

第二，要增设与扩大各种干部训练学校。在目前抗战的形势下，需要大批的干部来推动工作，干部的训练实是最重要的问题。在边区里应该积极地扩充各种干部训练班，大批的培养军事的，政权的，群众工作的干部，在训练的过程中，要教授以与抗战配合的课程，提高干部的政治文化水平，给以实际工作的指针，民族意识与严格生活的锻炼，造成有理论修养，有工作能力，忠诚勇敢，艰苦卓绝的干部。

第三，各个群众团体如农救，工救，青救，妇救，儿童团等，以及自卫队，青年抗日先锋队，游击队，各部队，及机关工作人员，都应该配合着自己部门的工作，受适当的教育训练，应该了解目前的形势，学习理论，研究问题，以便使工作得到更大的成效。

第四，要从实际斗争中去学习，与实际问题联系，对于每个现实问题的发生，要立刻反映到教育中去。在反围攻的战争里，在反汉奸的斗争里，以及日常工作的开展上，有不少的经验教训和模范例子来作教育训练的材料，更有许多迫切的工作，要经过教育而后彻底地顺利地执行。譬如目前的春耕运动与村级普选运动，正是急需向群众宣传解释，以求得它的实现的。

第五，要培养技术人才。在抗战建国过程中，正如□□□□所说的："我们在各部门中要有几十万乃至几百万的技术工程师。"为了使教育和经济事业的发展相贯通，各种技术人才是需要的。因之在边区要注意开办技术人员的训练学校。

第六，要加强军事教育，因为我们处在敌后方，不断受到围攻与袭击，因之军事化的训练，是对各个部门都适合的，而且是迫切需要的，我们处的是战斗的环境，我们需要战斗的训练。

最后，为推广和保证教育训练工作的开展，希望各级政府的教育工作部门的工作，更能充实与活跃起来，拟定每一时期的计划，建立起视道制度，各群众团体则应帮助与配合政府的教育计划，保证能如期完成，在这方面，边区的文化团体，应更多负起责任来。

总结来说：教育训练是目前一个重要工作，惟有普遍而深入地进行教育训练工作，才更能增强抗战力量。因此号召全边区的人士来注意这个问题，我们要努力加强教育训练工作！

（原载一九三九年三月十三日《抗敌报》第一版社论）

巩固青年组织

为迎接抗战第二阶段的迅速到来，展开更深入更广大的青年运动，掀起青年保卫边区，保卫家乡的浪潮，组织全边区青年参加抗战，实为全边区青年的紧急任务。而目前巩固现有青年组织尤为完成这一艰巨任务的中心一环。并仅就巩固青年组织一点，提供下列意见：

第一，边区青年救国会在短短的八个月中有了普遍的发展，实为可观。然组织基础尚不够巩固。仅就组织本身来讲，显见下列一些弱点：如有些地方领导机关的欠健全，会员经常组织生活的缺乏及各级联系的不够密切等。这些都直接的阻碍了与影响了工作的执行。因此克复组织上的弱点，是为巩固组织的必要工作之一。首先，为了健全各级领导机关，目前当着手布置各地青救的民主改选领导机关。然这一改选运动，也并非各地都千篇一律的执行，而当考据各地青救会数量与质量发展的实际情况，有计划的适宜的去进行。改选的目的，将使会员中之大才优秀吸入领导机关，与使广大会员获得普遍的教育。其次，为了克复过去一些地方滥收会员及许多会员不了解参加青救会意义的现象，则应重行登记会员与整顿小组的必要。登记会员的意义系在于做深入的教育解释，使青年了解参加青救的意义，并不是实行会员的大量洗刷；整顿小组的意义，系在于改正过去小组划分偏于机械的现象，使之趋于灵活以教育会员，而不是为求小组的整齐编制。因此，小组的划分当以会员所往地域与工作兴趣二项为基准，如此，才能保证小组会的灵活运用与经常召开的效果。固定上下级的经常联系，以加强统一有力的领导与组织有力的工作团，到因敌人围攻致组织纹乱的一些地方去恢复组织，也都是马上要着手的工作。

第二，巩固组织除了整顿组织与健全领导机关外，最主要的还是如何使得已组织起来的青年在工作中动员起来发挥其足够的力量。使青救会为全边区青年的热情与力量的结晶：成为颠簸不破的抗战堡垒，因此必须努力提高青年抗战的热情，发挥其工作的积极性，自动性与持久性，而为达到这样结果，惟有在工作中不断的加强教育工作。普遍的推行识字运动，举行干部训练，刊印青年读物，充实小组会内容，是加强教育的方法之一而且是必要的。但主要的还是使广大青年在工作中以实际的经验去教育自己。

（原载一九三九年三月十五日《抗敌报》第一版社论）

准备继续粉碎敌人的围攻

自去年我军自动退出武汉广州以后,接着敌人便动员了大量的兵力又大举向我边区进行围攻了,虽然敌人曾经用了挑拨离间造谣中伤和威胁利诱的各种无耻的政治阴谋,企图破坏我抗日友军与军政民底团结,以期达到其进攻的目的,消灭我晋察冀边区抗日根据地。但是由于我边区武装部队,政府与广大抗日民众底亲密团结与英勇抵抗,终于击溃了敌人底围攻。敌人在这次围攻的当中,不但没有得到什么收获,而且在我边区全体军政民英勇的反围攻斗争之下,使敌人遭受了大量的损失,付出了大量的消耗。因此在敌人受到这一打击与触壁之后,于是在他底所谓:"进攻西北""扫荡"华北"的口号下,一面进攻西北,一面向我冀南冀中等抗日根据地大举围攻了。

然而在这几个月的斗争经验中，事实又证明了敌人围攻的计划又归失败了。虽然敌人同样动员了大量的兵力进行对我冀南与冀中等抗日根据地的围攻，但是所得到的代价，依然是力量底消耗与损失。特别是在冀中区底战争中，虽然我军处在广大的平原地带，但是由于我军底奋勇抵抗与广大民众底积极帮助，到处普遍地深掘壕沟，使敌人底机械化部队活动困难。这一事实，证明了我平原游击战争胜利的可能，而且事实上，我们也不断地胜利地打击了敌人和大量地消耗了敌人。这一经验，对于我们是一件宝贵收获。

不过敌人底围攻虽然不断地在被我粉碎着，但是这并不能阻止敌继续围攻的企图。敌人今天对于我抗日根据地的围攻，是抱了最大的决心，因此他底围攻计划是长期的，他将继续不断地对我边区抗日根据地进行连续的围攻，直到其力量消耗到精疲力尽为止。这种敌人进攻的新的残酷性与连续性我们是必须清楚的认识的。

今天敌人对于我敌后方抗日根据地围攻底长期性，连续性与新的残酷性说明了什么呢？显然地，这种对其后方抗日根据地的加紧进攻，无疑地是说明了敌我相持阶段将迅速到来这一事实。目前敌人在各进攻线上的屡遭阻折与进展底迟缓，显然是证明了敌人进一步地接近其进攻顶点了！而对我敌后抗日根据地的残酷继续的进攻与"扫荡"，也显然是带有接近相持阶段；巩固其占领地区之统治的战争性质。敌人底这种连续性的进攻，将日益残酷，直接转变与继续发展成为相持阶段的更野蛮更紧迫的围攻。因此我晋察冀边区民众，应以最大的努力准备迎接与应付这个长期的困难环境。相持阶段中艰苦斗争底序幕，已经开始了，我们必须加倍地紧张起来，克复一切工作中的松懈现象与太平观念，英勇地彻底地打击敌人底疯狂野蛮的进攻，加紧团结，打碎敌人底一切挑拨离间的无耻欺骗宣传，准备我之反攻力量。这是当前战争形势底紧迫要求。我们应该有力地回答这一要求。更加残酷的斗争摆在我们面前,但是胜利的前途也摆在我们底面前,困难与残酷的斗争就是胜利的信号,我们要加紧努力,征服困难,争取最后胜利!

(原载一九三九年三月十七日《抗敌报》第一版社论)

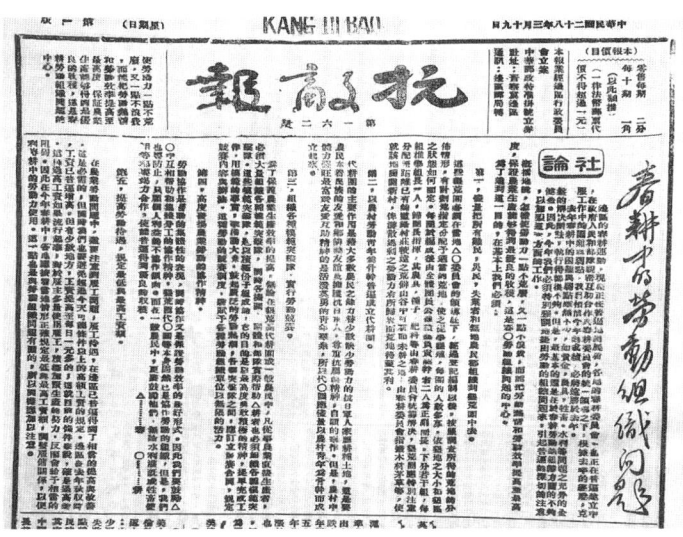

春耕中的劳动组织问题

边区的春耕运动，现在正在普遍地开展着，各地的春耕委员会，也正在普遍建立中，在政府人民和部队亲密互助合作大春耕委员会的统一领导之下，根据去年的经验，克服工作中的困难和弱点，我们相信今年的成绩，必将远胜于去年。

去年春耕中的困难与弱点虽然不少，如资金，农具，牲畜，水利等问题之充分的全盘的解决办法，执行得都很不够，但是，最基本的还是在于春耕劳动的组织方面的不够健全。因此，今年我们必须特别强调地提出劳动的组织问题来，引起普遍的深切的注意，以加强这一方面的工作。

概括地说，怎样使劳动力一点不荒废，又一点不浪费，而能把劳动热情和劳动效率提高至最高度，保证农业生产能够得到最优良的收获，这是春耕劳动组织问题的中心。

为了达到这一目的，在基本上我们必须：

第一，尽量把所有难民，灾民，失业者和无地农民都组织到垦荒团中去。

这些垦荒团必须在当地□□委员会的领导底下，经过登记编制以后，按照调查所得的荒地的分布情形，有计划地指定分配予适当的荒地，使之从事垦地，每团的人数多寡，依垦地之大小和垦区之状态如何而定。每团□编成后由全体团员公□积极负责能干者二人为正副团长，下分若干组，每组推荐组长一人，归团长指挥，其农具，种子，肥料等由春耕委员会统筹解决，垦荒团应特别注意分配至距离已有的道路村庄较远之荒僻山谷中可耕而未耕之地，由春耕委员会指拨木材茅草等，使就该地开辟新村，俾游散过剩之劳动力有所归□而荒地得尽其利。

第二，以农村劳动青年为骨干普遍成立代耕团。

代耕团的主要作用是藉大多数农民之余力替少数缺少劳动力的抗日军人家属耕种土地，这是要农民本着民族的友爱和乡邻□友谊□拥护抗日军人，尊重抗属的精神，自愿的□作。但是，农村中体力强旺最富□友爱互助精神的最活泼英勇的青年群众，所□代□团应尽量以农村青年为骨干而成立起来。

第三，组织各种模范突击队，实行劳动竞赛。

为了保护农业生产效率的提高，无论在垦荒团代耕团或一般农民中，凡从事农业直接生产者，必须大量组织各种模范突击队，同时各机关，团体和部队实际帮助□耕者也必须组织各种模范突击队。这些模范突击队，是以积极份子组成的，它的目的是以最高度勇敢积极的精神，提早完成工作，用模范的事实，来□动大众，鼓起广泛的劳动热潮，各个突击队之间，应订立竞赛合同，规定竞赛内容与办法，这种劳动的竞赛制度，将赋予各种劳动组织单位以无限有活力。

第四，高度发扬农业劳动的协作精神。

劳动协作是劳动的集体性的表现，同时协作又是保证劳动效率的最好形式。因此我们要鼓励□□中互相帮助和集体分工的协作精神，垦荒团代耕团等本身固然已是协作劳动的组织，但是，我们也要防止，只顾个人利益的不协作□□。而在一般农民中，更要鼓励他们，无论水利灌溉或牲畜使用等都要竭力合作，使□普遍得到优良的收获。

第五，提高劳动待遇，规定最低与最高工资额。

在农业劳动问题中，还要注意到雇工问题，雇工待遇，在边区已普遍得到了相当的提高与改善，这是必需的，但同时我们也要避免超过今天可能条件以上的高额工资的规定。边区在去年秋收时，工资已普遍增高，但有少数地方，工资提高至每日一元多的，这就目前的条件来说，确是过高的。这种过高工资如果流行起来，对于雇主多量使用雇工，积极加紧生产的努力，反而会给予相当的阻碍。因此在今年春耕中，各地应□着当地情形正确规定最低与最高工资额，调整雇佣关系，以便利春耕中的劳动力使用。这一点也是与劳动组织问题有关的，所以同样应加以注意。

（原载一九三九年三月十九日《抗敌报》第一版社论）

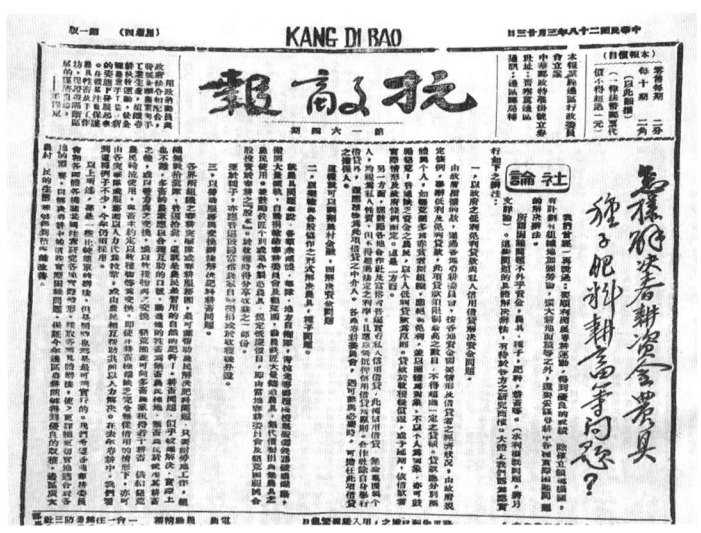

怎样解决春耕资金农具种子肥料耕畜等问题

我们曾经一再说过:要顺利开展春耕运动,得到优良的成绩,除确立领导机关,有计划有组织地加强劳动,扩大耕地面积等之外,还要妥谋春耕中各种实际困难问题的解决办法。

所谓困难问题不外乎资金、农具、种子、肥科、耕畜等(水利灌溉四题,将另文详论)。这些问题的具体解决办法,有待于各方之研究商榷。大体上我们认为应实行如下之办法:

一、以政府之低利免利贷款与私人信用借贷解决资金问题

由政府指拨的款,通过各地春耕委员会,按各地资金

需要情形及借贷者之经济状况，由政府规定条例，举办低利及免利贷款，此项贷款须限制最高之数目，不得超过一定之贷额。贷款应分别团体与个人，如垦荒团多为赤贫者所组织，应绝利免利，并以团体为对象。不以个人为对象，亦可鼓励垦荒；普通缺乏资金之农民，以个人低利贷款为原则。贷款于收获后偿还，或予延期，依借款者实际情形及政府条例而定。这是一方面。

另一方面，应鼓励各地合作社及富裕者普遍实行私人信借贷，此种信用借贷，无论集团与个人，均视为私人性质，但不得超过法定之利率，且应以无抵押信用借贷为原则。合作除自身举行借贷外，还应积极为此项借贷之中介人。各□春耕委员会，遇可能与必要时，可担任此项借贷之担保人。

这样就可以调剂农村金融，而解决资金问题。

二、以乐输与合股协作之形式解决农具、种子问题

就农具问题来说，各群众团体、部队、地方自卫队、青抗先等□积极搜集破烂铁器破□铁□，搬回大量铁轨，自动捐输给春耕类员会及垦荒团，动员铁匠大量铸造农具，无代价募捐□无农具之农民使用。并鼓励铁匠个别或集合制造农具，规定低廉价目，即由当地春耕委员会及垦荒团视□合股投资于春耕之"股本"。于收获时得分享收益之一部份。

至于种子，亦应普遍鼓励富裕农家自动乐捐或于收获后分还。

三、以劳动服务与交换办法解决肥料耕畜问题

各界所组织之春耕突击队或春耕服务团，最可□帮助农民解决肥料问题，只要耐劳地工作，组织无数拾粪队，普遍拾粪，这就是农民最习用的自然的肥科了。耕畜问题，似乎较难解决，实际上也不难，多畜的农家应以合理互助的口号，动员他的牲畜为无畜农民种地，无畜农民于使用其耕畜之后，或以劳力与之变换，或以收获物与之交换，垦荒团并可向多畜农家租得若干耕畜，供给垦荒农民轮流使用，与畜主约定以收获物等为交换。即使在耕畜极端缺乏完全无从借用的情形下，亦可由各突击队或服务团以

人力代为拉犁，或由农民相互帮助共同以人力解决。在去年春耕中，我们看到这种例子不少，今年仍须采用。

以上所述，都是一些比较简单的办法，但是同时也都是最可能实行的。我们希望各地春耕委员会和各团体各机关共同注意研究各地实际情形，采取各种具体办法，使之更详细更切实地适合□各地的需要，以解决春耕中的这些实际困难问题，保证今年边区春耕能够得到优良的收获，边区广大农村农民的生活能够得到积极的改善。

（原载一九三九年三月二十三日《抗敌报》第一版社论）

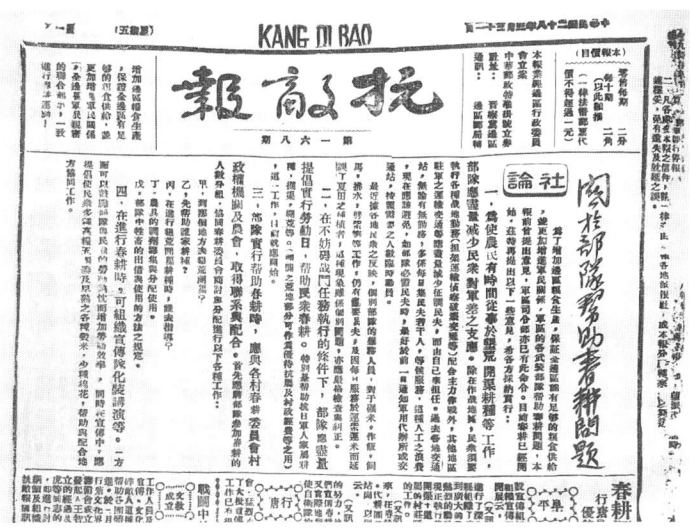

关于部队帮助春耕问题

为了增加边区粮食生产，保证全边区能有足够的粮食供给，并更加增进军民关系，军区的各武装部队帮助春耕问题，本报前会提出意见，军区司令部亦已有此命令。目前春耕已经开始，兹特再提出以下一些意见，希各方采纳实行：

一、为使农民有时间人事于垦荒开渠耕种等工作，部队应尽量减少民众对军差之支应。除在作战地区，民众须要执行各种战地勤务（担架运输侦察破坏交通等）配合主力作战外，其他地区驻军之运输交通等应尽量减少征调民夫，而由自己来担任。过去各地交通站，无论有无勤务，多系每日集民夫若干人，等候服务，这种人工之浪费，现在应该避免，如部队必需民夫时，最好于前一日通知军用代办所或交通站，按照需要之人数临时动员。

最近据各地民众之反映，个别部队的杂务人员，对于碾米，作饭，饲马，挑水，劈柴等等工作，仍有乱要民夫，及因每日服务于运柴运米而延误了夏田之种植者，这种现象虽系个别问题，亦应严格检查与纠正。

二、在不妨碍战斗任务执行的条件下，部队应尽量提倡实行劳动日，帮助民众春耕。特别是帮助抗日军人家属耕种，掘渠，开荒等。（开辟之荒地部分可作为优待抗属及村政经费等之用），这一工作，目前就应开始。

三、部队实行帮助春耕时，应与各村春耕委员会村政权机关及农会，取得联系与配合。首先应将部队参加春耕的人数分组，协同春耕委员会商讨与分配进行以下各种工作：

甲、到那个地方去垦荒开渠？

乙、先帮助谁家耕种？

丙、在进行垦荒开渠耕种时，谁去指导？

丁、农具的调剂筹集与分配使用。

戊、部队中牲畜的出借与使用的方法之规定。

四、在进行春耕时，可组织宣传队化装讲演等。一方面可以鼓励部队与民众的劳动热忱而增加劳动效率，同时在宣传中，应提倡使民众多种高粱玉蜀黍及早熟之各种谷米，少种棉花，帮助与配合地方协同工作。

（原载一九三九年三月三十一日《抗敌报》第一版社论）

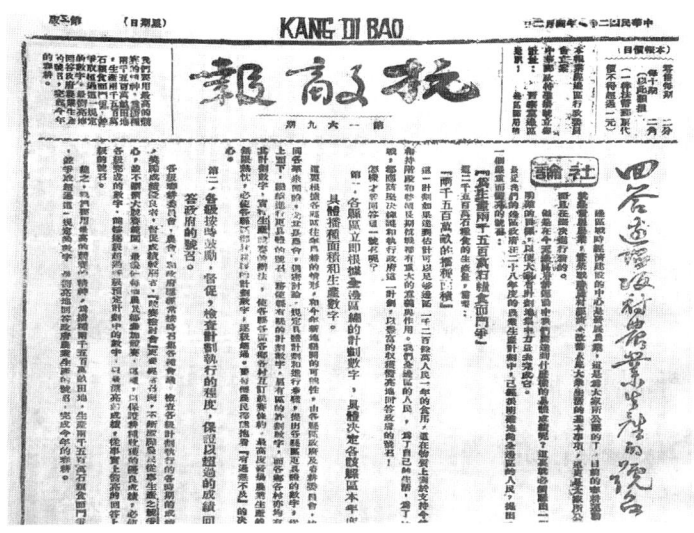

回答边区政府农业生产的号召

边区战时经济建设的中心是发展农业,这是为大家所公认的了,目前的春耕运动也就是发展农业,繁荣战时农村经济,改善人民大众生活的基本事项,这更是大家所公认而且在坚决进行着的。

但是在今天边区春耕运动中我们要达到什么样的具体成绩呢?这里就必须□出一个明确的目标,以便大家有计划地集中力量去完成它。

最近我们的边区政府在二十八年度的农业生产计划中,已经很明确地向全边区的人民,提出了个严重而响亮的号召:

"为生产两千五百万石粮食而斗争"

这二千五百万石粮食的生产量,需要:

"两千五百万亩的播种面积"

这一计划如果达到估计可以足够边区一千二百余万人民一年的食用，这在物质上对于支持今后相持阶段和整个长期抗战都有重大的意义与作用。我们全边区的人民，为了自己的生活，为了抗战，都应该坚决拥护和执行政府这一计划，以丰富的收获响亮地回答政府的号召！

怎样才能回答这一号召呢？

第一，各县区立即根据全边区总的计划数字，具体决定各该县区本年度。具体播种面积和生产数字。

这要根据各县区往年已耕的情形，和今年新地垦开的可能性，由各县区政府及春耕委员会，协同各群众团体，尤其是农会，周密讨论，规定具体计划和进行步骤，提出各县区更具体的数字，从上而下，继续进行更具体的号召，务使县有县的计划数字，区有区的计划数字，而各乡各村亦均有其计划数字，实行生产竞赛的办法，使各县各区各乡各村互订竞赛条约，最高度发扬农业生产的无限热忱，必使各县区乡村耕种的计划数字，逐级□过，要每个农民都能抱着"有过无不及"的决心。

第二，各级按时鼓励，督促，检查计划执行的程度，保证以超过的成绩回答政府的号召。

各级春耕委员会，农会，和政府应经常按时召集各种会议，检查各级计划执行的各时期的成绩，奖励成绩优良者，督促成绩较弱者，"竞赛检讨会"更要经常召开，不断激励农民从事生产之竞争心，并不断扩大竞赛范围，最后让每个农民都参加竞赛，这样，以保证耕种收获的优良成绩，必使各级完成的数字，能够逐级超过各级预定计划中的数字，以最漂亮的成绩，从事实上响亮的回答上级的号召。

总之，我们要用最高的竞赛的精神，为播种两千五百万亩田地，生产两千五百万石粮食而斗争，并争取经过这一规定的数字，最响亮地回答政府农业生产的号召，完成今年的春耕。

（原载一九三九年四月二日《抗敌报》第一版社论）

纪念儿童节

儿童节又到了！

"未来，就是儿童。"在抗战过程中，我们看到在这一点上，敌人似乎比我们看的更清楚，所以敌人在沦陷区域，除了用着种种惨无人道的方法来摧残受难儿童的生命，以达其斩断我民族生机之念头外；□大批将中国儿童劫走，运回日本，施以奴化教育，使他们忘记历史，忘记祖国，忘记复仇，而成为将来攻打祖国的凶手，在边区周围的敌占区里，我们还看到有敌人就地组织的他们所谓儿童团，在不自觉地替敌人向老百姓作欺骗宣传的工作；使那无知和纯洁而幼弱的心灵上，被强迫地蒙上民族罪人的耻辱，这是些多么使人痛心的事！敌人用心的□恶，简直无以复加；中华民族的这一重大损失，是可以补偿的吗？

今年的儿童节是在抗战第二阶段到来的前夜，敌人更加强对我们儿童的摧残之中来临的，处在敌人远后方的边区而艰苦斗争着的我们，又应当怎样来纪念这个日子呢？

首先，边区妇女应当即刻发□□□保育抗属儿童和被灾儿童的广泛组织。在我们□后方，战时儿童保育委员会是早已成立了。边区的环境当然比较□后方困难，可是这决不能成为保育儿童这一组织的不须有的理由；相反的这只能说明这一组织的急需，事实上我们是有许多被人疏忽的抗属儿童和被灾儿童，在饥寒疾病的纠缠之中挣扎着。我们不□这□全民族生命之花，还刚在结苞的时就被风雨夭折，我们应当承认过去对于这一工作的疏忽，而急起补救！

这一工作的开展，我们除了宣传募捐之外，还得□求政府的帮助；并广泛的动员全边区的妇女界来参加这一工作。

其次，保育儿童，我们不应局限在作为中国的第二代国民和继承革命工作的意义中；且应该作为抗战现阶段的一种力量来保育，这在我们边区尤为明显，如边区儿童团他们站岗放哨，送信，□□，宣传，帮助抗属，慰劳伤兵等，在某种意义上，边区的儿童是和一切成年的国民，执行着同等的抗战工作，在本报去年十二月廿一日的报纸上，曾载有十几个儿童在曲阳到定县的汽车道上，堆土堆以吓敌人，这些英勇的事实，都证明了中国的儿童，就在抗战的现阶段也是一个不可忽视的力量。

边区的儿童工作，一年来在艰苦斗争过程中，已打下了坚强的基础，有了它的光荣的成绩，大部分儿童已组织了起来，且在抗日斗争中起了大的作用。但为了更进一步发挥边区儿童的伟大力量，今后应注意到：

一、更加扩大儿童团的组织，将女儿童们也组织起来，过去儿童团工作仅注意男儿童，而对□占有边区儿童一半的女儿童是相当的忽略了的，除了少数县中在妇救领导之下有女儿童团的组织之外，大多数县的女儿童没有普遍组织起来，给以教育训练，这不能不说是我们儿童工作的一个损失。因此，我们应该扩大儿童团的组织，将女儿童们集体组织起来。

二、在现有工作基础上，加强对儿童的教育与训练。提高儿童们特别是近敌区的儿童们的民族□□，自觉为中华民族的优秀后代，认清日寇是我们的死敌，以使在将来相持阶段中更艰苦的环境下，不致为敌人汉奸欺骗利用；而且更能发挥他们伟大的力量□□抗日斗争！为了中华民族的前途，为了加强现阶段抗战力量，为了对"任重道远"的中国的第二代□□的培植，全边区的每一个灾难儿童的父母，拿出最大的力量来保育自己的孩子吧！来抢救正在遭受灾难的儿童吧！

□□□的夫人说得好：敌人"要毁坏，我们就格外要保存，□□摧残，我们就要用格外有效的方法来爱护，他带走了或是残杀了我们一个儿童，我们就要尽心尽力的来□养一个多下来的儿童，使得长成起来一个能抵十个之用，这不单□□□□，我们应如此做，为救国，我们应如此做，为支持□□□建立□后的新中国，我们更应如此做。"

（原载一九三九年四月四日《抗敌报》第一版社论）

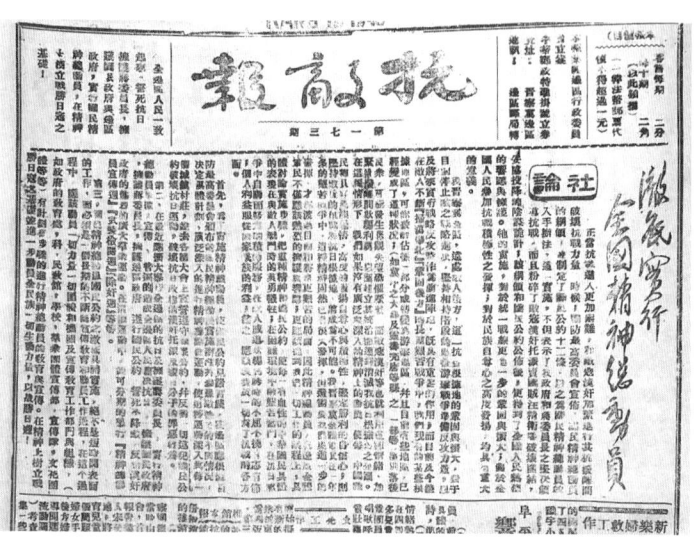

澈底实行全国精神总动员

正当抗战进入更加困难,和敌寇汉奸加紧进行其挑拨离间破坏抗战力量的时候,国防最高委员会宣布,国民精神总动员的纲领,并制定了国际公约十二条,□之为国民精神总动员的入手办法,这一实施,不但表示了我政府和□□□□之坚决领导抗战,而且粉碎了敌寇汉奸托派卖国贼汪精卫等破坏团结,妥协投降的阴谋诡计,该纲领和国民公约公布后,更得到了全国人民热烈的响应与拥护。他的实施,对于统一战线更进一步的巩固与扩大;关于全国人民参加抗战积极性之发挥;对于民族自尊心之高度发扬,均具有重大的意义。

我晋察冀边区,远处敌人后方,这一抗日根据地的巩固与扩大，还于目前停止敌之战略进攻，坚持相持阶段的□□游击战争准备反攻力量，以及将来实行战略反攻时作为前进阵地，既具有重要的作用，而目前及今后在敌人不断"'扫荡'华北""巩固后方"的长期艰苦战争中，我们现有的某些根据地区，可能被敌占据一部分或转变的游击地区，并且目前有些地区，已经变成了这种状况；（如冀中之大部及灵寿完唐等县之一部等）特别落后民众，可能发生悲观失望恐惧□□，而敌寇汉奸等也就利用这种情绪，加紧挑拨离间欺骗利诱，以图建立其统治而达到消灭我抗日根据地之企图。在这种情形下，我们如果没有广泛而深入的精神上的□□，使每一个中国国民都具有□□觉悟，高度的发扬自尊心与积极性，坚定胜利的自信心，则坚持敌后的抗战和抗日根据地，将成为不可能。我晋察冀全体军民在一年多的艰苦战争中，这种精神固然已有很大发挥，但还需要我们更进一步的发挥，才能渡过目前和将来更艰苦的局面，因此精神总动员，我边区全体军民不仅应该热烈的拥护与响应；更应该提到我们一切工作的议程上，具体讨论实施步骤，把这种精神和国民公约，使每一有血性的中华国民具体的表现在与敌人战斗时的英勇牺牲；在困难环境中的艰苦奋斗，在抗日斗争中自动而努力的积极服务，在敌人威迫欺骗利诱时的不屈不挠有志有节；个人利益服从国家民族的利益，总之，应该□□□一切为了抗战的各方面。

首先，为了实施精神□□□，使国民公约见诸实践，我边区应根据国防最高委员会颁布的国民精神总动员实施办法并参□敌后方的不同情况，决定具体计划，广泛深入的进行精神□□的运动，使这种运动深入到每一个城镇村庄，并去各种大会上宣誓遵守国民公约，并反对一切违犯国民公约破坏抗日运动，破坏抗日政权的汉奸托派及亲日份子的罪恶行为。

第二，在最近应扩大举行全边区的抗日及拥护□□□□，实行精神总动员并扩大宣传，普遍的造成全边区人民坚决抗日，拥护国民□□，拥护□□□□，拥护边区政府，遵行国民公约，誓死不降敌，反对汉奸政府的

□□的广大群众运动。在这种运动中，并可分期的举行"精神总动员宣传周""武装检阅周""除奸周"等等。

第三，国民精神总动员国民公约之彻底具体实施，绝不是短时间表面的工作，而必须是一个长期的不断的宣传教育和动员工作过程，在这个过程中，应该动员一切力量一切团体和机关及宣传教育工作部门与组织，（如政府的教育处，科，民教馆，学校，群众团体宣传部，宣传队，文化团体等等）有计划有步骤的进行精神总动员的教育与宣传。在精神上树立战胜日寇之基础并进一步动员全民族一切生产力量，以战胜日寇！

（原载一九三九年四月十日《抗敌报》第一版社论）

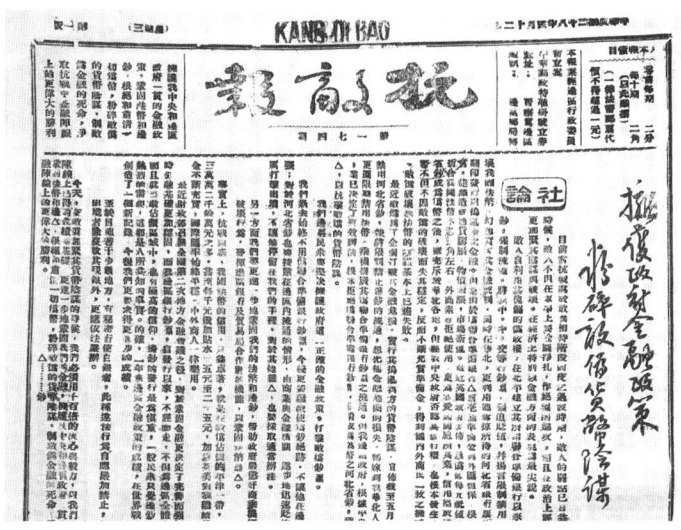

拥护政府金融政策 粉碎敌伪货币阴谋

目前当抗战处于敌我相持阶段□夜之过渡时期，敌人的弱点已日益严重地暴露的时候，敌人不但在军事上要企图挣扎，作绝望的进攻，而且在政治上经济上也必然要更加紧其阴谋与破坏，在经济上特别以金融方面的表现为最尖锐。

敌人自利用其傀儡的伪政权，在北平建立其所谓联合准备银行以来，大量滥发伪钞，强制流通，将我中，中，交等行钞票，强迫贬值，并扬言限制禁用，积极企图破坏我国法币，幻想实现其金融统制，同时在华北，更利用他抢掠所得的河北省银行票板，无限制地翻印发行以捣乱□□金融。但是由于伪联合准备银行□票毫无准备金与外汇担保，根本没有信用可言，徒然造成通货膨胀，物价膨胀，市场紊乱。最近英国政府公布，该伪□每元只值英金□便士，折合我国法币不过三角左右，外商素来拒绝使用，更为我爱国同胞所共弃，信用陷于破产，而河北省钞成为伪币之后，虽充斥于华北各地，但经我中央政府否认其发行权，也根本发生了动摇。我法币不但不因敌伪的破坏而失其稳定，反而不断充实准备金，得到国内外商民一致之拥护，信用日高，敌伪破坏我法币的阴谋基本上已趋失败。

最近敌伪为了企图打破其金融危机，实行其捣乱我方的货币阴谋，宣布截至五月二十一日止，禁用河北省钞，并将限制禁止边钞的流通，想把他金融机构的损失，转嫁到我华化人民身上，同时更图限期禁用法币，乘机推广其伪联合准备银行钞票之流通。但我边区政府，根据中央的金融政策，业已决定了有效办法，根本拒绝伪联合准备银行钞票，□□成为伪币之河北省钞，巩固法币与边钞，以抗击敌伪的货币阴谋。

我们边区民众要坚决拥护政府这一正确的金融政策，打击敌伪钞票。

我们过去始终不用伪联合准备银行钞票，今后更要继续使伪钞绝迹，不让他在边区以内发现一张；对于河北省钞也要按照在边区内流通的情形，由商业与金融机关逐步地迅速贬抑其价值，严厉打击出境，不让他停留在我们的手里，对于其他杂钞，也要采取适当办注。

另一方面我们要更进一步地巩固我们的法币和边钞，帮助政府严惩奸商乘机扰乱操纵破坏行为，发挥边区银行及贸易局合作□的机能，以巩固伪币边钞。

事实上，抗战以来，我国法币的信用，日益卓著，就是在敌伪占据的平津一带，流通数量亦达三万万二千余万元之多，甚至每千元还加贴水一五元至二十五元，加以英美对我继续贷款，外汇基金不断充实，国际汇率始终平稳，中外商人一律乐用。

最近财政部召开全国第二次地方金融会议之后，对于巩固金融更决定了完善而强韧的法案，战时金融基础更加稳固，而我边区银行钞票，自发行以来，不胫而走，不但为边区全体人民所爱护，而且就在敌占领区域中，也有极高的信仰，边钞的发行最为慎重，一般民众只觉边钞不够用，表示热烈的需要，这都是人所共知的事实。的确，一年来边区金融政策的成绩，在世界战时化身史上是创造了一个新记录，今后我们更要求得更进步的成绩。

至于目前若干少数地方，有秘密行使白银者，此种违法行为自应严加禁止，对于运银出境者除没收其现银外，更应依法严办。

今天，在敌伪加紧其货币阴谋的时候，我们必须用十百倍的决心与毅力，以我们一年来在金融阵在线已得的成绩的基础，更进一步地巩固我们的金融，拥护我中央和边区政府一贯的金融政策，巩固法币和边钞，根绝和肃清一切伪币，粉碎敌伪的货币阴谋，制敌伪金融的死命！争取抗战中金融阵在线的更伟大的胜利。

（原载一九三九年四月十二日《抗敌报》第一版社论）

边区当前的粮食问题

近来由于敌伪占据的平津及其他城市,发生严重的粮食恐慌,因此敌伪乃以其无价值的伪钞与河北省钞,等于用掠夺的形式,向华北各产粮区域,特别是向我边区大量高价收买粮食,一方面藉以解决其粮食恐慌,另一方面亦企图破坏我方民食。同时敌寇在其对我军事进攻的过程中,更到处抢劫与烧毁我民间的粮食,加以少数奸商,贪图虚利而忘大义,偷运粮食出境或乘机居奇操纵,而各县粮食之调剂,亦多有不善,结果造成最近边区各地粮价暴涨的事实,尤以冀西各县为甚,平均各种粮食价格,约涨至百分之五十左右。这种现象摆在全边区人民与政府的面前,显然是一个急需解决的问题。

我边区政府,对此问题,早经缜密考察,并已决定了正确有效的措置,业经明令公布,我们是非常赞同而愿坚决奉行。最近中央财政部召开的全国第二次地方金融会议,所确定的平衡物价跌□及调济食粮需要的法案,更敏锐地正确而周密地提出了许多具体办法,而且我们从中央所决定的办法中,更证明了我贤明的边区政府切合地方情形的具体措置与中央所确定的法案完全一致而正确,因此,我们认为更有号召全边区各界人士,协同政府加紧解决边区当前的粮食问题的必要。

首先是严厉禁绝食粮运出边区。我们认为边区各地各群众团体及军队,应协助政府及自卫队,斟酌各地实际情形,划定粮食封锁线,查禁偷运食粮到敌区去,一经查获偷运者□全部没收其粮食车辆及牲畜,并将人交付政府依汉奸论罪法办,见偷运而隐匿不报者连坐,查获与告发者给赏。

第二是鼓励往敌区购粮,禁止闭粜,实行平粜。各地民众广泛建立的合作社贸易局应积极向敌区收购粮食,并鼓励一般商民到敌区购粮,政府发给购粮证,予以合法保障,必要时并须按照中央规定之办法,组织运输队,由军政机关予以切实保护。边区以内各县粮食凡持有购粮证者,更要让其大量自由贩运,不得禁止,打破闭粜恶例。粮价高□的地方,应即由政府或贸易局等办理平粜,以低廉价格大批出售粮食,以平抑粮价,或由地方官商民众团体依中央之规定合组"物价平衡会",以政治力量平抑之。

第三是严禁奸商屯积粮食居奇操纵,抬高市价。由民众随时注意揭发奸商操纵之行为,照中央所定办法,呈报当地军政机关,勒令照价出售,或搜查之。如果有刁猾违抗者,应交政府法办。必须完全消灭奸商居奇操纵的现象。

第四是进行广泛深入的宣传,遵守国民公约,以政治动员为保证。各级群众团体应配合政府向各村庄进行广泛而深入的宣传,澈底揭破敌伪汉奸破坏我方经济的阴谋，使每一个□民□宣誓不卖粮食和一分物品给敌人，遵守国民公约，从政治上提高一般人民的民族自尊心，不为敌寇汉奸所诱惑欺骗，保证我们自己的粮食供给，巩固抗战的物质基础，封锁敌人，在经济上予打击者以打击！

（原载一九三九年四月十八日《抗敌报》第一版社论）

祝妇女儿童考察团的成功

陈波儿女士所领率的战区妇女儿童考察团，从我们中央政府所在地的大后方长途徒步跋涉到达边区，她们的艰苦辛劳而能克服困难安抵目的地，实足以显示我中央政府对于沦陷区域幼弱妇孺同胞的关怀与抚爱的精神和大后方广大人民对于战区同胞的同情与热望。考察团的五位民族女战士怀着对于战区千百万同胞，特别是姑嫂姊妹子侄们的无限强烈的慰藉与怜爱的心，准备把战区同胞在侵略者炮火下的怒吼，欢笑和创痛的呼声，传遍到全国和全世界去；她们准备用她们的全力来沟通全国各战区同胞的气息与脉搏和血肉斗争的经验。她们的精神与抱负是值得我们边区每一个同胞的钦敬与赞助的。

我们边区今天已经在中央政府和全国同胞的抚育与教导之下壮大起来了，这里的人民，上下一致的精诚团结的力量，在一年多和敌人苦战中更加锻炼得坚强了。边区的政府和军队在中央政府和□□□□及边区军政领袖的统一领导之下，不但得到了全边区人民的拥戴，而且得到全国同胞的爱护，同时更不断得到国际亲切的注视与同情。考察团五位女士到达边区的时候，恰恰遇到了又一位国际名记者来访问边区，她们和国际朋友在敌人的后方，在华北抗战的最前线，在全辖区人民狂热举行拥□大会宣誓遵守国民公约声中握手含笑，更充分表现了边区的发展和进步的象征，这在中华民族抗战的历史上同样有其不可忽视的意义，我们边区的人民更要加紧保卫、巩固和发展我们的边区，以回答后方同胞和国际朋友的热望。

我们希望考察团的同志除了特别详细考察边区妇女儿童的生活与参加抗战的各种实际活动之外，能够像考察团同志自己所计划着的更广泛地考察边区各方面的抗战工作，把这些工作中的经验教训，带给每一个关怀我们边区抗战的后方同胞，和其他战区的同胞，以沟通彼此的声息与行动。

当然，我们同样希望并且相信边区各界人士和全体工作同志也一定能够尽量帮助考察团的同志们完成她们的工作任务，同时考察团的同志以在大后方的展开和经验所得，也必定能够尽量提供宝贵的意见，介绍大后方的抗战工作各部门的实际经验，以补足我们工作上的某些弱点。因为也只有这样才能真正达到沟通大后方与各战区的抗战的精神与行动，而达到考察团同志在工作上最大的成功。

（原载一九三九年四月二十六日《抗敌报》第一版社论）

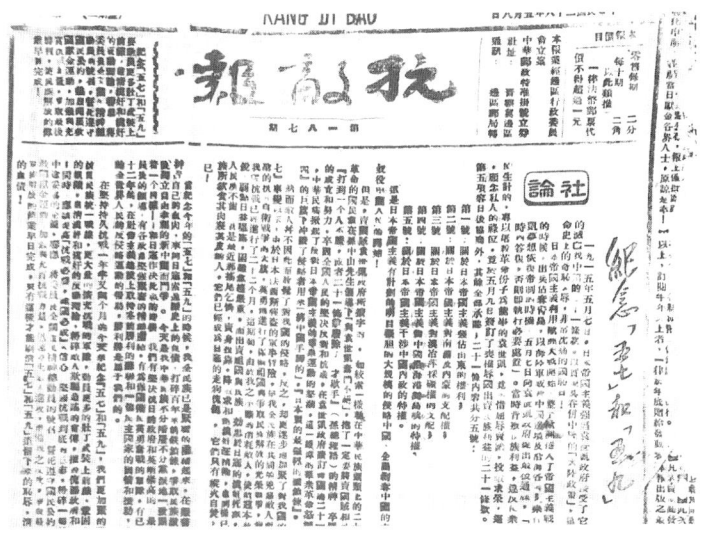

纪念"五七"和"五九"

一九一五年五月七日，日本帝国主义强逼袁世凯政府接受了它所提出的苛酷的灭亡我中国的二十一条款。以实现其吞并中国的"大陆政策"，这是中华民族革命史上的奇耻大辱，非常沉痛的国耻日！

日本帝国主义利用欧洲大战开始，整个欧洲卷入了帝国主义战争而不暇东顾的时候，出兵占夺青岛，以海陆军威胁中国边境及沿海各地，乘着北洋军阀袁世凯梦想恢复帝制的时机，五月七日向袁世凯政府提出最后通牒，"限于四十八小时内答复，否则即执行必要处置"。当时背叛民族利益，违反民众公□，不顾国民生计的，专以屠杀革命份子为能事的袁世凯，竟不惜屈辱卖国，投敌求荣，逼于日寇的横暴，顾念私人的禄位，竟于五月九日签订了丧权辱国出卖民族利益的二十一条款。——除第五号第五项容日后协商外，其余全部承认，二十一条内容共分五号：

第一号：关于日本帝国主义强占山东的权利；

第二号：关于日本帝国主义对南满及内蒙的支配权；

第三号：关于日本帝国主义对汉冶萍采矿权的支配；

第四号：关于日本帝国主义对中国沿海港与岛屿的特权；

第五号：关于日本帝国主义干涉中国内政的特权。

这是日本帝国主义有计划的明目张胆的大规模的侵略中国，企图剥夺中国的主权，领土和奴役中国人民的开始！

但是，卖国贼袁世凯政府所签字的，如绞索一样勒在中华民族头颈上的二十一条，卒因革命的国民党在孙中山先生领导下"与袁世凯奋斗不绝"，抱了一定要将卖国贼和日本帝国主义"打到一个人不□，或者二十一条款废除了，才歇手"（孙总理语）的精神，卒国中国共产党的成立和努力。卒国全国人民的坚决反对和抗议，在袁世凯政府签订卖国的二十一条的几年后。中华民族掀起了反对日本帝国主义的群众运动的怒潮，这一雄伟的群众革命怒潮终于在"五四"的巨旗下冲毁了侵略者用来"绑中国手脚的"，"日本制的最强韧的铁锁炼"。

然而敌人并不因此而放松了对我国的侵略，反之，却更逐步地加紧了对我国的进攻，"七七"事变以来，由于日本法西斯强盗的军事冒险，使我全民族在共同的凶恶敌人面前掀起了神圣的抗日自卫战争的大旗，英勇地进行了保卫祖国与争取民族解放的光荣战争，到今日为止，我国抗战已经进行了二十二个月，这期间，由于我之不断的消耗敌人，使敌寇本身矛盾日渐尖锐，弱点日益暴露，困难愈趋严重。而出卖祖国与民族，效忠于日寇的汉奸托派，也早为全国人民所不齿，就是最近那摇尾乞怜，卖身投靠，降敌求和的汉奸□□□，也同样已经成为全民族所欲食其肉寝其皮的人，它们已经成为日寇的走狗傀儡，它们只有纵火自焚，自取灭亡而已！

当纪念今年的"五七"和"五九"的时候，我全民族已是紧密的团结起来，在艰苦的战争中，拼着自己的血肉，来同日寇索还历史上的血债，打碎百年来的铁锁炼，争取民族彻底解放，建设独立自由幸福的新中国而斗争。今天是我中华民族不分阶层不分党派地一致团结起来，向着一个目标——和日寇作决死战的时候，我们有坚决抗日的政府和英明崇高的，最高统帅□□□□的领导，有各政党坚强紧密的精诚团结，有为保国卫民英勇奋战的军队。有已经存在了二十二年的，在社会主义建设上取得空前胜利的苏联和一个民主国家的同情和援助，有日益扩大的全世界人民的反侵略运动的帮助，胜利将是属于我们的。

在坚持持久抗战一年半又两个月的今天来纪念"五七"和"五九"，我们更加紧的巩固和扩大抗日民族统一战线，更大量的扩充抗战的军队，动员更多的壮丁武装上前线，巩固和扩大民众的组织，□清汉奸和汉奸的反动理论，粉碎敌人欺骗造谣的宣传，摧毁傀儡政府和一□伪组织；同时，应该提高"抗战必胜，建国必成"的信心，坚强抗战到底的意志，粉碎一切挑拨离间和中途妥协的企图，响应□□□□全国□民精神总动员的号召，誓死遵守国民公约，□□开展救国献金运动，加强与充实抗战力量，迅速停止□□进攻，准备我之反攻，□□最后胜利，使□□解放的伟业早日完成，只有这样才能刷清"五七"和"五九"遗留下来的耻辱，清算九十年来的血债！

（原载一九三九年五月八日《抗敌报》第一版社论）

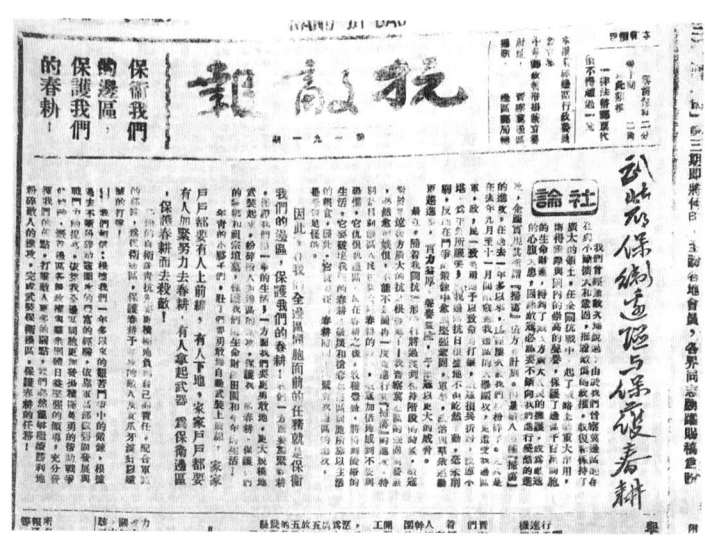

武装保卫边区与保护春耕

我们曾经无数次地说过，由于我们晋察冀边区的存在与不断扩大和巩固，摧毁敌伪的政权，收复和保持了广大的领土，在全国抗战中，起了战略上的重大作用，博得国际与国内的崇高的声誉，保护了边区千百万同胞的生命财产，得到了边区广大人民的拥护，成为敌寇的心腹大患，因此敌寇必然要不断向我们进行残酷的进攻，企图实现其所谓"扫荡"后方□计划。但是敌人这种"扫荡"的进攻，在过去一年多以来，已经屡次被我们□粉碎了。尤其是在去年九月至十一月间敌寇为我边区的大举围攻，更遭受我边区军，政，民一致英勇地予以致命的打击，敌寇损兵折将，疲惫不堪，为中外所讥笑；我边区抗日根据地不但屹然不动，毫不削弱，反而在斗争的锻炼中愈□坚强巩固，军事，政治与群众运动更趋进步，实力益厚，声誉益隆，予敌寇以更大的威胁。

最近，随着我国抗战形势行将过渡到相持阶段的时候，敌寇对于□远后方广大的抗日根据地——我晋察冀边区的巩固与发展，必然愈加疾恨，不能不企图再一度地进行其"扫荡"的进攻，特别是目前边区人民□□□春耕的时候，敌寇加倍地感到不安与恐惧，它仇恨我边区人民在春耕之后，收获丰盛，将得到优裕的生活，它要破坏我国的春耕，破坏和抢夺我边区同胞所靠以生活的粮食，因此，它□□在□春耕时□，□紧对我边区的进攻，是不以足怪的。

因此，在我们全边区同胞面前的任务就是保卫我们的边区，保护我们的春耕！我们一方面要加紧春耕。保证我们这一年的生活；一方面我们要更勇敢地，更大规模地武装起来，粉碎敌人对边区的进攻，保护我们的春耕，保护我们的家乡和祖宗坟墓，保护我们的生命财产田园和今年的生活！

年青的小伙子们，壮丁们要勇敢地自动武装上前线，家家户户都要有人上前线，有人下地，家家户户都要有人加紧努力去春耕，有人拿起武器，为保卫边区，保护春耕而去杀敌！

各地的自卫□青抗先要更积极地负责起自己的责任，配合军警的部队，为保卫边区，保护春耕予进攻诉敌人及其爪牙汉奸以歼灭的打击！

我们相信：根据我们一年多以来的艰苦斗争中的锻炼，根据过去不断粉碎敌寇围攻的丰富的经验，依靠军区部队巩固发展与战斗力的提高，依靠我全边区同胞更加发扬积极英勇的帮助战争的精神，凭着边区各级政权与群众团体日益坚强的领导，充分发挥我们的优点，打击敌人更多的弱点，我们必然能够继续胜利地粉碎敌人的进攻，完成武装保卫边区，保护春耕的任务！

（原载一九三九年五月十六日《抗敌报》第一版社论）

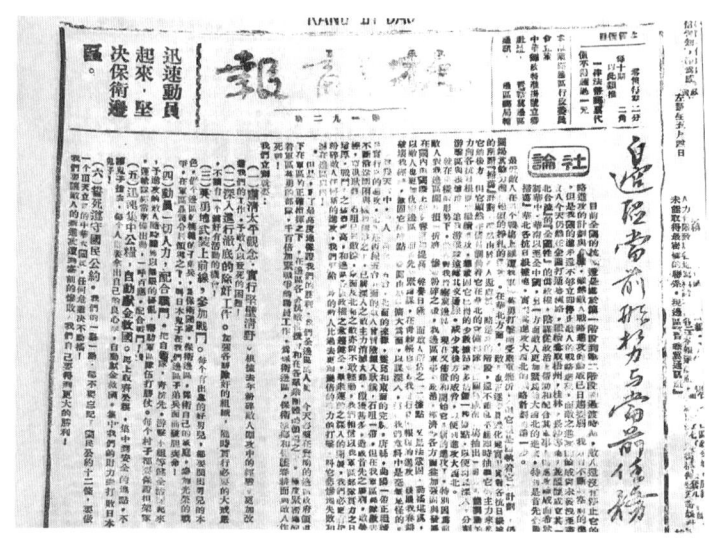

边区当前形势与当前任务

目前全国的抗战还是处于第一阶段到第二阶段的过渡时期，敌人还没有停止它的战略进攻的计划与□□，虽然敌人战略进攻的□威已日趋萎弱，我方曾不断的空前的进步。但是我国的进步还不够立即停止敌人的战略进攻，而敌之进攻的余威尚未发泄至尽。敌人今天仍然在企图打通粤汉路，继续夺取梧州，桂林，长沙等地，并酝酿成立其"南北合流"的"全国性"的伪政权，阴谋从政治上帮助和配合其军事，□□□余威而希冀控制华中，华南以至全中国，另一方面敌人更加紧为扩大西北的进攻，特别是首先企图"扫荡"华北各抗日根据地，实现其进攻大西北的战略计划的第一步。

最近敌人在□个战场上虽遭我军的英勇打击而受严重挫折，但它就是固执着它的计划，仍企图竭□余力进行绝望的挣扎的进攻。在华北方面，敌人也正逐步具体化地实□□对各抗日根据地的所谓"扫荡"计划，□□由于□人还处于战略的阶段，还不能也不能实时抽□它的主力来□□它的后方，但它显然在尽量调动着它在华北的守备部队，□□或南□场抽出一□□□能调动的兵力向各抗日根据地继续进攻。想巩固它已得的少数据点□多□□一些□点，以便再度深入，分割我游击区与根据地，迫使游击队远离其交通线。减少其后方的威胁，以便利进攻大西北。

就在这样的形势下，敌人对我晋察冀边区，现在又布置和开始它□新的进攻了。特别因为前次敌人对我边区围攻损兵折将，惨□粉碎之后，我边区军事，政治，经济等各方面益加强固与发展，在国内与国际上的影响更加提高，声誉日隆，而敌人□占之一二据点，又无法巩固，动摇堪虞，所以敌人也更加仇恨边区，而首先加紧□谋，在青纱帐以□□我进行疯狂报复的进攻，破坏我春耕，破坏我经济，巩固它□□点，企图由□□扩大为面，以谋深入，这在我们意料中是毫无足怪的。

这几天当中，敌人□□□五台，北面的涞源，灵邱和东面的完县，唐县，曲阳一带正继续增□实行□的进攻，尤其是西线五台□面的敌人曾冒险□入耿镇，石咀一带，但在我军区□□□昼夜不断沿途围困与猛烈□□之下，已将深入之敌主力消灭大部，缴获甚多。造成首先之胜利，敌势大挫，窜退耿镇，石咀已无敌踪，东面及北□之敌亦尚不敢轻动。我们相信以我军区部队实力之日益增厚，战斗□之□猛烈高，和边区□□政权之愈趋健全，群众运动之深入的开展，我们必更有把握粉碎敌人任何新的进攻，我们要给进攻的敌人比过去更加几倍的有力的打击，叫它悲惨地失败和消灭在边区以内！

但是，有了最高度地保证我们的胜利，我们全边区的人民，今天必须在贤明的边区政府领导之下在军区的正确指挥之下，在边区各界抗敌后援会和在各群众团体的领导之下，极度紧密地配合着军区英勇的部队，千百倍加紧战争的动员工作，为保卫边区，保卫家乡和保护春耕而与敌人作殊死战！

我们立刻就要：

（一）肃清太平观念，实行坚壁清野。根据去年粉碎敌人围攻中的经验，更加改造我们的工作。予敌人以致死的困难！

（二）深入进行彻底的除奸工作。加强各级除奸的组织，随时实行必要的大戒严，不让有一个汉奸有活动的机会！

（三）英勇地武装上前线，参加战斗。每个有出息的好男儿，都要显出男儿的本色，做全边区的模范的子弟兵，为保卫国家，保卫边区，保卫自己的家庭，参加光荣的战争，在军区聂司令员领导之下，叫日本鬼子在我们边区子弟兵面前破胆丧命！

（四）动员一切人力，配合战斗。把自卫队，青抗先，游击小组等健全□□起来，予进攻的敌人随时随地以无限的扰乱，帮助军警队伍打胜仗。每个村子都要保证担架队，运输队经常准备出动，一呼百应，配合战斗！

（五）迅速集中公粮，自动献金救国。马上收齐公粮，集中到安全的地点，不让鬼子抢去，每个人都要拿出自己的良心来，自动献金救国，集中我们的财力去打败日本鬼子！

（六）誓死遵守国民公约。我们的一举一动，都不要忘记了国民公约十二条，要做我们要让敌人的新进攻遭到空前的惨败，我们自己要得到更大的胜利！

（原载一九三九年五月十八日《抗敌报》第一版社论）

用热忱慰劳祝贺前线的胜利

近几日来,前线不断传来了我八路军装死的的消息,这消息激励和兴奋了千百万的边区人民,兴奋着全华北和全国的人民。

据十六日电讯:我边区西线之敌,由大营镇进犯神堂堡,经我英勇的八路军某旅一部诱入山谷,血战七昼夜,敌五六百人大部被歼灭,我缴获钢炮三门,机枪五挺,步枪二百余支,马匹及其他军用品无算。

又据十七日电讯:我某旅之某团包围,由土楼子向大营逃窜之敌约三百余于东□附近激战二小时,复将敌大□□□,□迫击炮一门,轻重机枪各二挺,步枪五十余支,战马百余匹,其他军用品甚多。

同时在冀中，我八路军与敌伪军的万余人在齐会（河间东北十里）空前激战，我贺师长亲率所部不怕一切牺牲，予敌重大杀伤，敌无耻施行毒攻，我贺师长亲临火线，身中重毒，但仍督师坚决歼敌，苦□三昼夜，卒将敌全部击溃，我军继续追击，敌共伤亡七百余，我缴获步枪一百余支，短枪七挺，轻机枪十余挺，掷弹筒三支，炮弹四十余箱，防毒面具七十余个，毒瓦斯十余筒，子弹万数□发，望远镜十个，大车五十余辆，满载食品大米罐头等。虽以敌之无耻放毒，致我军中毒及伤亡者□□贺师长以下计七十余人，□在我贺师长坚决指挥下，终于得到了伟大的胜利。

同胞们，目前敌人正在进行着对我晋察冀边区的新的大举进攻，和继续对冀中平原的"扫荡"。摆在我们面前的是长期的残酷的战斗，为了保卫我们的家乡，保卫我们的边区，抢救我们的国家□□，我们只有和敌人进行殊死的斗争，坚持长期的抗战，粉碎敌人的新进攻。我军区和冀中最近这些新的胜利，正是我们继续彻底粉碎敌寇的新进攻的开始，而我八路军某旅和贺师全体英勇的指战员此次伟大壮烈的胜利的战绩，也就特别值得我边区人民的敬仰与赞佩。他们为了我们全体人民和民族的生存，在敌人猛烈的炮火和无耻的毒攻之下，不惜一切牺牲，坚决果敢地歼灭敌人，缴获无算，发扬了八路军光荣的英勇牺牲的精神，为全边区，全华北和全中国人民扬眉吐气。他们的忠勇绝伦加强了我们无限的胜利的信心，削弱了敌人的力量，给敌人的进攻以迎头的无情的打击，这在配合保卫大西北的战略上是有重大意义的，面对于保卫边区保卫敌后抗日根据地，保卫边区人民的生命财产，尤其有重大的作用。

因此，我们对于某旅和贺师长新的伟大胜利，应本最大的热忱与最高的崇敬予以热烈的慰劳，用我们的慰劳，来表示我们对于最优秀的抗日武装的拥护，表示我们对于坚苦卓绝的民族英雄的敬仰，同时更表示了我们万众一心，不分前线后方，一致支持抗战，同仇敌忾不可制服的精神。

我们要积极地发动广泛的慰劳运动，尽我们所有的一点，用我们诚挚的心，献给胜利的部队和光荣地受伤的弟兄，并对壮烈殉国的英雄，致以崇高的敬礼，发动抚恤他们的家属，以慰死者的英灵。发扬民族抗战的精神，鼓励士气，继续取得更大的不断的胜利，粉碎敌人的新进攻，以争取最后胜利。

（原载一九三九年五月二十日《抗敌报》第一版社论）

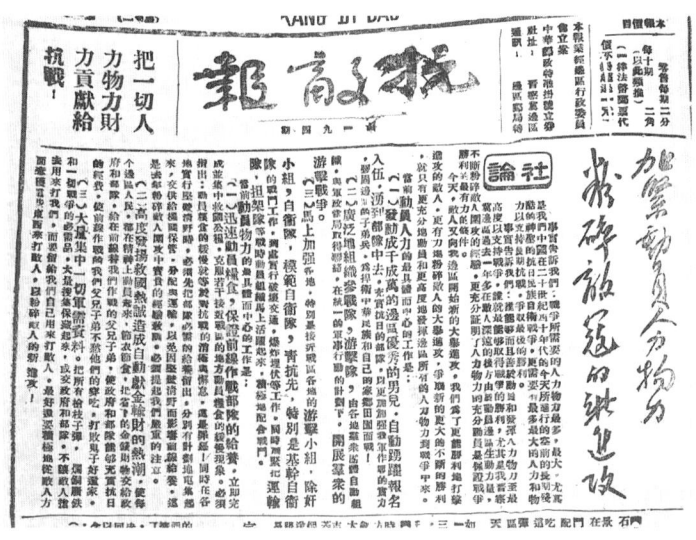

加紧动员人力物力　粉碎敌寇的新进攻

　　事实告诉我们：战争所需要的人力物力最多，最大，尤其是我们中国在二十世纪四十年代的今天所进行的空前的长期残酷的神圣的抗日民族自卫战争。更需要有最多最大的人力和物力以支持长期抗战，争取最后的胜利。

　　事实告诉我们：谁能够而且善于动员和发挥人力物力至最高度以支持战争，谁就最能够取得战争的胜利，尤其是我晋察冀边区过去一年多在敌人深远的后方由于动员边区生动力量，不断粉碎敌人围攻的经验，更充分证明了人力物力的充分动员是保证战争胜利的最有力的条件。

　　今天，敌人又向我边区开始新的大举进攻，我们为了更能胜利地打击进攻的敌人，更有力地粉碎敌人的大举进攻，争取新的更大的不断的胜利，就只有更充分地动员和更高度地发挥边区所有的人力物力到战争中来。

当前动员人力的最具体而中心的工作是：

（一）发动成千成万的边区优秀的男儿，自动踊跃报名入伍，涌到部队中去，充实抗日的部队，以更加加强我军作战的实力，巩固边区的子弟兵，为捍卫中华民族和自己的家乡田园而战！

（二）广泛地组织参战队，游击队，由各地群众团体自动组织，与军政当局取得联络，在统一的军事行动的计划下，开展群众的游击战争。

（三）马上加强各地，特别是接近战区各地的游击小组，除奸小组，自卫队，模范自卫队，青抗先，特别是基干自卫队的战斗工作，到处实行破坏交通，爆炸埋伏等工作，同时加紧把运输队，担架队等战时动员组织马上活跃起来，积极地配合战斗。

当前动员物力的最具体而中心的工作是：

（一）迅速动员粮食，保证前线作战部队的给养，立即完成并集中救国公粮，克服若干接近战区的地方动员粮食的缓慢现象。必须指出：动员粮食的缓慢就等于对抗战的消极与懈怠，这是罪恶！同时在各地实行坚壁清野时，必须先把部队必需的给养留出，分别有计划地屯集起来，交供给机关保管，分配与运输，以免因坚壁清野而影响前线给养，这是去年粉碎敌人围攻中宝贵的经验教训，必须提起我们严重的注意。

（二）高度发扬救国热诚造成自动献金输财的热潮，使每个边区人民，都在精神上动员起来，节衣节食，把省下的金钱财物交给政府和部队，给在前线替我们作战的父兄子弟不愁他们的穿吃，打败鬼子好还家。

（三）大量集中一切军需资料。把所有枪枝子弹，烂铜废铁和一切战争的必需品，大量搜集保藏起来，或交政府和部队，不让敌人抢去用来打我们，而要留给我们自己用来打敌人，最好还要积极地从敌人方面夺获这些东西来打敌人，以粉碎敌人的新进攻！

（原载一九三九年五月二十二日《抗敌报》第一版社论）

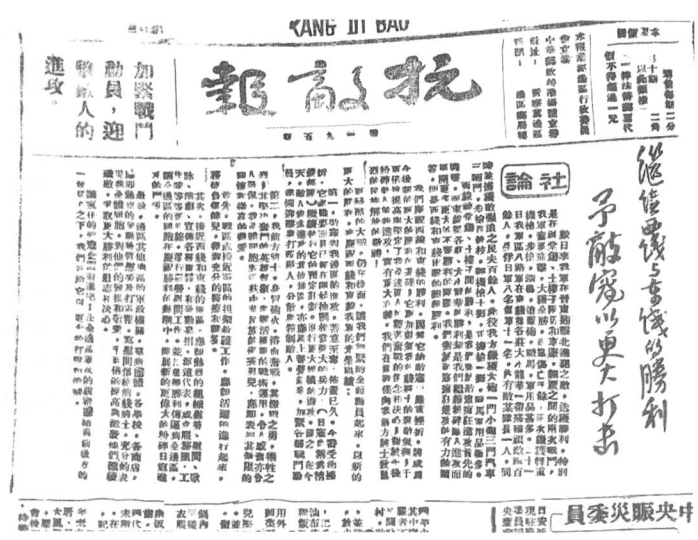

继续西线与东线的胜利予敌寇以更大的打击

　　数日来我军在晋东迎击北进犯之敌，迭获胜利，特别是在神堂堡、土楼子附近和车厂、细腰之间的两次战斗，我军奋勇痛击，大获全胜，敌寇伤亡千余，两次缴获轻重机枪，步枪，钢炮，迫击炮，战马，军用品甚多，二十一日我军区八路军在东线□各庄大小龙华一带痛歼顽敌四百余人，生俘日军八名伪军十一名，□有敌某队长一人，同时并掳获敌强迫之民夫百余人。此役我方缴获大炮一门小炮三门汽车三辆门，步枪百余枝，轻机枪十挺，重机枪一挺，战马军用品极多，两线神堂堡、土楼子间的胜利，是我们□□敌寇疯狂进攻首先的迎击，而东线梁各□，大小龙华的胜利却是我们继续粉碎敌人进攻而展开更多更大的不断胜利的展开。我们对于敌寇疯狂进攻的有力的回答，便是西线和东线出击的继续胜利。

我们庆祝西线和东线的胜利，因为它给敌寇以严重挫折，将成为今后新的更大的胜利的基础；它更加鼓舞我前线将士的杀敌气概；千百倍地提高与坚定了我全边区人民艰苦奋战的信念和决心；对于今后粉碎敌人的新进攻，实有重大意义，我们在这里仅向我前方将士致热烈的民族解放的敬礼！

更残酷的大战，仍在后面，让我们愈紧的全面动员起来，以新的更大的胜利，来庆祝西线和东线我军的光荣战绩：

第一，敌寇对我边区的进攻，蓄意至毒，布置已久。今番受到挫折，它必然要而且已经在开始抽调相当强大的兵力。（日寇□称为精锐部队）继续执行它的预定计划。进行更大规模的进攻。总之，在今天，敌人尚未进攻的其他地区，亦应马上警觉起来，加紧各种战斗动员，准备迎击与打击敌人，分散与箝制敌人。

第二，我前方将士，身冒炮火，浴血奋战，其激战之勇，牺牲之烈，其坚决奋斗的英雄气概，以灵活机动的战术运用，令人感奋亦令人敬佩。我全体同胞对这些中华民族的优秀男儿，应即表现其无限的关怀和崇高的热爱。

首先，战区或接近战区的担架救护工作，应即活跃的进行起来，务使负伤健儿，得到充分的医疗和护养。

其次，接近西线和东线的地区，应即热烈的组织慰劳、慰问、歌咏、演剧、宣传各种团体，和发动募捐，派遣代表，成立服务团，工作团等等到前线，进行慰劳慰问工作。并把这种胜利传遍到全边区，让全边区的同胞在庆祝胜利的热潮中，开展新的更伟大的粉碎日寇进行的斗争。

最后，边区其他地区的军政机关，群众团体，各学校，各商店，立即热烈的发动物质慰劳及打电报。写慰问信给前线将士，充分的表现我全体同胞，对他们的赞扬和敬爱，千百倍的提高与激发他们继续歼敌，争取更大胜利的壮志和决心。

让疯狂的敌寇企图前进吧！在全边区军民的亲密团结与前后方的一致努力之下，我们□给它以更大的打击和消灭。

（原载一九三九年五月二十四日《抗敌报》第一版社论）

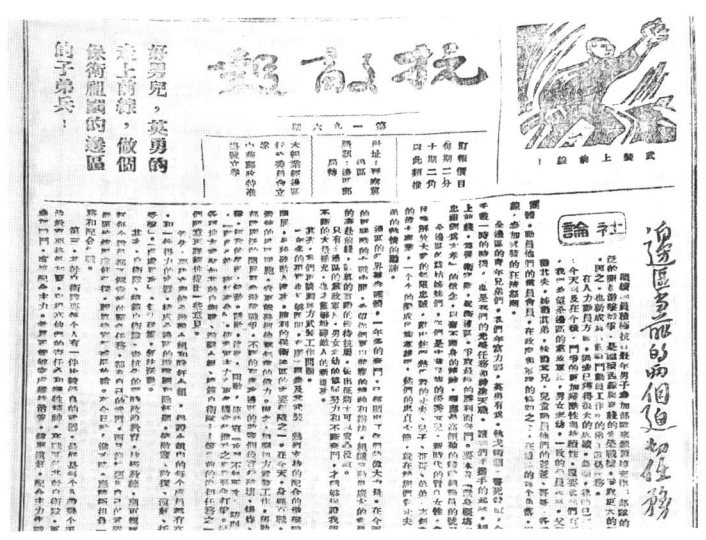

边区当前的两个迫切的任务

继续动员积极抗日壮年男子参加部队来源源补充作战部队的□额，及广泛的开展游击战争，是继续西线与东线的光荣战绩，争取更大的胜利的保证。因之，也就成为当前战斗动员工作中的两个迫切任务。

在人力动员方面，过去已获得很大的成绩。然而，我们已□不断□出过：今天以及在今后，斗争的更加残酷性与持续性，还要求我们有更大的努力，我们希望全边区的党政军民，男女老幼，一致的动员□□。父劝其子，妻劝其夫，姊劝其弟，妹劝其兄，儿童动员他们的爸爸、哥哥，各党派各群众团体，动员他们的党员会员，在政府与军队的协助之下，在边区的每个角落，掀起奔赴前线，参加武装的狂流怒潮。

全边区的青年兄弟们，我们年富力强，英勇有为，执戈卫国，誓死杀敌，今天是我们千载一时的时机，也是我们的光荣任务和神圣天职。让我们手携手的起来，潮一般的涌上前线，为保卫家乡，保卫边区，争取最后的胜利而奋斗。要本着"献身疆场为大仁，尽忠祖国为大孝"的信念，以奋不顾身的精神，响应最高领袖的精神总动员的号召。

全边区的□姑姊妹们，你们是中华民族的优秀女儿，新时代的贤良女性，拿你们对于民族解放大众的无限忠诚，献出您们热爱着的丈夫、儿子、哥哥、弟弟，来创造千古不朽的伟大事业，一个个的变成民族英雄吧，您们的忠贞大节，就在于您们对丈夫、儿孙、兄弟的热情的劝谏。

边区的各界群众团体，一年多的奋斗，已经显出了你们的伟大力量。在今天，迎接新的更残酷的大战中间，希望你们要以竞赛的精神和办法，组织和动员广大的会员，潮涌似的奔赴前线，认真的实□的优待抗属，使出征将士可以安心役敌。

只有全边区的党政军民，男女老幼的协同努力和不断奋斗，才能够保证我们抗战部队不断的大量补充，也才能够粉碎敌人的新进攻。

其次，我们再谈到前方武装工作问题。

一年多的事实也足够证明，有广大群众及其武装热烈支持的配合的游击战争的广泛开展，是粉碎敌人进攻，胜利的保卫边区的主要保障之一。在今天，身经百战，饱受长期锻炼的边区同胞，当更能发挥他□无□的伟力。因之，帮助地方武装工作，帮助配合主力部队广泛的开展群众游击战争，不断的在进攻边区的敌寇侧后实行破坏、爆炸、侦察、袭击，经常的□敌，□敌，诱敌，迷敌，阻敌，使敌寇"攻则不知所攻，防则不知所防"。"顾此失彼，疲于奔命"，使我军主力有更多机会并进攻之□□致命打击。这也就成为各种地方武装□□干自卫队、游击小组、模范自卫队……等□前的迫切任务之一。这里我们愿意再详细地提出一些意见。

首先，要建立与健全游击小组和除奸小组，保证小组内的每个成员都有高度的觉悟，和一件得力的武器，构成全边区的游击网和除奸网，使敌寇、敌探、汉奸、托派"时时受□"，"处处□攻"，□□破坏，无法活动。

其次，自卫队、模范自卫队、青抗先的战时政治教育，技术教练，应更认真加紧，保证每个队员都了解当前的紧急任务，都有自己的武器，而且善于运用自己的武器。在平时严厉地镇压汉奸敌探，认真地实行戒严放哨。在今日□，进□□。应积极担负一切战时勤务和配合□战。

第三，其干自卫队要每个人有一件比较优良的武器，最好是每个人带几个手榴弹。政治教育要格外加紧，以提高他们的责任感和牺牲精神，在战□□其干自卫队，更要坚决地参加战斗，直接配合主力。并真正能够完成维持治安，镇压汉奸，配合主力作战的任务。

（原载一九三九年五月二十六日《抗敌报》第一版社论）

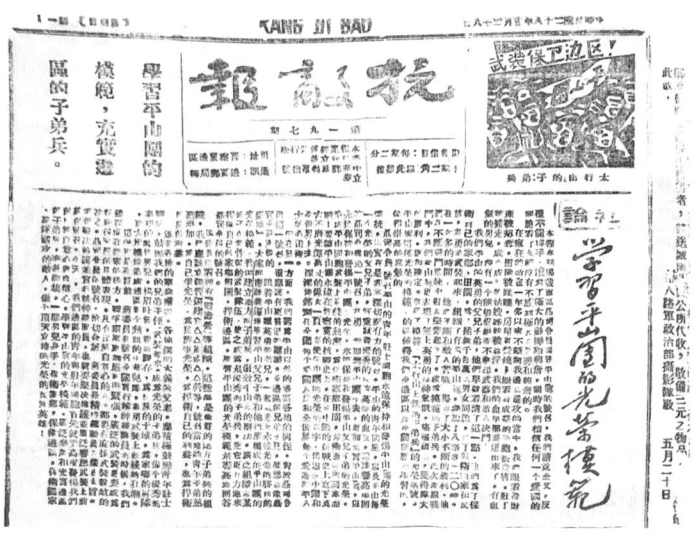

学习平山团的光荣模范

本报本期揭载军区聂司令员□□平山团的号召,我们读竟全文,反覆不能释手,感到了极大的鼓励和兴奋,同时我们相信任何一个爱国的同胞看了也绝没有不感到极大的鼓励和兴奋的。

在疯狂的敌寇一年多以来不断向我边区进攻的当中,我们眼看着财产被劫夺,田园被蹂躏,房屋被焚烧,眼看着成群的同胞被杀害,壮丁被掳走,成□成□的姑嫂姊妹被奸淫,我们的血早都要迸出来了,有血气的男儿,没有一个能够忍耐而不拿起武器和敌人决斗!

我们平山的英勇的父兄子弟,他们早就看清了这一点,他们为了保卫自己的家乡、田园,为了拯救千百万的男女同胞，为了保卫国家和民族，英勇的武装起来，组织了有名的平山团，参加了八路军一二〇队。在一年多的时间□，他们不断和敌人苦战，得□了大小不断的胜利。他们在不断战斗锻炼中壮大坚强起来了。成为模范的子弟兵。此次西线战斗中，我们平山团更表现了无上英勇的精神气概，痛歼顽□，获得伟大的胜利，更加确定□□□了模范"太行山上铁的子弟兵"的光荣称号，平山团这种光荣的模范，的确值得我们全边区以及全国同胞□学习的，值得崇高的嘉勉的。

聂司令员号召平山的青年壮士同胞永远保持和发扬平山团的光荣传统，这实在是非常深切而有力的号召，平山的青年同胞，以及平山每一个光荣的父兄子弟，既秉赋着优秀的民族英雄的血□，应该响亮地回答聂司令员这一号召，英勇□参加到平山团中去，更加充实平山团，以永远保持和发扬平山团的光荣，永远保持和发扬平山父兄子弟的光荣，造成平山同胞武装上前线的热潮，为保卫家乡田园，保卫边区与国家而战！要让平山团永远在晋察冀的抗战史上，在全中国的抗战史上写下万古不磨光辉万丈的伟大一页，要使平山团的光荣的名字，传遍全中国和全世界上去。深深地铭刻在全国每个爱国人民和全世界每个爱□和平人士的心田里。

但在另一方面，我们认为平山以外的边区各地的同侄，对于聂司令员这一号召，还应该有更普遍的认识。全边区的兄弟子侄，都应该像聂司令员□□的，跟着平山团英勇的弟兄，一起"走上永远光荣的胜利的道路"，大家都应该普遍地学习平山父兄子弟和他们所组成的平山团的光荣模范，普遍建立地方□子弟兵，仿效平山团的办法，广泛组织以某□□□为骨干的武装队伍，使之成为最优秀的子弟兵，□它更有力地来捍卫自己的家乡田园，捍卫边区，学习平山团的光荣模范最响亮地回答聂司令员的号召。

□□我们看□有"灵寿营"等组织，这些都是最好的地方子弟兵的组织，我们应该立即普遍建立△△团或△△营等，号召当地的青年子弟热烈参加，为自己争光荣，为民族争光荣，为捍卫自己的利益，也为捍卫民族的利益。

边区各地的群众团体，各地深明大义的父老，应积极鼓励青年壮士同胞，鼓励我们的兄弟子侄，武装起来，成为光荣的子弟兵，做个优秀的英勇的时代男儿，扬眉吐气，□□存，为民族的干城，为家乡的屏障，更大规模地造成边区□个热血的中华儿郎英勇武装上前线的狂潮。

这□□是在目前，□□□□号召全国实行精神总动员的时候，我们边区处在敌寇的后方，战争环境更加严□与紧张。广泛的武装更要成为□□□□□的具体表现。凡有民族自尊心的人，都要有直接武装杀敌的决心。聂司令员的号召，恰切合于□□□□精神总动员□深□□旨。我们坚决拥护并实行精神总动员，也就要坚决拥护并广泛响应武装上前线的号召。今天，我们边区的青年与壮年同胞首先就要高度发扬我们的民族自尊心与自信心，学习平山团的光荣模范，广泛参□和充实边区的子弟兵，奔赴疆场，一显男儿身手，保卫家乡，保卫边区，保卫国家，驱逐进攻的敌人，做个顶天立地的光荣的民族英雄！

（原载一九三九年五月二十八日《抗敌报》第一版社论）

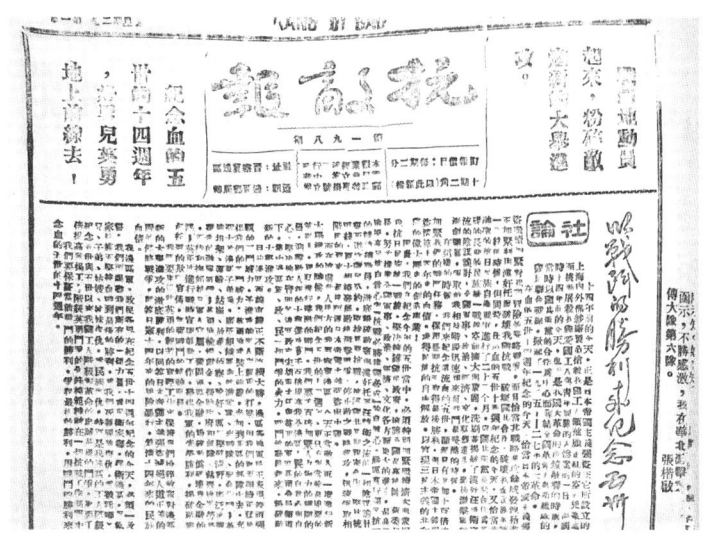

以战斗的胜利来纪念五卅

十四年前的今天,正是日本帝国主义强盗在它所设立的上海内外棉纱厂制造枪杀我国工人领袖顾正红的空□凶案进而挑动屠杀我国爱国工人与青年同胞的大惨案的一日,但同时十四年前的今天,也正是我国大革命的□钟敲响的时候,当时以国共两党的合作为中心而聚结全国革命大众所组成的□员联合战线。掀起了一九二五——二七年的大革命。

在血的五卅十四周年纪念的今天,恰当日本帝国主义强盗继续加紧对我的冒险□□略战争。而且恰当其战略□攻余威发泄殆尽正加紧利用汉奸托派破坏我国抗战,破坏国共合作,破坏我全民族军统一□线的时候,但同时,在这血的五卅十四周年纪念的今天,又恰当我神圣的抗日民族自卫战争进行了二十一个月。以国共两党长期合作为基础的长期的民族统一占线空前扩大与巩固,洗刷并揭破了汉奸□□□之流的阴谋诡计,全国军事、政治、经济、文化猛烈进步,最后游击战争激剧开展,争取敌我相持阶段迅速到来而战斗最残酷的时候。

在这样的时候,我们来纪念这流血的五卅,显然只有参加千百倍地加紧我们的战斗任务。保证长期抗战取得最后胜利,与日本帝国主义强盗清算十四年来的血债。求得民族的自由解放。以实现三民主义的共和国的伟大历史的创造事业!

因此,我们在纪念今年的五卅当中,必须特别加紧继续扩大与巩固我抗日民族统一战线。坚决拥护国民政府,拥护全国最高统帅□□□□。努力推选全国军事、政治、经济、文化各方面更大的进步,最高度地提高民族自尊心与"抗战必胜建国必成"的自信心,严厉实行国民抗战的□□总动员,彻底粉碎敌寇与汉奸托派□□□之流的一切阴谋诡计,誓死遵守国民公约。坚持□□抗战,□护国共□□亲密合作,坚持统一战线,更大规模发展敌后游击战争,停止敌之战略进攻,迅速争取相持阶段的到来,最后驱逐日本帝国主义强盗出中国。

而在□处敌人后方的我晋察冀边区,□天正当敌人再一度□□新的大举进攻的时候,我们纪念五卅的十四周年,更只有对当前最凶恶的民族动员,□□进行残酷的战斗。我们要千百倍加紧人力物力的□□的动员,迎击敌人新的大举进□□千百倍提高我全边区,□的□□□与自信心,坚决地在贤明的边区政府宋胡两主任与英明的军区聂司令员领导之下。集中边区军、政、民一切斗争的火力,战斗地动员起来,粉碎敌寇新的大举进攻。

目前边区西线东线正不断连续大胜,边区各地军民正表现着顽强坚韧的战斗威力。予进攻的敌人以严重的打击,但我们更要继续勇猛地发扬我们的战斗威力。兹两地武装上前线,参加到军区的部队中去,充实强大的边区子弟兵，广泛组织群众的游击队、参战队、配合作战；英勇地担架、运输、站岗、放哨、侦察、除奸、厉行坚壁清野，广泛地开展群众的游击战争，□□地输□献金，帮助政府和部队，热烈地□劳□队。待和抚恤抗日军人家属，巩固边区金融，粉碎敌伪破坏□金融的阴谋；英勇地进行战时宣传鼓动工作，□□我军的光荣胜利，揭破敌□汉奸托派的欺骗宣传，加强战斗的精神动员。

我们要用这些英勇的艰苦的实际工作来保持我们粉碎敌寇对边区的新的大举进攻的彻底胜利，以回答日本帝国主义强盗灭绝人道正义的血腥的侵略战争，回答日寇十四年来的凶险暴行。算清十四年来的民族的血债。

我边区军、政民各地在纪念五卅十四周年纪念的今天，必须一致发誓。我们要竭尽我们所有的一切力量，为保卫家乡，保卫边区，保卫国家民族而坚持血战到最后的胜利。为我们死难同胞复仇，□被蹂躏，父兄、子弟、姑嫂、姊妹复仇，为民族复仇，特别是我边区的工人阶段为纪念五卅与五卅以来我国工人阶级对革命的忠诚英勇的斗争，□要千百倍提高发扬工人阶级英勇斗争的□锋模范精神在一切抗战工作部署中。

我们要保证当前战斗的胜利，争取最后的胜利，用战斗的胜利来纪念血的五卅的十四周年。

（原载一九三九年五月三十日《抗敌报》第一版社论）

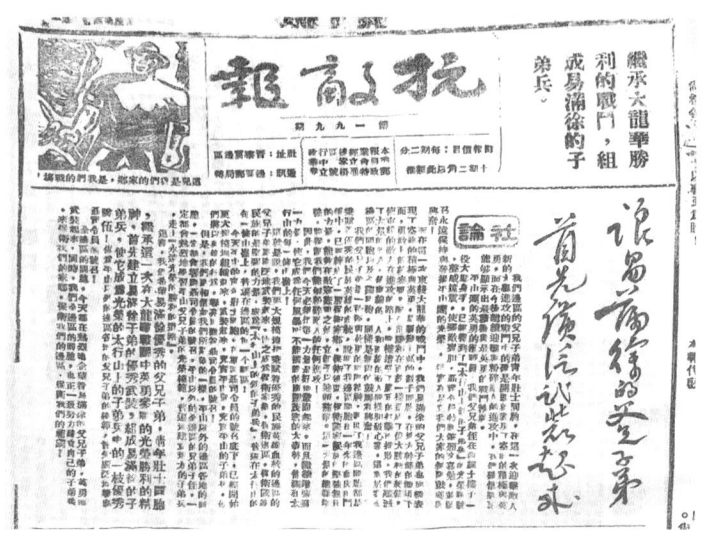

让易满徐的父兄子弟首先广泛武装起来

我们边区的父兄子弟青年壮士同胞，在这一次迎击敌人新的大举进攻的战斗中的确是开头就表现了空前的积极与英勇，而在今后继续迎击与粉碎敌人的进攻中，我们确信□□能够显示出最积极与最英勇的战斗精神。

平山团的英勇的指战员，我们父兄弟侄在西线土楼子一役大显身手，已经得到了"太行山上铁的子弟兵"的光荣称号，声威远震，使强敌丧胆，聂司令员特□笔颁文嘉勉，并号召永远保持与发扬平山团的光荣，这实在是对我们大家的无限鼓励□兴奋。

而在这一次东线大龙华的战斗中，我们易满徐的父兄子弟也同样表现了空前的积极与英勇，易县几个区的数千同胞，在地方干部的领导下面，勇敢上前线参战，配合部队和在西线一样造成了伟大胜利的纪录，使东线的敌人在进攻的路上，同样遭受了严重的打击□挫败。我们歼灭了大量的敌人，使东线的敌人和西线的敌人同样胆破心□，这对于我全边区的同胞以及全国同胞，同样是无限的鼓励和兴奋！

我们父兄子弟这一积极与英勇的战斗精神，证明了我边区同胞都是秉赋着优秀的民族英雄的血统，说明了我边区同胞在一年多的血肉的斗争中，已经练成了一股保卫家乡、保卫边区、保卫国家民族的坚强无比的力量，能够在敌寇蠢□之□，立即予以迎头痛击。这一力量的继续□强，□保□我们能够粉碎敌人的任何进攻！

因此，我们今天必须把这一力量最好地巩固起来，而且继续增强这一力量，使它成为任何风暴所不能摧毁的广阔茂密的大森林，□满在太行山的每一条山岭上！

这就是说，我们要大规模地把秉赋着优秀的民族英雄血统的边区的父兄子弟更广泛地武装起来，使之成为保卫家乡、保卫边区、保卫国家民族的最坚强的力量。成为"太行山上的铁的子弟兵"，普遍在太行山的每一条山岭上，普遍在边区的每一个战区！

今天平山的青年壮士同胞，在军区聂司令员的号召底下，已经开始更大规模地组织起来、武装起来，充实平山团，充实平山的子弟兵，他们将以英雄的行为，响亮的回答聂司令员的号召！

但是，我们要相信如我们所期望的一样，平山以外的边区各地的同胞，一定都会响应聂司令员的号召。平山以外的全边区的兄弟子侄，一定都会热烈地学习平山父兄子弟的光荣模范，普遍地建立地方的子弟兵，走上"永远光荣的胜利的道路"。

这□，我们希望易满徐优秀的父兄子弟、青年壮士同胞，继承这一次在大龙华战斗中英勇参战的光荣胜利的精神，首先建立易满徐子弟的优秀武装，组成易满徐的子弟兵，使它成为光荣的太行山上的子弟兵中的一枝优秀队伍！做为平山以外的边区各地的父兄子弟的模范，首先广泛地响应聂司令员的号召！

全边区的同胞，今天都在热烈地企望着易满徐的父兄子弟，英勇地武装起来，同时，我们全边区的同胞，也正一致努力□□自己的子弟兵，来保卫我们的家乡，保卫我们的边区，保卫我们的祖国！

（原载一九三九年六月一日《抗敌报》第一版社论）

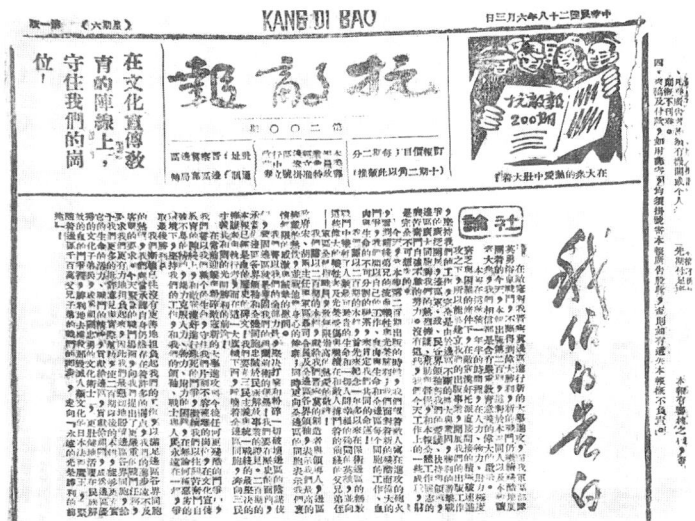

我们的告白

在敌寇对我晋察冀边区进行新的大举进攻,而我军区部队英勇浴血战斗,不断得到伟大胜利,新的战斗仍继续残酷地展开着的今天,本报出版第二百期,这对于本区同人以及本报读者大众,我们相信都是含有严重教育意义的伟大的启示。

本报在这整整一年半的时间里,在人力、物力、财力极度窘乏与困难的条件下,在敌寇汉奸托派直接间接的积极破坏进攻之下,所以能够建立我们的出版事业,开展我们的出版工作,坚持我们的工作,完全是由于边区不断的扩大与巩固,胜利的游击战争的广泛开展,边区军、政、民各界领袖对我们的爱护、扶持与领导,边区广大同胞对我们的热烈拥护、帮助与督促和本报全体工作同志的艰苦奋斗、自强不息的努力。没有这些，我们今天工作上的一些成就，将是完全不可想象的。

今天，当本报第二百期出版的时候，我们望着敌人疯狂进攻的炮火，看到前线弟兄的流血牺牲与光荣胜利；我们面对着新的残酷而伟大的斗争，我们愿以自己的工作、血肉与生命和全边区每个同胞的工作、血肉与生命的不可分割的联系，来肯定我们共同的命运！

我们谨以二百期的本报，首先来纪念一年多以来在保卫边区的无数战斗中牺牲了人类最可珍贵的生命和一切人间幸福的殉国的英雄，并向这些伟大的牺牲者及光荣受伤与继续在和敌人搏斗着的前线的父兄弟侄——军区全体指挥员，致无限崇高的热爱的敬礼！

我们谨以二百期的本报，献给我们晋察冀的创造者与领导人，边区政府宋、胡两主任与军区聂司令员及全边区各界领袖，表示我们最高的拥戴的热忱，并祝他们身心的健康，同时更向全边区的同胞表示我们衷怀无限的感激与诚挚的慰问。

我们誓以我们的全部力量，坚决打击和粉碎一切破坏边区的阴谋伎俩，巩固边区就是巩固我们的祖国前卫的堡垒！我们要在历史的面前，承当着边区各界领袖和全体同胞忠诚于民族解放事业的证见。二百期的本报已经是血的历史的碑文！我们要做三民主义与统一战线的最坚决的拥护者与执行者，而在这一大旗帜下面，呼唤着全边区同胞，奔向三民主义共和国的光明胜利的前途！

在当前迎击与粉碎敌寇新的大举进攻与今后任何更残酷的斗争中，我们誓以我们整个的生命，守住我们片刻不容轻离的岗位，在文化宣传教育的阵线上，和敌寇汉奸进行殊死的斗争，继续我们以往艰苦奋斗、自强不息的精神，竭力克服人力、物力、财力的困难，在无论何种恶劣的环境下，坚持我们的工作，和我们的领袖、战士与人民永远在一起，争取最后胜利。

我们惭愧以往没有更善地担负起我们的工作，以满足边区各界同胞的热望，我们应当承认自身仍然存在着许多的弱点，我们的进步远不及客观的要求，今天紧急的战斗场面，向我们提出了更严重的战斗任务，要求我们更有力地担负起来，因此我们最恳切地盼望边区各界同胞，给予我们更多的批评意见与实际帮助，使二百期以后的本报，能够更充实它的生命活力、战斗的精神，贡献给边区，贡献给祖国，成为边区优秀的文化子弟兵，成为祖国忠勇的文化卫士，更壮健地活跃在民族解放的血的斗争里，胜利地去扑杀那毁灭人类文化的日本法西魔王，紧随着边区千百万父兄子弟的战斗的脚步，走向"永远的光荣胜利的前途"！

（原载一九三九年六月三日《抗敌报》第一版社论）

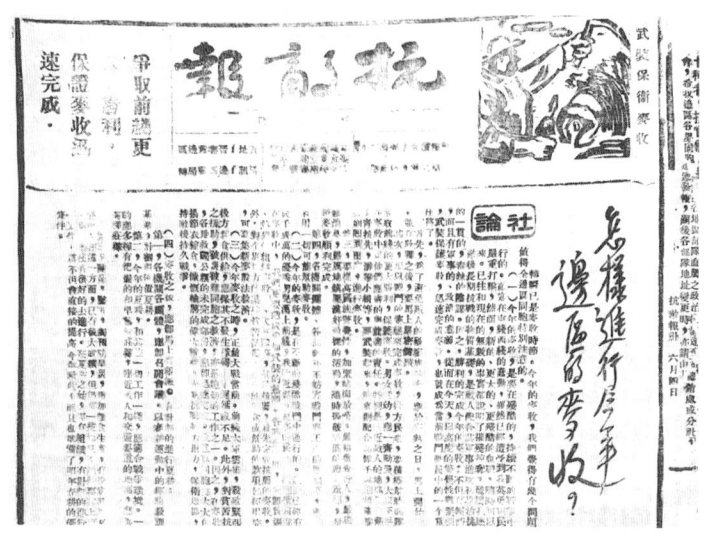

怎样进行今年边区的麦收?

转瞬已是麦收时节。今年的麦收,我们觉得有几个问题是值得全边区同胞特别注意的。

(一)今年的麦收,是要在残酷的、持续不断的战争中进行的。敌寇在东线西线的蠢动,虽然已经遭受到我英勇军民的严重打击,然而,新的、更大的、更残酷的血战,随时可以到来。已往和现在的无数的事实都说明了摧残掠夺,破坏我□□敌后长期抗战的物质基础,是敌人配合其军事进攻和政治挑拨的一贯的、毒辣的阴谋。因之,胜利的完成今年的麦收,不但有经济的,而且有军事的、政治的意义。从而在今天,以高度的警觉性与紧张性,武装保护麦收,迅速完成麦收,也就成为当前战斗动员中的一个重要任务了。

首先，为了避免敌人的破坏与□□，应于麦熟之日，马上开始□□，并在收获之后，要马上严密储藏。

其次，要以战斗的姿态来完成麦收，后方民众，要积极帮助部队，争取前线的更大胜利，保护麦收。男女老幼，应一齐动员，大家下手，在麦收中尽他们应尽的与能尽的责任。特别是最近敌人的地区□□□□□青抗先、游击小组等，要武装起来，敌来则配合部队予以迎头痛击，去则回到田间，进行麦收。

第三，要提高民族警觉性，加紧站岗放哨，严格盘查行人，严密封锁消息，严厉地镇压汉奸敌探的活动，随时揭破敌伪的□□□□，来保□麦收顺利完成。

第四，各机关团体、各部队在不妨害战斗与工作的原则下，应尽量利用一切可能帮助麦收。

（二）今年的麦收，是在不断的残酷战斗中进行的。我们已经有了成千成万的优秀男儿涌上前线，我们还要有更多的民□□□□前进。在麦收中，我们更要造成参加武装的热潮。各群众团体，□即普遍的、热烈的组织麦收□、□□队□，帮助抗属，首先完成抗属的麦收。此外，对个别地方的某些贫苦抗属□□□的□食或帮助的款项已经用完者，可募集新麦设法救济。

（三）今年麦收之时，正值大战当前。前线大军云集，杀敌紧张；后方粮食供给，应保其不发生障碍——迟延或不足。此外，对贫苦抗属之援助、被灾被难同胞之救济，亦是迫切的工作之一。因之，在麦收中，各地救国公粮的未完成部份，应即迅速完成。我边区同胞应大大的发扬节衣缩食、慷慨输将的伟大精神。在□□□物力财力，保卫边区，坚持敌后持久战争。

（四）麦收之后，应即马上有组织、有计划的进行夏耕：

第一，各机关各团体，应即召开会议，以春耕运动中的经验教训作基准，计划与布置夏耕。

第二，今年的夏耕，和其他一切工作一样，应适合战争环境。一般的应多种有把握的和早熟的庄稼，临近敌人和交通要道的地区，□□□□□庄稼。

第三，开渠、凿井，对预防旱灾，增加粮食生产，有决定□□。□□□。在这一方面，已有很大成绩，但仍有一些地区，虽然事实上可以□□，□□有很好的去进行。在夏耕之始，更有组织、有计划的进行这一工作，这不但会直接的提高今年秋收，而且也准备了明年春耕的优良条件。

（原载一九三九年六月五日《抗敌报》第一版社论）

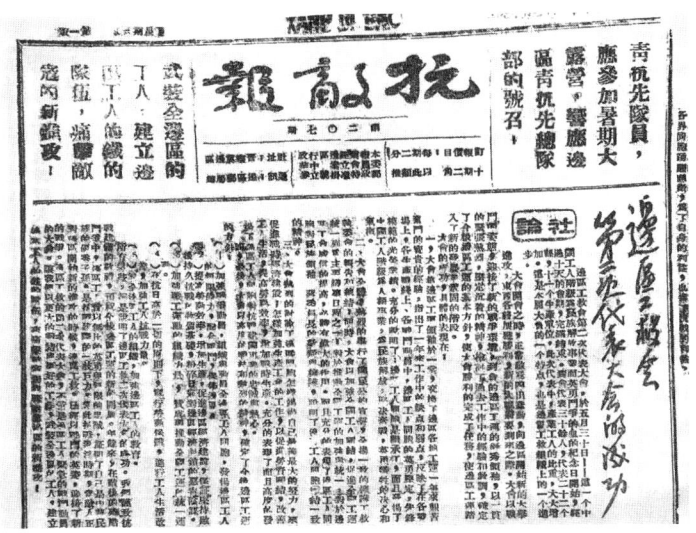

边区工救会第二次代表大会的成功

　　边区工救会第二次代表大会，于五月三十日——这一个中国工人阶级为民族解放事业而英勇斗争的血的纪念日开始，经过十天的会期，完满结束。到会代表三十余人，代表二十二个县，十一个生产单位。此次代表中，产业工人的比重，大大增加。这是本届大会的一个特点，也是边区工救组织上的一个进步。

　　大会开会之时，正当敌寇四出蠢动，向边区开始新的大举进攻，东西各线屡获胜利，新的大战将要到来之际。大会以战斗的姿态，迎接了新的战争环境，到会的边区工运的优秀领袖，以一贯的紧张热烈，坚定沉着的精神，检讨了过去工作中的经验和教训，确定了今后边区工运的基本方针，使大会胜利的完成了任务，使边区工运踏入了新的发展与巩固的阶段。

大会的成功，具体的表现在：

一、大会边区工运领袖于一堂，交换了边区各地工运一年来艰苦奋斗的宝贵的经验，指出了一年来工作中的缺点和弱点，反映了在各战场上，各生产战线上、各战斗动员中，边区工人同胞的英勇坚定，先锋模范的光荣业绩。充分的说明了：边区工人同胞是继承了，而且发扬了中国工人阶级为人类事业，为民族解放，坚决奋战，英勇牺牲的决心和气概。

二、大会全体，热烈的举行了国民公约宣誓，全场一致的拥护工救执委会的报告和总结；同时，大会以加强全国工人团结，促进全国工运统一列为主要议事日程之一；对于推动全国工运的加强与统一，对于边区工会威信的提高，必将有伟大的作用。而且充分的表现了边区工人同胞对民族领袖蒋委员长的敬意与拥护，说明了边区工人同胞团结一致的精神。

三、大会热烈的讨论了边区同胞怎样竭尽自己最善最大的努力，来促进战时经济建设；怎样加强生产工会的工作，以促进劳资团结，改善工人生活，提高劳动效率，增加战时生产。充分的表现了而且高度的发扬了边区工人同胞对抗战建国事业的忠诚与热心。

四、最后，大会以高度的团结和热烈的精神，确定了今后边区工运的方针：

（1）加强战争动员，组织与动员全边区工人同胞，发扬边区工人的无限伟大，配合战斗，保卫边区。

（2）提高劳动效率，增加生产，促进边区经济建设，保证坚持敌持久抗战的物质基础，粉碎日寇对边区经济封锁的恶毒阴谋。

（3）加强职工运动的组织力量，赞成与推动全体工运的统一运动。

（4）在抗日高于一切的原则下，实行劳动保护，进行工人生活改善，加强工人抗战力量。

（5）全边区工人的组织，加强边区工人的教育。

所有这些，都是说明了边区工救二次代表大会的成功。我们谨致抗战建国的敬礼，预祝今后边区工运的新的开展。年余来，在敌后的残酷斗争中，边区工人曾以无比的英勇与无限的忠诚，证明了自己是中华民族的优秀子孙，是抗战建国的一枝巨力，当此抗战过时期，当敌人正对边区开始新的进攻的时候，边区工救，已经以战斗的英姿，迎接了新的战争。边区工救的二次代表大会，不是边区工人紧急的战斗动员的大会。让我们以更大的团结与极好的工作，武装全边区的工人，建立边区工人的铁的队伍，来痛击敌寇我晋察冀边区的新进攻！

（原载一九三九年六月十七日《抗敌报》第一版社论）

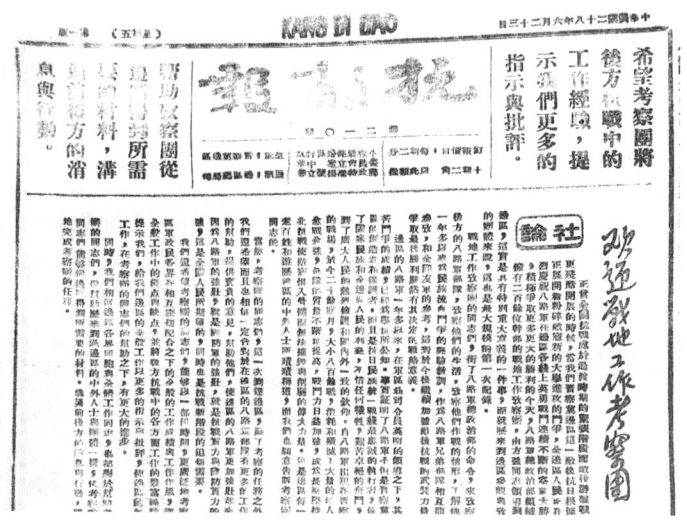

欢迎战地工作考察团

　　正当全国抗战处于过渡时期的紧张阶段而敌后游击战争更残酷开展的时候，当我们晋察冀边区这一敌后抗日根据地正展开着粉碎敌寇新的大举进攻的斗争，全边区人民正在热烈庆祝八路军在边区各线上英勇战斗连续不断的空前大胜利，积极争取更多更大的胜利的今天，八路军总政治部组织了拥有二百余位干部的战地工作考察团，由方强同志领导到达边区，这实是具有特别重大意义的一件事，而就历来到边区参观与考察的团体来说，这也是最大规模的第一次记录。

　　战地工作考察团的同志们，衔了八路军总政治部的命令，来考察敌后方的八路军部队，考察他们的生活，考察他们作战的情形，了解他们一年多以来为民族流血斗争的经验教训，作为八路军兄弟部队相互间的参考，和全国友军的参考，这对于今后继续加强敌后抗战的武装力量，争取最后胜利显然有其决定的战略意义。

边区的八路军一年多以来，在军区聂司令员英明的领导之下，其艰苦斗争的成绩，已经为举世所公知。事实证明了八路军不但是晋察冀边区的创造者和保护者，而且是抗日民族统一战线最忠诚的执行者，他为了国家民族和全边区人民的利益，不惜任何牺牲，艰苦卓绝的奋斗，得到了广大人民的热烈拥护和国内外一致的钦仰。自八路军出现在晋察冀的战场，于今二十余阅月，大小八百余战，消耗和歼灭了大量的敌人，愈战愈强，部队的质量不断地提高，战斗力日益加强，成为长期坚持华北抗战使敌寇恨入骨髓而无法摧毁与削弱的伟大力量。这是边区每一个老百姓和游历边区的中人士所称道，而我们也愿意告诉考察团诸同志的。

当然，考察团的同志们，这一次到达边区，除了考察的任务之外，我们还希望而且也相信一定会对于在边区的八路军部队有更多的工作上的帮助，提供宝贵的意见，帮助他们，使边区的八路军更加强壮起来，因为八路军的强壮，就是国防军的强壮，就是抗战实力与国防实力的加强，这是全国人民所期望的，同时也是抗战新阶段的迫切需要。

我们还希望考察团的同志们，能过以一部份时间，更广泛地考察边区军政民各界在相互密切配合之下的全般的工作成绩与工作作风，探讨全般工作中的优点与缺点，并将后方抗战中的各方面工作的丰富经验，提示我们，给我们边区的全般工作以更多的指示与批评，使边区的抗战工作，在考察团的同志们的帮助之下，有更大的进步。

同时，我们相信边区各界同胞与全体工作同志，也都对于帮助考察团的同志们，像帮助历来到过边区的中外人士与团体一样，使考察团的同志们能够从边区得到所需要的材料，沟通前后方的消息与行动，胜利地完成考察团的任务。

（原载一九三九年六月二十三日《抗敌报》第一版社论）